猫と竜

竜のお見合いと空飛ぶ猫

アマラ

宝島社
文庫

宝島社

CONTENTS

The Cat & The Dragon,

The Matchmaking of The Dragons, and The Flying Cat

This is a story of some cats and a dragon, raised up by a cat.

猫と竜

竜のお見合いと空飛ぶ猫

AMARA
Presents
アマラ

Illustration
大熊まい

猫と竜

森の中の小さな洞窟。

そこに、一匹の火吹き竜が舞い降りた。

竜はこの洞窟を子育ての場所として選び、一個の卵を産み落とす。

これを地面に埋めた火吹き竜は、餌(えさ)を探すため一時その場を離れることとした。

卵を温める体力を付けるため、必要な狩りである。

だが、不幸にもその途中、火吹き竜は命を落とすこととなってしまう。

温める親がいなくなった卵は、ただ冷えて死ぬのを待つばかり。

しかし。

そこにたまたま、一匹の母猫が現れた。子供を生み、育てる場所を探していたこの母猫は、洞窟をその場所として選んだのである。

そして、偶然にも。竜の卵の上に、寝そべったのであった。

母猫と生まれた子供達によって、竜の卵は温められる。

程なくして、竜の卵は無事に孵(かえ)り。

一匹の子竜が、母猫の前に顔を出したのだ。

母猫は驚きつつも、この子竜を育てることとした。

たくさんの子を育ててきた母猫にとっては、自分の子も他の猫の子も、勿論竜の子さえも、さして変わらなかったのだ。

子竜は母猫の子供達と、実の兄弟のように育てられた。

その絆はまったく、親子そのものである。

竜と猫の兄弟達はすくすくと育ち、まもなく巣立ちを迎える頃となった。

そんな折、小さな事件が起きる。

母猫が、人間の魔法使いの手により、まったく別の場所へ召喚されてしまったのだ。

姿が消えていく中で、母猫は子供達に言葉を残した。

皆、仲良く過ごすこと。

けっして喧嘩は、しないように。

子供達は母猫の言いつけを守り、互いに互いを支え合って生きていった。

いつしか時は流れ、子竜は立派な成竜へと成長する。

竜と猫の寿命は、大きく異なっていた。

兄弟達はいつしか永い眠りに就き、その子供達が子供を生み、育てていく。

竜にとって兄弟の子孫達は、大切な家族であった。

母猫の言葉を守り、竜は今も家族を守り続けている。

冒険王子はぐうたら少女を振り回す

The Cat & The Dragon,
The Matchmaking of The Dragons,and The Flying Cat

大きな古い建物と、大きな新しい建物が入り組んで建ち、それにいくつかの建物が寄り添う。

様々な設備のある広場があって、敷地内を堅牢な壁が取り囲む。

この壁に囲まれた場所を中心として、森と町が対面するように広がっている。

それが、大まかな魔法学校の外観であった。

いくつかある中でも、この魔法学校はとりわけ古い部類に入る。

多くの優秀な魔法使いを輩出してきたことでも有名で、いわゆる名門として名高い。

そういった所というのは、得てして古い慣習などに囚われがちなものである。

しかしこの魔法学校はむしろ、積極的に新しいことを取り入れていく気風を持っていた。

何代も前に校長を務めた人物の方針で、それが未だに守られているのだという。

おかげで一冒険者でしかない自分でも授業が受けられるわけで、感謝せねばならない。

王子はそんなことを考えながら、喜びを噛み締めていた。

新たな知識と技術を得ることは、冒険者としての腕を磨くことである。

今の王子にとっては、何物にも代えがたい喜びであるといっていい。

冒険者向けの授業を受講することにした王子は、学校内にある演習場に来ていた。

他にも受講者はいるが、王子以外には、片手で足りる人数しかいなかった。

この魔法学校では、生徒でなくとも授業を受けることができる。

ギルドに登録した冒険者でなければならず、授業料は決して安くないが、人気は非常に高い。

得られる知識と技術が、冒険者にとって非常に有益であること、少人数で授業を受けるので、しっかりと指導を受けられることが、人気の理由だ。

実はここにいる者だけで定員一杯らしく、申し込んだ人はこの十倍ほどもいたという。

王子がこの授業を受けることができたのは、単に運が良かった、というだけではない。

この魔法学校では生徒に、外へ出て実際の魔物を討伐する、特別な試験を課していた。

ある程度以上の実力を持たなければ受けられないこの試験は、非常に危険なものである。

学校の職員が付き添うことになっているが、如何(いかん)せんそれだけでは手が足りない。

なので実際のところ、付き添いのほとんどは、外部から雇った冒険者に委託されていた。

少し前、王子は縁あって、この護衛の依頼を受けていたのだ。

その時に一悶着あったこともあり、受講枠を少々優遇してもらったのである。

授業が始まるのを今か今かと待つ王子に、黒猫はじっとりとした視線を向けた。

「人間はこういったものを、コネや癒着というのだったか」

「ここは、縁と相互協力と言っていただきたい」

黒猫にはどちらも変わりなく思われたが、人間にはそういった細かなところが重要らしい。


少しすると、建物の方から中年の男性が歩いてきた。

授業を受け持つ、教師である。

どうやら、授業が始まるらしい。

黒猫はちらりと視線を動かしてそれを確認すると、休憩のために置かれているらしい長椅子へと移動した。

王子はいかにも楽しくて仕方ないといった顔で、嬉しそうに教師へ駆け寄っていく。

名簿と照らし合わせての点呼を終えると、すぐに授業が始まった。

教える魔法を口頭で説明してから実際に使ってみる、というのが大まかな授業の流れだ。

冒険者向けの授業では、座学が行われることはほとんどない。

国によって差はあるものの、読み書きができる平民というのは決して多くはなく、読み書きができないからこそ冒険者になった、という者も珍しくない。

そのため、冒険者向けの授業では、説明などを全て口頭で行っているのだという。

とはいっても、彼らが習うのは魔法の運用や、扱いのコツなどであり、それで十二分に間に合うのだそうだ。

教師が説明するのを、王子は真剣な、どこか楽しそうな顔で聞いている。

聞くともなしに耳に入る言葉から察するに、どうやら今日は光に関する魔法のようだ。

なるほど、光に関する魔法は有益なものが多い。

猫の魔法の中にも光を扱うものはいくつかあるから、人間の魔法にあるのも道理だろう。

黒猫はやおら立ち上がり長椅子から降りると、体を伸ばして歩き始めた。

授業には特に興味はない。しばらくは終わらないだろうから、散歩でもしてこようと考えたのだ。王子と離れることになるが、どうせ宿は決まっているので、問題ない。

さて、どこに行こうか。

散歩に行くことは決めたが、どこに行くかは決めていなかった。

とりあえず、適当に歩きながら、その辺を見て回ることにしよう。

黒猫はそう決めると、校舎のほうへと歩き出す。

校舎内には人も多く、ちょっとした食事にありつける機会も多い。

通りがかりに分けてもらえるようなものでも、王子が好むような冒険者向けの安飯屋や保存食などより、何倍も上等である。

黒猫自身は意識していないことなのだが、長かった王城での生活は、随分黒猫の舌を肥えさせていたのであった。

食事や歓談などを楽しむためにテーブルや椅子が置かれた中庭のような校庭の一角で、ガリーは難しい表情を作っていた。

頬杖を突きながら、テーブルの上に並べた書類を睨(にら)みつけている。

向かい合うように座ったクルルカは、呆(あき)れたような諦めたような苦笑いを浮かべていた。

二人は寮で同室であり、入学の頃からの付き合いであり、気心の知れた友人でもあった。

「んー。まいったなぁー。どれも似たような感じじゃない？」

一層目を細め、ガリーはため息交じりに言う。

並べられた書類は、魔法使いの募集要項である。

ガリーも、そろそろ勤め先を探し始めなくてはならない時期なのだ。

「御給金がよくって、仕事が忙しくなくて休みが多くて、めちゃくちゃ早く引退できてしっかり年金が出る仕事ってないかなぁー」

「そんな仕事ないよ。大体、ガリーって公務員にならなくちゃいけないんでしょ？　どこに行っても大変だよ」

クルルカに言われ、ガリーは面倒臭そうに唇を尖(とが)らせた。

孤児院出身であるガリーは、奨学金を貰って魔法学校に通っている。

「国家魔法使い育成支援制度」と呼ばれるそれは、入学金や授業料だけでなく、生活費なども給付してくれる制度だ。

金銭的な余裕のないガリーにとって、これほどありがたいものもない。

ただこの制度には、魔法学校を卒業した後は国の役人として働く、という条件があった。

しかし、役人として魔法使いが求められるような場所というのは、往々にして忙しい。

ガリーが望むような職場は、まずないだろう。

「そうだけどさぁー。クルルカは変わってるよねぇー。その大変なところに好き好んでいくんだから」

「変わってるって。普通は羨ましがられる職場だと思うよ？」

クルルカは、既に勤め先が決まっている。

学生の多くは、今の時期に勤め先を決め、それから卒業までの間は、より専門的な授業をそれぞれが選び、受講することになっていた。

就職先で必要な授業を選ぶことができて、学生にとっても勤め先にとっても利点が多いのだ。

「そうかもしれないけど。王立の植物園かぁ。大変そうだよねぇ」

「その分、やりがいはあると思うよ」

クルルカが卒業後に勤めるのは、とある国の植物園であった。

植物園といっても、ただ植物を育てるだけの仕事ではない。

新しい野菜や果樹の栽培方法の研究や、農家などへの支援も行っている。

言ってみれば、農業関連全般を扱う機関である。

新しい植物を栽培する場合には、新しい魔法の道具を、一から作ることもある。

魔法の道具作りを得意とするクルルカは、その腕を買われたのだ。

「やりがいよりも、御給金がいいところがいいと思うんだよね」

「またそんな現金な。なら、宮廷魔術師とかは？　ガリーの成績ならいけるでしょ？」

クルルカが指さした募集要項を見て、ガリーは顔をしかめた。

ぐうたらで、やる気がなさそうに見えるガリーだが、どういうわけか成績は良かった。

確かに、成績面だけで見れば、文句なく宮廷魔術師を目指すことができるほどである。

一度の説明で内容を把握し、見聞きしたことはほぼ忘れない地頭の良さと記憶力。

友人であり使い魔でもある森の猫、シロタエも舌を巻く魔法の才能が、その理由だ。

宮廷魔術師とは、国仕えの中でも花形であり、多くの魔法使いにとって、憧れの存在である。

それに手が届くかもしれないとなれば、通常であれば発奮するところだろうが。

ガリーにとってはそうでもないらしい。

「やだよ。すっごく忙しいんでしょ？　宮廷魔術師って。面倒臭い」

魔法使いの憧れ的存在になることを、面倒臭さを理由に嫌がる。

ガリーというのは、おおよそそういう性質の少女なのである。

「働くなら、故郷の近くがいいかなぁー。また預かってる子増えてたし。まったく、司祭様もお人よしなんだから」

ガリーは、教会が運営する孤児院の出身であった。

恐ろしく面倒臭がりで、何事につけてもぐうたらなガリーが、唯一出身である孤児院のことに関してだけは、まったく別であった。

冒険者仕事で得たお金や手紙を送り、長期の休みになれば必ず顔を出しに戻る。

クルルカも、それに付き合って遊びに行ったことがあった。

普段は息をするのも面倒臭いといったようなガリーが、甲斐甲斐しく子供の世話をする様子を見て、驚かされたものである。

「故郷の近くっていっても。ほとんどないよ？」

「そうなんだよねぇー。あの辺ってド田舎だからなぁー」

孤児院のある町は小さく、魔法使いの募集はほとんどなかった。一応あるにはあったのだが、兵員の募集だけである。

魔法を使える兵士というのは、大抵どこでも重宝されるが、如何せん数が少ない。

そのおかげでいつでもどこでも募集されているのだが、兵士というのは過酷な仕事だ。

生来ぐうたらなガリーとは、正反対といってもいい商売である。

「でも、言われたことだけやってればいい、っていうところだけは楽そうなんだよねぇ。考えるのって疲れるし」

「そこまで面倒臭がるってよっぽどだよ」

「何言ってるの。考えるってかなり疲れない？　頭脳労働っていうぐらいだし」

頭を使うことすら、いとう。ガリーのぐうたらは筋金入りなのだ。

呆れるクルルカではあるが、もう慣れたものである。

あきらめと親愛を含んだ苦笑いを漏らしたクルルカがふと視線をガリーの後ろへ向けた。

それに気が付いたのか、ガリーも後ろを振り返る。

クルルカの視線の先にいたのは、真っ黒な毛皮で、片目に傷のある猫だった。

「あ、くろにゃんこだ。こんにちはー」

「クロバネさん、こんにちは」

二人に呼ばれ、黒猫ことクロバネは、向きを変えて歩いてくる。

「ああ、こんにちは。二人とも、授業ではないのか」

「もう基礎の授業は終わったからね。あとは就職先で必要になるような授業を選択でとる感じかなぁ。だから、今は空き時間だよ」

クロバネは、なるほど、と頷(うなず)いて、ガリーの隣にあった椅子に飛び乗った。

「働く先で必要になる知識を得るのはよいことだ。人間にとって職場というのは狩場のようなものだからな。そこに合った狩りの方法を学ぶというのは、必要なことだからな」

クロバネは、クルルカの使い魔であるクロウと人間の仕事について話したことがあった。

駆竜という種族の中でもとりわけ変わり者であろうクロウは、人間に深い興味関心を持っており、その情熱をもって色々と説明をしてくれたのだが、如何せん黒猫にはちんぷんかんぷんだった。

何とか理解できたのは、人間にとって仕事というのは、食料を得るために必要なこと、ということだ。

ならば、猫にとっての狩りと同じということである。

クロバネの物言いに、ガリーは面白そうに笑う。

「くろにゃんこって、すぐに狩りにたとえるよねぇ」

「猫にとってはそれが一番わかりやすいからな」

「そういうもんかぁ。そういえば、どうして学校に来てるの？　おさんぽ？」

「弟子が魔法の講習を受けていてな。まあ、またぞろ帰りに寄るかもしれんが。適当にあしらってくれ」

「スタンさんかぁー。私は役人にならなきゃならないって何度も言ってるんだけどねぇー」

考え込むような表情で、ガリーは唸(うな)る。

少し前、ガリーとクルルカは、数日かけて魔獣を何匹も狩る、という試験を受けた。

この時護衛についたのが、スタンこと王子だったのだ。

試験の帰り、巨大な魔獣と出くわし、ガリーと王子は共闘することになった。二人の相性は思いのほかよく、素晴らしい連携で魔獣を撃退。

この一件で共闘することの素晴らしさに気付いた王子は、それ以降、ガリーに熱烈な勧誘をかけているのだ。

もっとも、どんなに勧誘を受けたところで、「国家魔法使い育成支援制度」を受けている以上、ガリーが役人になることは決まっているのだが。

「冒険者も悪くはないんだけどねぇー。一発逆転ですごい儲かりそうな気もしないでもないし。ただ、やっぱりいろいろ考えると、大変そうではあるんですよねぇ」

孤児院で暮らしていた頃から、ガリーは冒険者として働き、生活費を稼いでいた。

子供が稼ぐにしてはなかなか収入もよく、かなり助けられていたものだ。

だが、専門でそれを仕事にするとなると、色々と話は変わってくるだろう。

ガリーが暮らしていた町にも専業の冒険者はいたが、いつも金がないとぼやいていた。

魔法学校の近くにあるギルドでも、多くの冒険者は忙しそうに動き回っている。

複数名のパーティなどは、下手をしたら普通の勤め人よりも忙しそうに見えた。

「冒険者って案外忙しそうなんですよ。あんまりよく考えずに見てたから気にしなかったんですけど。自営業みたいなもんですからねぇ。自分がやるとなると、面倒臭いかなぁ」

「ガリーってホントにぶれないよね」

明らかに呆れたような口ぶりのクルルカだが、ガリーはなぜか得意そうな顔をしている。

クロバネの目から見ても、なるほどガリーはかなり稀有な魔法の才能を持っていた。

努力だけではどうこうできないような、天性のものだ。

そのガリーに、彼女を育てた司祭が人間の魔法を教え、シロタエが猫の魔法を教えた。

相乗効果が生まれるのか、どちらの魔法も上手く扱えるようになり、効果を高めることもできるようだった。

天性の才を持つ魔法使いであるところのガリーが、人と猫の魔法両方を扱えることの意味は、非常に大きい。

王子がパーティの一人として迎え入れたいと考えるのも、大いに分かる。

もっともそれは、ガリー自身の全てを面倒臭がる性質を考えなければの話であるが。

「まあ、まだ時間はあるし。授業もあせってとらなくちゃいけないのもないから、もうちょっとじっくり考えようかなぁ」

「それもいいだろう。狩場を決めるのに苦心するのは、猫も人も同じだからな。悩むことも時に必要だ」

「悩むのもつかれるんだけどなぁ。お腹すくし」

「まったく、ガリーったら」

苦笑しながら、クルルカはやおら立ち上がった。

そして、ガリーとクロバネを交互に見る。

「そろそろ、ご飯食べに行こうか。よかったら、クロバネさんもどうですか？　この近くの売店で売ってるサンドイッチが、すごくおいしいんですよ」

「母猫殿のご友人がされている店のか。それはいい」

「ままにゃんって友達多いもんねぇー」

「そういう意味ではないんだが、まぁいい」

二人と一匹は、連れ立って歩き出した。

🐾 🐾 🐾

クロバネとサンドイッチを食べた翌日、ガリーはギルドへやってきていた。

朝一番のギルドは、仕事を求める冒険者であふれ返っている。

踏まれたりする危険があるので、シロタエはガリーの肩に乗っかっていた。

襟巻(えりまき)のような扱われ方が不満なのか、ふてくされたような表情だ。

「ふまれるようなドジじゃないのに」

「周りが気を使うんだって。尻尾とか踏んじゃいそうな気がするからさ」

「ふまれないよ！　ぼくはガリーなんかよりよっぽどうごきがいいんだからね！」

ガリーは適当にシロタエを宥(なだ)めながら、掲示板の前に立った。

掲示板には、簡単な絵記号と文章を組み合わせた、依頼書が張り出されている。

文字を読むことができない冒険者は少なくないため、ギルドは、絵記号を使って依頼を分かりやすく示している。

討伐なのか、採集なのか、どんな魔獣を、あるいは素材を採ってくることが目的で、予測される危険度はどのぐらいで、報酬はいくらなのか。

絵記号では大雑把にしか分からないが、受付に依頼書を持っていけば、口頭で細かいことを教えてくれる。

「ああ、これはガリーさん！　シロタエさんも！　おはようございます！」

依頼書を物色していたガリーに、後ろから声をかけてくる者がいた。

ガリーは驚いたかのように体を跳ね上げさせ、恐る恐るといった様子で後ろを振り返る。

そこにいたのは、まばゆい笑顔を浮かべる青年の姿だ。

「あー、スタンさん。オハヨウゴザイマス」

王子、スタンは、すこぶる良い笑顔で手を振っている。

ガリーはといえば、引きつったような笑顔だ。

「パーティの件なら、無理ですよ」

「なぁに、方法ならいろいろあります」

何度も何度も誘われているので、ガリーは真っ先にそう言った。

だが、このやり取りも既に何度も行われたものであり、スタンはまったく動じない。

「なに、そう身構えないでください。慌ててお誘いすることはしません。じっくり冒険者の魅力について知っていただこうと思っておりますから」

「もう魅力はわかってるんですけども」

スタンによる冒険者への勧誘は、熱烈なものだった。

ある時は魔法学校で、またある時は街中で。

上手くガリーの先回りをして、冒険者の魅力を語るのである。

しつこすぎるなら文句も言えるが、絶妙に許せる範囲に収まっているので始末が悪い。

そもそもスタンの場合、勧誘だけではなく、必ず何かしら用事を用意してくるのである。

しかも困ったことに、ガリー自身、別にスタンのことが嫌いではなく、冒険者になることに関しても、条件さえ整えば悪くはないと思っていた。

「ていうか、なんで毎度毎度先回りできるんです？」

「毎回必ず先回りしているわけでもありませんよ。大体、俺とガリーさんの立ち回り先って似てるわけですし」

言われてみれば、確かにその通りだ。

ガリーが行く場所といえば、魔法学校とギルドぐらいである。

魔法学校に関していえば、寮に住んでいるのでほぼ四六時中いるといっていいだろう。

敷地内から出るのは、ギルドで冒険者仕事を受けるときぐらい。

「あれ？　私の私生活って筒抜けなのでは？」

「魔法学校の生徒は、大体そんなものだと思いますよ」

なんのことはない。ガリーの先回りをするというのは実に簡単であり、世間話などに交えて、冒険者の魅力を語っていただけだったのである。

「まぁ、今日のように先回りして待ち伏せしていたこともありましたけどね。今日あたり依頼を受けるんじゃないかと思って。そろそろ仕送りをされる時期だったでしょう？」

いい読みである。

ガリーは、孤児院への仕送りと手紙を、三十日ごとほどの間隔で送っていた。

次に送るのは、数日後の予定であり、そのことを知っている者は、少なくない。

隠しているわけでもないし、クラスメイトなどとの会話でもたびたび話題に出している。

そもそもスタンとの世間話の時も、そのことを話題に出したことがあった。

しかも、ガリーのほうから。

そのことを知っているのなら、ガリーの行動を読むのは簡単だ。

仕送りをするから、もうひと稼ぎしておきたいし、ギルドに行って依頼を受けよう。

そういう思考を経て、ガリーはギルドへやってきている。

普段の行動を知っていれば、これを予測するのは簡単なはずだ。

ガリーは何とも言えない顔で、唸る。

「まぁ、そうなんですけどぉー」

「そこで、ちょうどよさそうな依頼を見つけておきました」

そう言って、スタンは一枚の依頼書をガリーに見せた。

大型の魔獣の討伐依頼である。

急いでその魔獣の素材が欲しいのだとかで、料金もかなり割増しになっている。

一人では少々手に余るが、スタンがいるのなら危なげなく倒すことができる相手だ。

見つける方法や、討伐手順、素材採取、運搬まで、おおよその役割分担も想像できる。

ガリーとスタンは、これまでいくつかの依頼を一緒にこなしてきていた。

スタンが作戦を決めてくれるので、ガリーが頭を使う必要がないのがよかった。

報酬に関しても納得いくものであり、一人で依頼をこなすよりよっぽど実入りもある。

ガリーにしてみれば、断る理由もない。

何より、ガリーとスタンは、相性が驚くほどよかったのだ。

簡単な打ち合わせですぐに役割分担ができ、滑らかに仕事が進む。学校の生徒や他の冒険者とも何度か共闘したことがあるガリーだったが、こんなに息の合う相手は初めてだった。

「どうします？　他の依頼を受けるようでしたら、あきらめますが」

スタンに聞かれ、ガリーはぐっと顔をしかめた。

考えるようにしばらく唸るが、あきらめたようにうなだれる。

「行きます。行きますよ、もう」

「いやぁ、よかった！　自分一人でやるとなると、少々厄介な依頼ですからね！　さぁ、行きましょう！　冒険者として！　はっはっは！」

意気揚々と受付に向かっていくスタンの背中を、ガリーは何とも言えない表情で見送る。

「スタンさんってさ。テンションあがるとめちゃくちゃ声大きくなるよね」

「あんなに大きいところに住んでれば、声も大きくなるんじゃない？」

「しろにゃんこ、スタンさんの実家知ってるの？」

「え⁉　さぁー、どうだったかなー？」

不意に聞かれ、シロタエはごまかすようにそっぽを向く。

どうもシロタエは、スタンのことを以前から知っているらしい。

そのうえで、隠しているようなのだ。

以前はほとんど気にもしなかったし、詮索するのも失礼だと思っていたが、一緒に冒険者として働く以上、命を預け合うような場面も少なくない。

同じ背中を任せるなら、裏表なくお互いによく知っている相手のほうがいい。

それは言い訳にしても、隠し立てされると知りたくなるのが人情というものである。

ここは一計を講じる必要があるだろう。

ガリーはいかにも何か企んでいますといった表情で、含み笑いを浮かべる。

肩に乗ったシロタエは、胡乱げな目でその顔を見つめていた。

🐾　🐾　🐾

依頼を終え寮の自室に戻ったガリーは、貰ってきた品物を机に載せてにやりと笑う。

依頼は、何の障害もなく成功している。

狙うのは、大型のアルキグサの仲間であった。

人の身の丈の三倍はあろうかという巨体を持つ、厄介な魔獣である。

アルキグサというのは、動き回る植物の総称だ。

依頼にあった魔獣も植物であり、楕円状の本体に膨大な量の根やツタで構成されている。

根やツタで周囲の岩や土、鉱石をからめ捕り、動物のような体躯を形作っているのだ。

四足で頭部はなく、粗雑な作りの粘土細工のような外見であり、動きはごく遅い。

だが、力は恐ろしく強く、何より体の表面を覆う岩石が硬いために攻撃がほとんど通らない。

倒そうと思えば非常に厄介な相手だが、手を出さない限り襲ってくることはない。

追い払うのも難しくないので、普通であればそう面倒な魔獣でもないのだが。

この魔獣の本体はある種の特殊な病気の特効薬になるのだそうで、求められる数は少ないが、どんなに大金を積んでも欲しい、という者が、時々現れるのだとか。

聞けば、ギルドに依頼を出した依頼主は、スタンの知り合いであったらしい。

その人物の妻が、まさにその特殊な病気にかかっているそうで、ガリーがいなくとも、この依頼は受けるつもりだったのだという。

目的の魔獣を探している最中にそんな話をされたガリーは、何とも言えない気持ちになった。

もしその話を先に聞かされていたら、ガリーはまず間違いなく断らなかっただろう。

多分、報酬などの条件も、聞かなかった。

どうにも、ガリーはそういう話に弱いのだ。

スタンはそのことが分かっているから、話さなかったのだと笑っていた。

冒険者というのは、あくまで商売であり、利益にならないことをやる必要はない。例外はあるにしろ、知り合いでもない者を助ける義理はガリーにはないだろう、というのだ。

確かに、言う通りではある。

そういった依頼を全部割に合わない条件で引き受けていたらガリーが干からびてしまう。

だから、依頼を引き受けてから、そういった枝葉末節の事情を話したのだ、という。

妙な気の使い方だとは思うが、的外れなものだとはガリーは思わなかった。

スタンなりの誠実さなのだろうと、察することができるし、何より、不快には感じない。

包み隠さず言えば、スタンとなら冒険者稼業をやるのも悪くない、という思いもある。

ただ、問題はある。

「国家魔法使い育成支援制度」だ。

お金を出してもらって、学校に通っている以上、将来は役人にならなければならない。

「何とかなんないもんかなぁー」

ぼやいてみるガリーだが、どうしようもないこともあるのだ。

ガリーもそのことはよくよく分かっているのだが、どうにも踏ん切りはつかない。

だが、いつまでもそのことばかりも考えていられなかった。

これから、シロタエの口を割らせるための、準備をしなければならないのだ。

ガリーの得意料理は、スープだ。

正確に言うなら、得意になるほど散々作った、というほうが適切だろう。

孤児院では、食べ物を少しでも確保するために、畑を作っていた。

収穫はなかなかのもので、自分達で食べるだけでなく、売ることができるほどだった。

孤児院にとって、現金収入は貴重だ。少しでも多く野菜を売るため、見た目の良いものは売る分へ。

見た目が悪かったり、傷がついたりしたものを、孤児院の分に回していた。

やたら細く育ってしまったものや、収穫の途中で削れて半分になってしまったもの、干からびてしまったものなどもあり、調理には頭を悩ませたものである。

何とかおいしく食べられないかと、苦心の末にたどり着いたのが、スープであった。

形の悪さや傷なども、刻んで煮込んでしまえば気にならない。

かけたり干からびたりしたものも、出汁をとることは可能だ。

それもできないようなものならば、堆肥置き場に捨てておけば、いい肥料になる。

ガリーにとっては、随分と助けられた、思い出深い料理なのである。


魔法学校の寮には、共用の調理室があった。

ほとんどの生徒は食堂で食べるのだが、ごく僅かに自炊をしている生徒もいた。

ガリーも、稀にではあるが調理室を使うことがある。

勝手知ったる調理室、というわけで、ガリーは手早く料理を開始した。

材料は、食堂のおばちゃんから分けてもらった野菜と、干し肉や塩漬け肉の切れ端など。

作るのは勿論、スープである。

まずは鍋を火にかけ、塩漬け肉を炒めた。

ほどよく油が出てきたところで、野菜を放り込み、火を通していく。

炒めるのはつききりでやらなくてはならず手間なのだが、やるとやらないとでは味が断然変わってくるのだ。

何より、香辛料の量が少なくて済む。

塩は必需品だから仕方ないとしても、それ以外のところは何とか抑えたいところである。

幸い、香草などの類であれば、山や森、実習用の畑や稀少植物を育てるための植物園などで得ることができた。

これらを工夫すれば、店で買ってこずともある程度納得のいくものを作ることができる。

ほどよく火が入ったところで、水を注ぎ込む。人間の魔法を使って水を作り出し、手早く入れる。

魔法学校で習った魔法の中でも、この魔法は一際気に入っていた。

井戸で水汲みをしなくていいというのは、素晴らしく楽なのだ。

火力を少し強くし、沸騰してきたところで、残りの具材を入れていく。

冒険者仕事のついでに山で採ってきたり、学校の植物園からくすねてきたりした香草のいくつかも、この時に加える。

ここで、ガリーは初めて竈に薪をくべた。

実は、調理作業をしながら、ずっと火の魔法を使っていたのである。

かなり高等な技術だが、ガリーはこれを「薪代をケチりたい」という一心で体得していた。毎日使う薪の一部でも魔法に切り替えられるなら、その分家計は助かる。

冬になれば、薪は室内を暖めるのにも使うのだ。

料理で使うのを減らせば、その分だけ子供達が温かく過ごせることになる。ならば、ガリーにとってやらない理由はない。

もっとも、この程度の時間ならば維持できるが、これ以上となると少々苦しい。

「もっと長く使えればいいんだけどねぇー」

薪に火を付けながらぼやくガリーだが、ここまでの調理の間魔法を使い続けるというのも、実は驚異的なことだった。

普通ならば途中で魔力切れを起こし、へたり込んだり目を回したりしていたことだろう。

火が付いたら、鍋に蓋をして、しばらく放置する。

鍋は分厚く、熱がこもりやすいつくりで、僅かな薪で調理ができる。

ふんだんに金属を使っている高価な品だが、調理室の備品なので好きに使うことができた。

煮込んでいる間、図書館から借りてきた資料を読むことにする。

製本されているものではなく、学生が書いた魔法研究の報告書だ。

複数種類の簡単な魔法を組み合わせ、大きな効果を得よう、という内容である。

この手の研究は魔法の大きな課題の一つであり多くの魔法研究者が行っているのだが、
この報告書の製作者はそれをさらに先に進めようとしていたようだ。

ただ、一つ一つの魔法を使う労力を少なくしようと思うあまり、一度に五つから六つもの魔法を同時に使うことを提案している。

複数の魔法を同時に使うというのは、凄まじく集中力を要する作業であった。

できて精々、二つか三つといったところだろう。

それ以上の数を使おうというのは、相当に無謀といっていい。

「方向性は間違ってないと思うんだけどなぁ。もっと楽する方法がある気がするんだけど」

楽をするための苦労は進んでする、というのが、ガリーの信条だ。

常に無い真剣さで考え込んでいると、薪のはぜる音が聞こえた。

はっと我に返ったガリーは、窓の外を見る。日の傾き加減から見て、思った以上に時間が経っていた。

慌てて、鍋の蓋を開けて、中を確認する。

幸いなことに焦げ付かず、よく煮込まれ、実に美味そうなスープが出来上がっていた。

これなら、問題なく目的を達することができるだろう。

ガリーはいかにも悪だくみをするような顔で、ほくそ笑んだ。

🐾🐾🐾

魔法学校にある寮の廊下。傾いてきた太陽の赤い光が差し込んでくるそこを、シロタエは上機嫌で歩いていた。

図書館からの、部屋へ戻る途中である。

少し前まで、絵本を読んでいた。シロタエは文字が読めないので、正確には司書に読んでもらっている。

内容は、猫の騎士が悪いクマと戦い、姫を救い出すというものだ。

あの「しょしんしゃのもり」を題材にした作品らしいのだが、なかなかに面白かった。

だが、騎士がたった一匹でクマを倒す場面は、いくらお話だからとはいえ、少々やりすぎではないだろうか。

一匹でクマを倒すことができる猫など、たった一匹しかいない。猫の英雄である、クロバネだけだ。

「まぁ、おはなしだから、しょうがないけどね」

強い物語を読むと、自分まで少し強くなった気分になる。

シロタエは尻尾を立てて、大股で歩く。

すると、何やらおいしそうな匂いが漂ってくることに気が付いた。

覚えのある香りで、すぐに心当たりを思い出す。

最近は食堂にばかり行っているからご無沙汰な、ガリーの手作りスープだ。考えてみれば、最初にシロタエがガリーに惹(ひ)かれたのは、スープだったのではなかろうか。

最近はめっきり作らなくなっていたのに、どうしたのだろう。

少し不思議に思うものの、そんなことよりスープである。

シロタエは匂いに誘われるまま、ふらふらと歩き出した。

たどり着いたのは、調理室だ。

覗(のぞ)き込むと、大なべをかき混ぜているガリーの姿が見えた。

なぜか片手で魔法の風を起こして、スープの匂いを拡散させているが、そんなことはどうでもいい。

シロタエはスープの入った鍋に近づいていくと、中を覗き込んだ。

「どうしたのさ、すーぷつくるなんてひさしぶりじゃない！」

質問には答えず、ガリーは匙(さじ)で掬(すく)ったスープをシロタエの前に出した。

「ちょっと味見してみる？」

普段はつまみ食いはダメだと言うのに、今日はどういう風の吹き回しだろう。

気にはなるが、とにかくスープだ。

息を吹きかけて冷まし、舌で舐(な)めとる。

美味い！

あれやこれやと言葉を尽くして語りたいところだが、如何せんシロタエはさほどおいしさを表す言葉を知らなかった。

だが。

「おいしい！　すっごく、おいしい！」

これ以上に、おいしさを表すのに必要な言葉があるだろうか。

目いっぱい気持ちを込めたおいしいという言葉以上の誉め言葉を、シロタエは知らない。

「そっか。よかった」

ガリーは満足そうに頷くと、まな板のほうへと動いた。

切り分けられたパンがあり、ガリーはそれをさらに賽の目状に切っていく。

一口大になったパンを、用意してあったスープ皿の中へ。

シロタエは、喉を鳴らした。

スープ皿にパンを入れ、そこにスープを注ぎ、さらに上に焼いたチーズをのせるという食べ方が、シロタエは何よりも好きだった。

恐らく、猫として生きてきた中で、最も好ましい食べ物といって良いだろう。

毎日食べたいところだが、如何せんガリーは面倒臭がりで、めったに作ってくれない。

「勿論、チーズもあるよ」

これをフライパンで焼くか、魔法の火であぶれば、シロタエの大好物の出来上がりだ。

狩りの癖で、抜き足差し足でスープ皿に近づこうとするシロタエだったが、不意に体が宙へと浮き上がった。

まるで水の中に浮かんでいるような格好だが、いくら足を動かそうが身をよじろうが、まったく体の位置が動かない。

ガリーが魔法で浮かせているのだ。

「ちょっと、なんなのさ！」

目の前に好物をちらつかされているシロタエは、不機嫌そうにそう言った。

ガリーはそれを見て、にんまりと笑う。

「スープ、食べたい？」

「そりゃたべたいよ！　ひさしぶりだし！」

「そうだよねぇー。食べたいだろうなぁーって思うよ。うん。ところでさ、聞きたいことがあるんだけど」

「なにさ」

「スタンさんって何者なの？」

シロタエはゆっくりとそっぽを向いた。

スタンの本当の名は「スタンライト」で、某国の王子である。

それは、秘密にしておいてほしいと、言われていることであった。

理由は分かる。

スタンこと王子は、冒険者になるために、無理やり城を抜け出してきている。

うっかりバレようものなら、まず連れ帰されるだろう。

いつかガリーを宮廷魔術師にしたいと思っているシロタエとしては、ここで恩を売っておいて損はないはず。

つまるところスタンライト王子の秘密を守ることは、ガリーのためにもなることなのだ。

故に、いくらガリーが聞きたかろうが、答えるわけにはいかないのである。

「さぁー？　ぜんぜんしらないけどー」

「分かりやすくごまかそうとしてるじゃん。いいのかなぁー、そういう態度だとこっちにも考えがあるけど」

「なにさ、考えって」

「このスープ、全部ダンジョンの先生にもってく」

シロタエは絶句した。

ダンジョンの先生、というのは、魔法学校の地下にあるダンジョンを管理している、グレーターデーモンのことだ。

魔法学校の名物かぁちゃんである、母猫の息子であり、羽のおじちゃんの兄でもあった。

そのよしみで、よく一緒に狩りに行ったり食事をしたりするのだが、このグレーターデーモン、角のおじちゃんは、とにかくよく食べるのだ。

元の体が大きいせいか、並みの猫の五倍は軽く食べてしまう。

よくそんなに食べられるね、と聞いたことがあるのだがどうも食べること自体が好きらしい。

果物やネズミや虫、マタタビなども好きだそうで「人間でいうところの食道楽だな」などと言って笑っていた。

そんな角のおじちゃんにかかったら、こんな鍋一つ分のスープなどあっという間だ。

きっとスプーン一匙分も残さず飲み干されてしまうに違いないだろう。

「あーあー、ざんねんだなぁー。素直に教えてくれたら、しろにゃんこも食べられたのになぁー」

「ひきょうものー‼」

目の前で薄切りチーズをぶら下げられ、シロタエは悔しげに叫んだ。

必死に脚と尻尾を振り回すが、吊り下げられたようにされた体はまったく動かない。

魔法を使おうかとも思ったが、何をやってもガリーには防がれてしまう。

ぐうたらなくせに、こと魔法に関する才能だけはずば抜けている。

だが、負けてなるものかと、シロタエは歯を食いしばった。

ガリーが立派な魔法使いとして独り立ちする姿を、シロタエはぜひにも見たいのだ。

自分のためではなく、ガリーのための我慢である。

結局、シロタエの我慢は、直後に目の前でチーズがあぶられる匂いを嗅ぐまで続いた。

時間にすると、ポムポラの木の実を一つ食べ終える程度だろうか。

何だかんだといって、シロタエも食道楽なところがあったのである。

🐾 🐾 🐾

珍しいが、高価な薬があれば治すことができる病（やまい）。

金の有り余っている者ならばともかく、金に困っている者がそういう病にかかることは、悲劇といっていい。

ある農民の子供が、まさにそういった病にかかってしまった。

そんな折、ある冒険者がたまたまそのことを知った。必要な素材だけならば、手に入れることができる。

だが、問題はそれを薬にする手段だ。

どうしても、かなりの金額がかかってしまうし、薬を作ってくれるような伝手もない。

そもそも、見返りもなしに薬を譲っていいものだろうか。

冒険者は慈善事業ではなく、命を張った商売だ。

一人の冒険者のタダ働きが、他の冒険者の仕事を妨害することにもなりかねないのだ。

思い悩み、頭をひねった末に、その冒険者はある方法を思いついた。

まず、金の問題。

魔法学校のおひざ元である町には、多くの大商会が軒を連ねている。

そういった連中には、件の病にかかっているお得意様を持つ者もいるだろう。

上手く見つけ出すことができれば、金を出してもらうことができるはずだ。

薬の調合に関しては、魔法学校を頼ってみる。

知識の砦であるあそこならば、それを専門にしている魔法使いもいるはず。

魔法学校のことならば、母猫殿に聞いてみればきっと、色よい返事がもらえるだろう。

次に、農民から受け取らなければならない、報酬の問題。

素材を集める手助けをしてもらうことで、相殺することにしよう。足りない分は、農作物でもらうのもよい。

問題になるのは、薬の材料だ。

これには厄介極まる、巨大なアルキグサの一種が必要だった。

並みの冒険者では倒し切ることは相当に難しいと来ている。

通常であれば、薬を作るうえでの最大の難関といってもいい。

しかし、これは、もっとも簡単な問題であった。

腕に覚えがあり、味方になってくれるであろう頼もしい魔法使いを知っていたからだ。

手順は、次の通りである。

まず、見つけた商会に、魔獣討伐と素材採集の依頼を出してもらう。

その間に、農民に頼んで、村中総出で魔獣を探してもらっておく。

攻撃しない限り襲ってくることはないので、探すだけならば、農民達でも問題ない。

そのついでに、魔獣討伐に必要な道具を農民に作ってもらっておく。

準備してもらうのは、長く丈夫なロープだ。

縄の材料である藁は、その農家に大量にあったし、ロープを作る技術も持っていた。

魔獣の脚にからめさせ、足止めに使う、討伐には不可欠な罠なのだ。

これらを準備している間に、知人の魔法使いに声をかける。

恐るべき魔法の才能の持ち主で、通常ならば十数人がかりで作り上げるような爆炎の魔法を、寝ぼけ眼（まなこ）で操る人物だ。

何だかんだと付き合いのいい人物なので、きっと断られることはない。

もし断られたら、師匠である黒猫と一匹と一人でも何とかなる、はずだ。

無事に素材を得られたら、魔法学校へ持ち込み、薬にしてもらう。

一度にできる薬の量は、十数人分。

薬の出来を確認する治験は、功労者である農民の子供に頼むことになる。

これは本当にたまたまなのだが、商会が欲しがっている薬は、その農民の子供がかかっている病の特効薬でもあったのだ。

試すためとはいえ、通常ならば高い金額を払わなければならない。

しかし、この農民は素材集めに尽力してくれたので、特別に、薬の効果を試す目的で、薬を譲ってもらうわけである。

当然、これは表向きの話だ。そういうことにしておけば、どこにも角が立たないはず。

その冒険者が必死に頭をひねって、考え付いた方法であった。

はたして冒険者のたくらみは、思った以上に上手くいった。

商会からは思わぬ切り札となる商品が手に入ったと感謝され、母猫に紹介してもらった魔法学校の教師にも、珍しい薬を作ることができたといたく感謝された。

驚くほどの才能を誇る魔法使いも、相応の報酬を得られて満足していたようだ。

農民はといえば、言わずもがな。特効薬は名前通りの効果を見せ、病を得ていた子供は、今は村中を走り回っている。

勿論、その冒険者の懐にも、相応しい報酬が入った。

商会からの依頼料と、農民からお礼としてもらった、村の特産だという果物。

何より。

「冒険だ！　クロバネよ、これこそ冒険だとも！　こんなに心躍ることがほかにあるだろうか！　これ以上の喜びがあるだろうか！　まさしく冒険ではないか、クロバネよ！」

その冒険者にとっては、この出来事自体が、最高の報酬であったのだ。

大いに騒ぐ冒険者、スタンことスタンライト王子に対し、いつもならば師匠であるクロバネが苦言を呈する場面であろう。

だが、クロバネは特に怒る様子もなく「そうだな」と気のない返事をした。

農民に報酬としてもらった果物を齧る(かじる)のに忙しかったのだ。

楕円形で茶色がかった産毛のようなものが生えた実を、前足で抱え込むようにして齧る。

中身は鮮やかな緑で、たっぷりの果汁が滴っていた。

思わぬ反応に、スタンは面白そうにクロバネを見る。

「この果物は、リッダコッタの実というそうですよ。なんでもマタタビの仲間だそうです」

「道理で美味いはずだ。香りもいいが、味もなかなかだな。甘くて酸っぱい」

「よくよく見ればこの果実、マタタビと似ている気がするな。切った断面とか」

「そうか。よく見ていないからわからん」

「本当に気に入ったんだな。よし、城に戻ったら植物園でこれを育ててもらおう。猫竜殿も気に入ってくださるやもしれない」

「戻るつもりはあるのか」

「はっはっは！　当分先の話だがな！」

高笑いをする王子に呆れたような視線を向けクロバネは再びリッダコッタの実に齧りついた。

この実を育てるというのは、いい考えだと思われる。城の植物園には、トキツゲソウという名前の森の猫がいた。あの老猫なら、この果物も上手く育ててくれるだろう。それに、クルルカという優秀な新人も入る。

「それで。あのガリーという娘の件はどうするつもりなのか」

冒険者への勧誘を続けてはいるが、ガリーのほうにも事情はある。

だが、スタンはまったく問題ないというような笑顔を見せる。

「そのぐらいなら、打開策はいくらでもありますとも。問題なのは、当人の意思ですよ。なりたいと思ってくれているのであれば、方法も教えますすし手伝いもします。ですが、先に方法を見せて、それをやれと迫るのは違うと思うわけです」

正直なところクロバネにはよく分からない理屈だが、スタンなりの考えがあるらしい。

「冒険とは、己のうちにあるものなのですよ、師匠殿！　たとえギルドで金を受け取り依頼をこなそうとも、それを選ぶのは己自身でなくてはならない！　そうでなければ、信念が籠らない！　そう、冒険とは冒険者の信念によって行われるのだ！　その冒険は同じ冒険者によって語られる！　そこに込められるのが尊敬であるか嘲笑であるかは、その冒険者の冒険、つまり信念によって決まるのだ！　つまり冒険とは、己の信念によってのみ行われるものであり、その冒険者のことそのものを示すものなのだ！　ああ、やはり冒険はいい！　冒険だ、冒険だぞクロバネよ！　冒険によってこそ冒険者は磨かれ、輝くのだ！」

何やら熱が入ってきたのか、スタンはいつものように熱弁を振るい始める。

こうなったら、止めるのは難しい。それでもいつもは一言二言言ってやるところだが、クロバネは今それどころではない。

果実を食べなければならないのだ。

そういえば、森には果物を好物にしている老猫がいた。

若い頃は相当無茶をしていたらしいが、今は随分落ち着いている。

まぁ、昔に比べての話であり、クロバネの知る限り今でも随分無茶をしている様子ではあったのだが。
あの老猫は、元気にしているのだろうか。
「お？　師匠殿、何かあったようですよ」
しばらく喚いて気が済んだらしいスタンが、何かを見つけたらしい。
手で示す方向に顔を向けると、何やら村人が集まっているのが見えた。
何事だろうか、とクロバネが言う前に、スタンはそちらのほうへと走り出している。
せわしないとは思うが、素早く行動するのはよいことだ。
機を逃さず動けば、それだけ狩りの成功率は高まる。
クロバネは弟子の背中を見送ると、再び果実にかじりついた。

魔法学校にある寮の一室。
ガリーとクルルカの部屋で、一人の男性が書類束を読んでいた。
人間の男性に見えるが、正体は、駆竜という竜種で、名をクロウという。
翼を持たず、地を駆けるのが得意な四足の竜種なのだが、知能は高い。
クルルカの使い魔で、今は魔法で人の姿に変じていた。
当のクロウ曰く、本や紙に書かれた文字は人の姿のほうが読みやすいのだという。

人の文化風習に強い興味を持った、変わり者である。

「ふぅむ。興味深いな。これは、なかなかに興味深い」

興味深い、というのは、クロウの口癖のようなものである。

書類束から顔を上げると、クロウは室内を見回した。

クロウの相棒であるクルルカは、真剣な面持ちで机に向かっている。何やら、魔法の道具を作っているらしい。

使い魔仲間であるシロタエは、床で腹を上に向けて寝転がっていた。

本当に森に住む猫なのかと疑わしくなるような警戒心のなさだが、まぁ、あれがシロタエのいいところでもある。

目的のガリーは、分厚い便箋束を何とか封筒に収めようと苦心している様子だった。

出身である孤児院へ送るためのものだ。

ガリーは子供達一人一人に、それぞれ手紙を書くため、便箋の束は驚くほどに分厚い。

書かれた内容は、子供達が読めるよう、単語や文字の大きさにまで気を使われていた。

幼い子供には分かりやすく大きな文字で、少し大きな子には、難しい単語も織り交ぜて。

他のことに関しては万事面倒臭がりでぐうたらな少女だが、こと孤児院の事が絡むと、驚くようなまめさを発揮するのだ。

この少女もなかなかに興味深くはあるが、今はそれよりも気になることがある。

便箋束を何とか封筒に収め終えたところを見計らい、クロウはガリーに声をかけた。

「ガリー殿。少し聞きたいことがあるのだが、いいかな」

「え？　いいけど、どうかしたの？」

「ガリー殿は、このあたりでよく冒険者仕事をしていたね。このあたりで良く出されるらしい依頼で、畑の護衛というのは知っているだろうか」

「知ってるけど。やったことはないかなぁ」

畑の護衛というと奇妙な話に聞こえるかもしれないが、珍しい種類の依頼ではなかった。

収穫時期になると、畑の作物を狙って魔獣などが現れることがある。

そこで、冒険者が雇われることになる。

農村の農民達が金を出し合い、ギルドに依頼を出すのだ。

依頼料自体はさしてよいものではないのだが、人気の高い依頼だった。

護衛は、収穫中ずっと行われる。

作物によって期間はまちまちだが、おおよそ二日から八日前後といったところだ。

その間の衣食住は、農村側が全て持つことになる。これだけでも、冒険者にとっては大いに助かることだ。

さらに、討伐した魔獣の素材は、農村と折半することになる。

冒険者側は、探し回らずとも向こうから寄ってきてくれるので、楽な狩りができる。

農村側は、普段は得難い食用の肉や、毛皮などが手に入る機会となっていた。

領主に兵を出してもらう方法もあるのだが、収穫時期というのはどこの村も被るので、兵の数が手薄になってしまう。

それに、兵隊が魔物を討伐した場合、素材は手に入らない上に、兵隊が駐留している間の衣食住は、農村が負担することになる。

ならば、多少の報酬を出すことになったとしても、冒険者を雇うほうが得るものは大きい、というわけだ。

ガリーとしてもおいしい依頼なのだが、如何せん事情もある。

「なにせ、学生だからねぇ。何日も学校から出て泊まり込み、ってわけにも行かないし」

魔獣には昼も夜も関係なく、むしろ村人が寝静まった夜中を狙ってやってくることも多いとなると、魔法学校の生徒としては、受けるのは難しい。

外泊するのには魔法学校の許可がいるのだが、依頼を受けたいから、という理由では、まず許可が下りることはない。

それよりも授業に力を入れなさい、と叱られるのが、関の山である。

「なに、興味あるの？」

「農村と冒険者、そしてギルドが密接にかかわる場面というのは、なかなか興味深いからね。ぜひ一度現場に行ってみたいと思うのだが」

「そういわれてもねぇー。っていうか、なんで私に？　クルルカに言うべきじゃない？　使い魔なわけだし」

「クルルカは授業があるが、ガリー殿はいま特に用事もないだろう？　ならば、そういった依頼も受けられるのではないかと思ってね」

「そんな人をヒマ人みたいに」

「じっさいひまじんじゃん」

シロタエに言われ、ガリーはきっと睨みつけた。

慣れっこなのか、シロタエはまったく意に介する様子もない。

「いいじゃない、きいてみるだけきいてみればさ。あんがい、いいっていわれるかもよ」

「先生がいいっていったってさ。クロウはクルルカの使い魔だよ？」

「クロウが行きたいなら、私はかまわないけど。どうせ授業受けるだけだしね。クロウはいっつもその間、図書館で本ばっかり読んでるんだし。たまには外に出たほうがいいよ」

道具が完成したらしいクルルカが、楽しそうな笑顔で言う。

魔法使いと使い魔という関係だが、クルルカとクロウはいつも一緒というわけではない。

クルルカは勤め先に入る前に一つでも多く知識を得たいと思っていて、クロウは今のうちにこの辺りの面白そうなことを見ておこうと考えているからだ。

当のクルルカがいいと言っている以上、ガリーがとやかく口は出せない。

「いいけど、聞いてみるだけだよ？　そりゃ、受けられればうれしいけどさ」

ガリーとしても、畑の護衛は魅力的なのだ。

勤め先については考えをまとめ切れていないし、いい気分転換にもなるかもしれない。

どうせ望み薄だし、聞くだけ無駄だろう。

そんな風に思いながら、ガリーはため息を吐いた。

世の中思ったよりも、どうにかなることが多いらしい。

畑の護衛を受けたいというガリーの申し出は、驚くほど簡単に許可された。

誰かのために何かをしようと行動するのは、魔法学校の理念にも則する。丁度君は授業もないわけだし、大いに経験を積んできたまえ。などと言われ、むしろ良い心がけだと褒められてしまった。

こうなってしまうと、後には引けない。

ガリーはシロタエを小脇に抱え、楽しそうなクロウを連れて、ギルドへとやってきた。

まさかこんなことになるとは。予想外の事態に、ガリーはため息を吐く。

だが、たどり着いたギルドでは、もっと思いがけないことが起こった。

「これはガリーさん。今日も仕事を受けにいらしたんですか？」

嬉しそうに手を挙げて挨拶をしてきたのは、スタンだった。

その前には、ガリーも顔見知りのギルド職員がいる。

どうやら、二人で話をしていたらしい。

「そんなかんじ。なんか、何やかんやあって畑の護衛仕事を受けられることになりまして。

まあ、勿論募集があればですけど」

「ガリー殿が？　魔法学校が許可を出したんですか？」

「出ちゃったんですよ、これが」

驚くスタンとギルド職員を見て、ガリーは力なく笑う。

魔法学校の生徒が畑の護衛を受けないなどというのは、ギルド職員や冒険者からすれば常識の類の話だった。

何しろ、この町は魔法学校のおひざ元であり、生徒が冒険者として活動することも少なくなく、おおよその事情はギルド職員も把握していた。

「何だってまた。いや、理由はいいか。しかしこれは、好都合じゃありません？」

「魔法学校の爆弾娘が加わってくれれば、大いに助かりますな」

どうも先ほどまで話していた内容は、ガリーに関係ないものではなかったらしい。

笑い合うスタンとギルド職員を前にして、ガリーは嫌そうに顔をしかめた。

スタンが町近くにある農村で果物を食べていたところ、農民達が困った様子で話し合っている場面に出くわした。

何でも、隣村で奇妙な魔物が出たという。

収穫時期に魔獣がそれを狙って出てくること自体は、よくあることである。

問題なのは、その種類であった。

「どうも、いわゆる魔法生物の類らしいんですよ」

魔法で作り出された、疑似生物だ。

かなり複雑な魔法の類だが、人間だけが使う魔法ではない。

野生の魔獣の中にも、自分の分身を作り出し獲物に襲い掛からせるものや、作り出したものをおとりとして使うものがいる。

なので、魔法生物自体は、さして珍しいものではない。

問題なのは、今までその村では、一度も確認されていない種類の魔法生物だというのだ。

「しかもどういうわけか、その魔法生物以外、畑を襲いに来ないそうなんですよ」

「普通なら、もっといろいろ来ますよねぇ。ちょっとおかしくありません？」

「まだ詳しく調査していないので何ともですが、放っておくのも不気味ではあります」

ガリーに聞かれ、ギルド職員はいかにも困ったというように眉をハの字にした。

ギルドとしては、できれば調査の得意な冒険者を派遣して調べておきたい事態ではある。

ところが、今はどこの村も収穫時期で、多くの冒険者が雇われて方々に散らばっていた。

落ち着いて状況判断ができるような手堅い冒険者は、軒並み畑の護衛仕事に出ている。

「スタン君も魔法は得意だが、調べるのは専門外だからね。魔法学校の生徒である君なら、調査向きだろう」

面倒臭がりでぐうたらではあるが、ガリーは成績だけは良かった。

相応に知識も蓄えているので、そこらの冒険者より役に立ってはくれるはずだ。

「そういうことならば、私も幾分かお役にたてるかと」

それまで話を聞いていたクロウが、前へ出た。

ギルド職員は一瞬怪訝(けげん)な顔をしたが、すぐにクロウのことを思い出したらしく、表情を明るくした。

「おお！　魔法道具の才女の使い魔か！　図書館に入り浸っているという！　これは頼もしい！　君も行ってくれるか！」

「クルルカは授業で来られないが、私のほうは問題ありません。微力ながら、お手伝いしましょう」

どうやら、クルルカはちょっとした有名人であるようだった。

その使い魔であるクロウも、変わり者として知られているようである。

「クルルカが才女で、私が爆弾娘っておかしくない？」

「兎も角、これで随分助かった。とりあえず正式な依頼としてお願いしたいんだが、頼めるか。勿論、報酬は通常よりも上乗せさせてもらう。ギルド持ちでな」

ギルド職員に聞かれ、ガリーは言葉に詰まった。なんとなく受けたくない気がしないでもないが、状況的には請け負ったほうがいい気もする。

農村にとって生命線である畑が危険にさらされているのを放っておくというのは、寝覚めがよくない。

報酬が上乗せとなるなら、歓迎してもいいところである。

「わかりましたよ、もう」

「よし、決まりだ！　これはいい！　まさかここで同じ依頼を受けられるとは思わなんだ！　冒険だ！　まさに冒険ではないか！　はっはっは！」

「手続きをしてくる、ちょっと待っててくれ！」

スタンはすこぶる楽しげに笑い声を上げ、ギルド職員はせわしげに走り去っていく。

そんな状況に、ガリーは面倒臭げに顔をしかめるのであった。

クロウはあくまで使い魔であり、ギルドからの報酬は出ない。

それでいて知識は大いに役に立つだろうから、ギルドとしては非常においしい話のはず。

どうせだったら、もっと依頼料を吹っかけてやればよかっただろうか。

ガリーがそんなことを考えているうちに、件の村へたどり着いた。

村の様子は、これといって変わったところもないように見受けられる。

収穫のために働いている農民がいつもより多く見える程度だ。

どこの農村でも同じだが、収穫というのは村総出の仕事である。

そのため非常に賑(にぎ)やかなのだが、村にやってきたガリー達も負けていなかった。

まず、ガリーとスタン、さらに、シロタエとクロバネの猫二匹に、竜種であるクロウ。

なかなかの大所帯と言えるだろう。

「まずは、先にいる冒険者に会いに行きましょう」

スタンに先導され、一行は村で一番大きな建物へと向かった。

この村には、二、三日前から冒険者が入っているのだという。

二人組の冒険者で、異変に気が付いたのは彼らだったそうだ。

すぐにギルドに知らせようとしたが、護衛をしている畑を離れるわけにもいかず、村人に事情を話し、街のギルドへ知らせに行ってもらった。

こういった話は、農村にとって死活問題であり、すぐに周りの村々にも伝えられたのだが、その時にたまたまスタンが居合わせたのだそうだ。

ガリーには思わぬ場面に立ち会ったことに喜ぶスタンの姿が、目に浮かぶようだった。

村で一番大きな建物は、村長の家であった。

役人が立ち寄ったり、緊急の場合の宿泊場所になったりするため他より少々広いが、作り自体は他の民家と変わらない。

村長の家の前には、数名の人が集まっていた。農民と思しき老人達と、冒険者と思しき二人組だ。

「お、お弟子君じゃない。大所帯だね」

声をかけてきたのは、冒険者と思しき二人組の片割れだった。どうやら、スタンと顔見知りだったらしい。

丁度話が終わったところだったのか、村人達は一人を残し、畑のほうへと向かっていく。

残った一人が、ガリー達のほうへ挨拶をする。

村長だったようで、スタンとガリーも名を名乗り、挨拶をした。

挨拶を終えると、村長は先乗りしていた冒険者に促され、畑へと向かう。

収穫は時間との勝負であり、作業ができるうちは、そちらに手を回さなければならない。

村長を見送って、冒険者二人組と改めて挨拶を交わす。

「いやぁ、来てくれて助かったよ。魔法ってまるっきり門外漢でさ。ただ倒すだけならどうにでもなるんだけど、調査となるとからっきしなのよ、俺ら」

「叩(たた)いて潰すなら楽なのだが！　今後の村のことを考えれば、それでは不味かろうからな！」

薄手の上着にズボン、裸足という格好の男性。

そして、金属製の全身鎧に、巨大な剣を背負った女性。

あまり見かけない、珍しい組み合わせである。

知り合いらしいスタンが、二人にガリーとシロタエ、クロウを紹介した。

どうやら、ガリーの噂(うわさ)は、二人の耳にも入っていたらしい。

「おお！　貴女がうわさに聞く魔法学校の爆弾娘殿かっ！　ダイオウオオカマムシを爆殺し、イワアルキを粉砕した爆炎魔法の名手と聞いているっ！　これは心強い！　心強い限りだっ！」

「はぁ、どうも。っていうか、ホントに私、爆弾娘って呼ばれてるんです？　もうちょっとかわいい呼び名になりません？」

女性は興奮した様子でガリーの手を握り、上下に振り回す。

されるがままになりながら、ガリーは苦笑いだ。スタンはその様子を気にせず、二人を紹介する。

「そちらの鎧の女性が、重装騎士のランシールさん。特殊体質で、尋常ならざる剛力の持ち主だ。剣技も相当ですよ」

「よろしく頼むっ！　貴女優秀だと常々噂をうかがっているっ！　戦列を共にできて光栄の限りだっ！」

紹介された女性、ランシールは、さらに勢いよくガリーの手を振り回す。

「で、こちらの男性が、格闘術使いのコルアさん。素手で鉄の刃を止め、岩を砕く徒手空拳の達人です」

「どーも。達人ってのはあれだけど。まぁ、足は引っ張らないようにするよ」

お互いに紹介が終わったところで、本題に入ることになった。

コルアが地面に木の棒で線を書いていき、石を並べる。

どうやら、大雑把な村の地図のようだ。

「魔法学園に寄り添う形でできた町に、さらにくっつく形でいくつか農村がある。この村はその中で、一番外側にある村なわけ。で、魔獣やら害獣やらは、四方八方から来るの」

街から村までの間には林や草原などもあり、そういったところから魔獣などが畑を狙いに来ることは、珍しくはない。

だが、今年は少々様子が異なるのだという。

「俺達が雇われてすぐに畑を狙って何かが来てさ。まぁ、倒したんだけど。どうにも聞いてた話と違うのよ」

畑の護衛をする場合、冒険者はまず村人からどんな魔獣が出るのか聞き取りをする。

やってくる魔獣や動物というのは、毎年おおよそ決まっているものだ。

永く住んでいる村人に聞けば、対策をすることができる。

勿論予想外の事態は起こりうるが、それはよほどの異変といっていい。

普段この村に現れるのは、小型か中型の草食型の魔獣がほとんどだった。

当然普通の農民にとっては恐ろしい相手だが、ある程度の冒険者であれば、問題なく倒せる程度のものだ。

だが、今年出現してたのは、全身が石や土くれでできている魔法生物だったのだ。

しかも、どういうわけか決まった方向から、ある程度まとまった数が襲ってくる。

こんなことは、今まで一度もなかったという。

「さっき、お年寄りにも聞いてみたんだけどね。六十何年間で、見たことも聞いたこともないってさ。周りの農村にも聞いてみてもらったんだけど、まったく分からないって」

「ギルドでも、同じ意見のようでした。持っている情報を調べてみても、この辺りにはそういう方法を使う魔獣は確認されていないようです」

コルアの話に、スタンが補足を入れる。

どうやら、ギルドも畑の状況を聞き、調べておいたようだ。

「まあ、そんなわけでね。村の人に聞いてもおかしいっていうんで、こりゃヤバそうだって思ってね。ギルドに知らせてもらったってわけ」

「自分達で調べようとしなかったのは、懸命だったな。二人でならともかく、一人ではこの広さを守り切るのは難しいだろう」

村の中を見回しながらそう言ったのは、クロバネだった。

確かに、二人で見るにはいいが、一人で守るには少々広すぎる。

クロバネの言葉に、コルアは頷く。

「休みもとれなくなりますしね。ぶっちゃけ一人ずつでも後れを取るような相手じゃないんですけど、畑を守りながらとなるとなんともですよ」

「さもありなん、だな。縄張りを守りながら戦うというのは、そう簡単ではない」

やはりクロバネの基準は、狩りと縄張りといった、猫基準であるらしい。

ただ、その見立ては正しいようだ。

「ホントですよ。守るのに手いっぱいでしてね？　こっちから打って出ることもできないから、向こうのことを探ることもできないし。八方ふさがりだったんですよ」

だが、スタン達が来たことで、状況は大きく変わった。

畑の護衛に必要な人数を残しつつ、調査へ出ることができる。

「この変化がヤバいことなのか、それともちょっと魔物の縄張りが動いただけなのか。まだ大きな被害が出ていない今のうちに、見極めないといけないからね」

冒険者というのは、農民や、兵士が気が付かないような、外界の小さな変化を見逃さない。

何かあれば、ギルドと協力してそれを調べ、異変をいち早く察知する。

そういったことも、仕事の一つなのだ。

「あのぉー、その魔法生物の残骸とかって、残ってます？　調べてみたいんですけど」

「そうしてもらえると助かるよ。なにしろ俺達二人とも、まったく魔法とか分かんなくてさ。一応そういうのはとってあるんだけど、調べようがなくって」

ガリーの提案に、コルアはほっとしたような顔になる。

打つ手がなく、よほど困っていたのだろう。

案内されたのは、納屋だった。石と土が積まれた横に、地面に垂直に突き刺さった丸太がある。

見れば、丸太には石と土でできた人形のようなものが、縛り付けられていた。

「ほぉ！　これは興味深い。生け捕りになさったのか。相当に難しかったでしょうに」

クロウは感心したように声を上げ、石と土の塊を観察し始めた。

厳重に縛られてはいるが、ときどきもがくように動いている。この石と土の塊が、件の魔法生物のようだった。

積み上げられた石と土の小山のほうは、その残骸らしい。

「ああっ！　これが思いのほか脆くてなっ！　捕まえようとする端から砕け散ってしまって、押さえつけるだけでもひと苦労だったのだっ！」

豪快に笑うランシールの言葉に、ガリーはぎょっとして目を剝いた。

縛り付けられている魔法生物に近づき、あれこれと観察してみる。

ついで、その残骸だという石と土の小山を調べた。

石と土で人形を作り労働力にする、土人形や、ゴーレムと呼ばれる種類の魔法のようだ。

かなり粗い作りで、人間の魔法でできたもののようには見えなかった。

たとえガリー以上にぐうたらな魔法使いが作ったとしても、こんな作りにはならないだろう。

ということは、これを作ったのは魔獣とか魔物ということになるだろう。

それにしても、である。

「これ、相当頑丈にできてるけど。押さえつけたからって砕けるようなものじゃないよ？　それにほら、コレ」

ガリーが指差したものを見て、スタンも目を剝いた。

破壊された土人形の残骸の中に、真っ二つにされたと思しき石が混ざっていたのである。

人の頭ほどの大きさがあるだろうか。

「これって、どうやってこうなったんです？」

「ああ、それかっ！　とりあえず倒してしまおうとしてなっ！　硬かろうと思って真っ向から剣を振り下ろしたら、そうなったのだっ！　ほかの土くれは捕まえようとして、砕いてしまったものだなっ！　はっはっはっは！」

「ゴメンね。うちの相棒、バカヂカラなのよ」

肩をすくめるコルアに、ガリーは引きつった笑いを返した。

ガリーの魔法に関する知識は確かなものであり、土人形の調べは順調に進んだ。

クロウとクロバネの知識も、大いに役に立ってくれた。

腕の良い狩人であるところの二匹は、魔物などに対する造詣が深いのだ。

ならばシロタエも、と言いたいところだが、先輩狩人であり猫の英雄であるクロバネおじちゃんがいる前では、形無しである。

ある程度調べ終えたところで、おおよその結論を出すことができた。

「魔力だまりから発生したもの、だと思う」

「魔力だまり、というと。ダンジョンってこと⁉」

代表して言ったガリーの言葉に、コルアは素っ頓狂な声を上げた。

魔法の力というのは、世界中の様々な場所に漂っている。

人や生き物の身のうちだけではなく、風や水、土や石。

だが、それが一つのところに寄り集まり、思わぬ変貌を遂げることがある。

その形の一つが、ダンジョンと呼ばれるものだ。

ダンジョンというのは、元々は迷宮を指す言葉である。それがいつの間にか、魔獣などが集まる危険な場所、という意味を兼ねるようになった。

魔力だまりは、その一つだった。

「すっごく大雑把にいうとですね。天然自然に魔法の力が集まるところができて、なにかの具合で簡単な意識を持つようになる。で、もっとおっきくなりたいって思うようになって、周りからいろんなものを集めようとし始める。いわゆる、それが魔力だまり型のダンジョン、ってことですかね。詳しく説明しようとするともっと複雑なんですけど、まぁ、説明するのにざっと魔法学校卒業位知識が要りますんで、今はこんな感じで」

「それは、なんというか。途轍もない大事なのでは？」

「まあ、はい。多分」

深刻そうなスタンの言葉に、ガリーも難しそうな顔で頷く。

実際、かなりまずい状況ではある。文字通り魔物が湧いて出る場所が、村の近くにあるのかもしれないのだ。

「ダンジョンって、最近できたものなのかな？　それとも、ずっと前からあって、今になって土人形があふれてきたものなのか」

「流石に、そこまでは分からないですねぇ。直接確認しにいかないと」

コルアの問いに、ガリーは肩をすくめる。

「となると、あちこち調べ回るしかない、か。大変そうだねぇ」

「元々何が起きているか調べるつもりで来ていますからね。その辺りは、俺とガリーでやりますよ。周辺の地形は分かりますか？」

「村で聞いたり、建物の上から見た程度だけど。まさか農村の周りの地図なんてないしねぇ。作る意味ほとんどないだろうし」

さっそく、スタンとコルアは、どこを調べるかの話し合いを始める。

クロバネは、村を一回りしてくると言って、出かけていた。

シロタエとクロウも、それに付いて行っている。

自分はどうしようかと考えていたガリーに、ランシールが声をかけてきた。

「流石、魔法学園の爆弾娘と誉れ高いガリー殿だっ！　実に素晴らしい知識ではないかっ！」

「爆弾娘って誉れなんですかね？　いや、そんな大したものじゃありませんよ。それに、ああいうのには疎いですし」

ああいうの、というのは、スタンとコルアがしている話し合いのようなことだ。

魔法についての知識ならば、多少はある。

だが、どうやって調べるかという実地の話になると、途端に分からないことが増える。

魔法学校では、実際の魔物を討伐する課外授業なども行っていたが、本職の冒険者達に敵うものではない。

二人の話し合いに交じって行かないのも、邪魔になるかもしれないと思ったからだ。

「はっはっは！ 謙遜めさるなっ！ 私なんぞ、この村に来てからあの魔法生物とやらを叩き潰した以外、何もしておらなんだっ！」

それはそれで、十分にすごい気がする。

大体にして、ランシールが着込んでいるのは、金属製の全身鎧だ。

凄まじい重量のはずなのに、まるでそれを気にしていないかのように振る舞っている。

「冒険者というのは、他の生業よりよほど適材適所に尖った仕事だからなっ！ 己にできることをして、できぬことは任せてしまえばよいのだともっ！」

「そんなもんですかぁ」

豪快に笑うランシールに気のない返事をするガリーだったが、なんとなくその言葉は心に残った。

🐾 🐾 🐾

天然のダンジョンである魔力だまりは、洞窟や窪地といった地形にできることが多いので、村の近くにあるそういった地形を見て回ろう、ということで、方針が決まった。

畑の護衛には、引き続きコルアとランシールだが、クロウも加わることになった。

クロウ自身の興味が、外よりも農村に向いているということもあったし、何よりも農民達の安心を考えてのことである。

強者である竜種が守ってくれるとなれば、農民達は安心して収穫に専念できる。

なるほど、そんなことまで気に掛けるのかと、ガリーは感心した。

周囲を探索するのは、ガリーとシロタエ、スタンとクロバネの二人と二匹である。

日があるうちに、ということで、ガリー達はさっそく村の外へ出た。

「なんか、どうぶつのけはいがしないね」

「確かに。ネズミや虫はいるようだが、中型の動物の気配はないな」

シロタエに賛同しながら、クロバネは周囲を見回した。

言われてみれば、というように、ガリーも頷く。

もっとも、ガリーは元々そういったことに敏感ではないので、本当にそうなのかは分からない。

ただ、思い当たるところはあった。

「魔力だまりのダンジョンができると、土とか泥人形を作って栄養を集めようとするんですよ。果実とか動物とか、そういうのを。まあ、栄養っていっても、食べ物とかじゃなくて、生き物が生きようとする力、とか、魔法の力、とか。そういうのなんですけど」

「動物の気配がないのは、あの土人形に襲われたから、ということですか」

「それにしては、ちのにおいがしないねー」

考え込むような顔のスタンの横で、シロタエが周りの匂いを嗅ぐ。

それをちらりと見て、クロバネは近くに生えていた木を駆け上がった。

木の間を伝いながら周囲を見渡し、すぐに降りてくる。

「争った跡はそこかしこにあるが、狩りが成功したような痕跡はなさそうだな。追いかけはしたが、狩り自体は成功しなかった、といったところか」

「相当狩りがへたってこと？」

「まぁ、確かめてみればいい。丁度、件の魔法生物がこちらに近づいてきているぞ」

ガリーに尋ねられたクロバネが、前足で村とは反対の方向を指した。

驚いてそちらのほうを見れば、確かに何かが近づいてくる微かな気配がある。

スタンもシロタエも気が付いていなかったらしいが、皆すぐに表情を引き締める。

「ひとまず、俺が戦ってみます。ガリーさん達は、見ててください」

言うや、スタンは腰に下げた鉈剣（なたけん）を引き抜いた。

クロバネは、いつの間にか木の上へ戻って、寝そべっている。

ガリーとシロタエも、その木によじ登った。野山を駆け回って育ったガリーだから、木登りもお手の物だ。

登り切ってみると、スタンが何か動くものと対峙（たいじ）しているのが見える。

村で見た、丸太に縛り付けられていた魔法生物と同じものだ。

出来の悪い犬の置物のような外見で、丸太に棒を四本突き刺しただけのようにも見える。

頭にあたる部分は火ばさみのような安易な形で、耳や目は見当たらない。

それが三匹いて、スタンを取り囲むようにしている。

「何かあの魔法生物、全然緊張感ないよね」

思わずといったように、ガリーは漏らした。

魔法生物は口にあたる部分を盛んに打ち鳴らしているのだが、如何せん動きがのっさりしていて、どうも肉食動物のような凶悪さが感じられない。

それでも、魔法生物は駆け足でスタンに襲い掛かった。

一斉に飛び掛かっていくような動きで、連携は取れているように見える。

スタンは素早くそれを避け、一匹の体を斬りつけた。

鉈剣は、胴体の中ほどまで食い込み、スタンは素早い動きでそれを引き抜く。

魔法生物は特に応えた様子もなく、方向転換して、また三匹揃って間合いを取り始めた。

再び襲い掛かってくるのを避け、斬りつけた魔法生物に蹴りを入れる。

衝撃で傷口が大きく開き、胴体が真っ二つになって、そのまま動かなくなる。

残る二匹の突撃をかわしざま、鉈剣を振るって一体の後ろ脚を切り落とす。

三本の脚でも体勢を立て直した魔法生物だが、不利と見たのか、逃げ出すそぶりを見せる。

スタンは、一瞬だけガリーのほうへと視線をやった。

ガリーが頷いて見せると、スタンは僅かに緊張を解く。

それを見て取った魔法生物達が逃げていくが、スタンはそれを追わずに鉈剣をしまった。

「では、追いましょうか」

スタンに言われ、木から降りてきたガリーは大きく頷いた。

逃げるならば、ダンジョンまで行くはずである。ならば逃がして、その後を追おう。

咄嗟にそういったことを視線だけで、意思疎通ができていたのである。

何年も一緒に冒険をしてきたならばともかく、ガリーとスタンはそこまで長く組んでいない。

にもかかわらず、当たり前のようにそれをやってのけたのは、お互いの相性が驚くほど良かったからだろう。

近づきすぎないように距離を開けて、魔法生物の後を追う。

姿も見えない距離だが、問題はなかった。足跡がしっかりと残っているからだ。

「あいつら、土と石でできているだけあってかなり重いんでしょうね」

「そうだと思いますけど。よくあんなの剣で斬りつけましたね。刃とか潰れますよ」

「土の場所を見極めれば、そう難しくもありませんよ」

しかし、外見だけでそれを見分けるというのは、容易ならざることのはずである。

クロバネも、さも当然というように頷いているあたり、この師弟にとっては言葉通り難しくないことなのかもしれない。

足跡は、林の中へと続いていた。

注意しながら追っていくと、土人形を見つける。きちんと足があるようで、スタンが戦ったものとは別のものだと分かった。

二人と二匹は、魔法で姿を消し、木の上へ登る。

周囲を見渡すと、見つけたもの以外にもいくつかの土人形がいるのが分かった。

あてどなく歩き回っているようにも見えるが、観察していると、同じ場所を行ったり来たりしているようだ。

「これって、見回りしていますよねぇ。タブン」

「ダンジョンがこの近くにあるんでしょうね」

木の上を移動しながら地面を見回していると、地面に空いた大きな穴を発見した。

人一人ならば楽にはいれる大きさで、周囲には土人形が徘徊している。

まず間違いなく、あの穴がダンジョンだろう。

「あー。思った通り、小さいですねぇー。出来立てほやほやですよ、あのダンジョン」

魔力だまり型のダンジョンは、徐々に成長していく。

始めは小さく、小動物の巣穴程度の大きさしかない。作り出す土人形も、非力で能力も低いものばかり。

それが、徐々に穴は大きくなっていき、作り出す土人形は力強く、狡猾さを備えていくのだ。

「スタンさんが戦った三匹がミョーに弱かったんで、そうじゃないかなぁー、とは思ったんですけど」

「ということは、これからどんどん厄介になっていく、ということですか」

「詳しいことは専門の人に調べてもらうしかないですけどね。とりあえず、ギルドへ報告、ってところですか」

「今できることは、なにかないんですかね？」

「んー、手出ししないほうがいいと思いますよ？　何があるかわかりませんし。ハチの巣つついたー、みたいなことになったら、村も危ないかもしれませんしね」

なるほど、と頷くスタンを見て、ガリーはふと気になったことがあった。

「そういえば、冒険だー、って言いませんね。こういうの、いつもなら喜びそうなのに」

「普段どう思われてるんですか、俺は。村が危険かもしれないわけですから、流石に言いませんよ。無論、ことが無事に済めば、喜ぶ気にもなるかもしれませんが」

ただの冒険好きというわけではなく、そういった分別はあるのだ。

その感覚は、ガリーにとっても分からなくもないものである。

確かに、特に村人に怪我人などもなく無事に事が解決すれば、孤児院の子供達へのいい土産話になるだろう。

それに。

「これって、ギルドから相当な報奨金出ますよねぇ」

「さぁ、その辺はよくわかりませんけど」

「ダンジョンの発見は、ギルドにとっても有益らしいですからね。情報には結構いい金額が出るはずなんですよ」

「なるほど。そういうことならば、出るかもしれませんね。一体何が起きているのかの調査、ということでここに派遣されましたから、出ない恐れもありますが」

「是が非でもとりますよ。うちの孤児院に新しい納屋建てられるぐらいの額が出るはずなんですから。農具だってそろそろ買い換えないとだめだし、色々と入用ですし」

あれこれと使い道を考えているのか、ガリーは指折り数えてほくそ笑む。

金の使い道が、ことごとく孤児院のためというのが、いかにもガリーらしい。

スタンは、カマドの補修か、それともトイレの新築か、と悩み始めるガリーを見て、面白そうに笑った。

そろそろ日が暮れてくるということで、ガリーとスタンは村に戻ることになった。

クロバネとシロタエは、ダンジョンの近くに残って見張りについている。

危険ではないかとガリーが心配したが、スタンとシロタエは腹を抱えて笑っていた。

彼らの猫の英雄への信頼は、絶大なようだ。

実際ガリーもクロバネとは共闘したことがあるが、あれほど負けるところが想像の付かない猫というのも、そうはいないだろう。

もしあのダンジョンがクロバネをどうこうできるほど危険なものだとしたら、今頃村は壊滅しているはずだ。

それに、シロタエも残してきたので、何とかなるだろう。

森の猫であるところのシロタエは、ああ見えて優秀な狩人なのだ。

村に戻ったガリーとスタンは、コルアとランシールに合流し、畑の護衛をしながら、朝を待つことになった。

この辺りは夜行性の魔獣なども少なくないので、それを追い払うために、焚き火をしつつ寝ずの番をする。

それでも近づいてくるような強気なものは、直接いって追い払わねばならなかった。

得てしてそういう種類のもののほうが、食べる量が多い。

そんなものに畑を襲われては、せっかくの収穫が台無しだ。

焚き火の前に座り込み、ガリーは腕を組んで悩んでいた。

今はガリーの見張りの時間で、スタンとコルアは村長の家で休んでいる。

ガリーが考えているのは、将来のことだ。

冒険者になるのも、悪くない。

まず、稼げる。

老後年金などは当然支払われないが、老後も問題ないほど蓄えればいい。

普通なら難しいだろうが、ガリーほどの実力があれば、おそらく可能だ。

そこにスタンの助けがあれば、もっと楽になる。

兵士や役人などになっても、頑張ればそれぐらい稼げるかもしれない。

軍隊における魔術師は希少な存在であり、戦場であっても手厚い護衛が付くことがほとんどだ。役人なら、そもそも危険な場所に近付くことすらない。

命の危険とも無縁に、地位や名誉も手に入るだろう。

だが悲しいかな、それには大きな障害がある。

ガリーは頑張りたくないのだ。

書類仕事などの、面倒そうな仕事も苦手だ。

ガリーにとってみれば書類仕事と、魔獣を魔法で吹き飛ばす労力は、あまり変わらない。

むしろ普段からやっていたので、魔法で吹き飛ばすほうが楽だ。

普通の魔法使いは苦心する爆炎の魔法も、ガリーには気軽な普段使い魔法なのである。

「あああーもぉー。役人にならなきゃいけないってのだけ、どうにかなればなぁー」

「悩み多き年頃というやつかなっ！　うむ、若いうちは大いに悩めばいいっ！　若者に許された特権だからなっ！」

笑い声に驚いて振り向くと、ランシールが松明を片手に立っていた。

畑の周りを、見回りに行っていたのだ。

ランシールは松明を地面に刺し、ガリーの向かいに座った。特に異変がなかったことを

確認し合うと、空を見上げる。

月や星の動きを見るに、交代の時間にはまだ少しあるようだ。

そこで、ふとある考えがガリーの頭に浮かぶ。せっかく先輩冒険者が、目の前にいるのだ。助言を請う、良い機会ではないか。

「ちょっと、質問してもいいですか？」

「お？　ああ、私でよければ、何でも聞いてくれっ！」

ガリーは、将来をどうしようか悩んでいる、という話を打ち明けた。

魔法学校のおひざ元で冒険者をしているだけあって、ランシールは「国家魔法使い育成支援制度」についても知っているようだ。

それでも、冒険者に惹かれている、という話をし終え、ガリーはため息を吐いた。

「まあ、どうしようもないのはわかってるんですけどねぇー」

話を聞き終えたランシールは、腕を組んで考えるような表情を作った。

しばらくうなった後、意を決したように頷く。

「詳細はちと話せんのだが。私は昔、国の軍にいてな。自分から入ったのではなく、放り込まれた形だったのだが、なかなか馴染めなくてな。毎日どうしたものかと悩んでいたところ、今の相棒と知り合ってな」

コルアは、ランシールに「一緒に冒険者をやらないか」と持ち掛けたのだという。

お前といれば、面白い冒険ができそうだ。

それが、コルアの言葉だった。

「何度か共闘して、私も確かにそう感じた。あいつとは馬が合ってな、戦列を共にすると実に楽しい。だが、言ったように私は放り込まれて軍隊にいた口でな。自分で好きに辞めることなどできなかった。しばらく悶々としていたが、そういうのが苦手な性分でな。思い切ってあいつに相談してみたのだ」

「で、どうなったんです？」

「うむ。まあ、詳細はやはり色々あって省くのだが。極々簡単に言えば、脱走した」

ガリーが知る限り、それは重罪の類である。

軽くて追手がかかるか、悪くすれば首に賞金がかかるかもしれない。

困惑するガリーの顔を見て、ランシールは声を上げて笑った。

「はっはっは！　なぁに、バレんようにやったともっ！　方法は、知るとガリー殿に迷惑が掛かるので、秘密だがなっ！」

「はぁ。それで、今は冒険者をやってるわけですか」

なかなか壮絶そうな人生である。

機会があれば聞いてみたいとは思うが、あまり聞きすぎるのも失礼だろう。

「そんなところだな。まあ、つまるところ、だ。どうにもならんと思うようなことでも、案外悪知恵を出し合えばどうにかなる、ということだ。まぁ、私の場合は、案を出したのはほとんど相棒で、私は実行のために暴れただけだったのだがな。これもまた、適材適所

「私が言うのもなんだが。お弟子殿はなかなか、長けているように見受けるぞ。悪知恵というやつに」

「適材適所、ですか」

というやつだ」

それには、ガリーも賛成だった。

天真爛漫で能天気に見えるスタンだが、それだけではないことをガリーは知っている。

一人で考えるよりも、相談してみるほうが早い。

なるほど一理ある、と、ガリーは思った。

「すみません。変なこと相談して」

「なぁに、後輩の相談に乗るというのも、先輩冒険者の仕事というヤツだからなっ！　はっはっは！」

夜中にあまり大声を出すというのはどうだろうと思ったが、特に何も言わなかった。

相談した手前、注意しにくかったというのもある。

だが、それよりも一緒に笑いたくなった、というのが大きい。

何だか、妙にすっきりした気分だった。

一緒に冒険をするというのなら、先に一仕事してもらったっていいではないか。

ガリーは久しぶりに晴れ晴れとした気分で、ランシールと一緒に笑った。

魔法学校とそのおひざ元の街は、新しく発見されたダンジョンの話題でもちきりとなっていた。できたばかりのダンジョンは非常に珍しく、魔法学校にとって大変貴重な資料となる。

勿論、ギルドとしても放ってはおけない。有用な利用方法が分かれば、大変な富を生むことになるからだ。

近くにある街には、魔法学校とギルドが合同で、研究所を置くことになった。

護衛も雇うそうなので、村も安全になるだろう。

「まさか、ガリーが発見者の一人だなんて。すごいなぁー」

「別に私は何にもしてないって。報酬はもらったけど」

クルルカの言葉に、ガリーは顔の前でひらひらと手を振った。

それでも、にやけるのは止められない。

ダンジョン発見の報奨金は、ちょっとした額であった。

既に全額孤児院に送っており、きっと今頃新しい納屋のことでも相談しているはずだ。

それとも、ベッドの買い替えだろうか。

何にしても、司祭も子供達も、喜んでくれているはずである。

「なんだか最近、びっくりするようなことばっかり起きるねぇ。まさか、本当に宮廷魔術師になるとは思わなかったし」

「条件付きだけどねぇー」

「まあ、確かにそうだけど。でも、変な条件だよね」

つい先日、ガリーの勤め先が決まった。

それも、誰もが羨む花形、多くの魔法使いが憧れる宮廷魔術師にである。

だが、正式に宮廷魔術師になる前に、条件が一つ提示された。

長い歴史の中でも、前代未聞のことであるという。

「冒険者として、功績をあげること。だっけ？　なんでそんなことになったのかなぁ」

「さぁー？　よく分かんないけど。私が頑張ってるように見えないからじゃない？　成績はそれなりだけど、やる気が見えないからーって。で、実力を示してみろってことでさ」

「あー！　なるほどねー！　そっか！　確かに、ガリーだもんね！　そりゃ、疑わしく思うのも当然だよね！」

「そんなに納得されるとフクザッなんだけど」

この異例ともいえる措置には、一人の王族、それも王位継承者の口添えがあったといわれているが、表沙汰にはされていない。

「ガリーってさぁ、なんかすっごい知り合いとかいるの？　こう、コネとか癒着とか、そういう感じのことができるぐらいの」

「なんでよ。自慢じゃないけど、私普通の孤児だよ？　そんなのいるわけないって」

真剣な面持ちで聞いてくるクルルカに、ガリーは笑いながら言う。

「まぁー、あったとしたら精々、縁と相互協力。ぐらいかなぁ」

意味深に笑うガリーを見て、クルルカは不思議そうに首を傾げた。

逃げる猫の冒険

千差万別、十四十色といわれる猫の中でも、ハッカは一際変わった子猫であった。

まだ一歳で、竜の洞窟で両親猫と一緒に暮らしている。

数多くの猫を見てきたあの羽のおじちゃんが言うのだから、よほどのことといっていい。

まず、好みが奇妙だ。

ミントという、嗅いだり齧ったりするとすぅすぅする草を、好物にしている。

ミントは、別名をハッカといい、そのままハッカの名前に由来するものなのだ。

ミントという草は、大半の猫、というより、大抵の動物が苦手としていて、羽のおじちゃんでさえ匂いを嗅ぐと顔をしかめた。

しかしハッカは、まだ目も開かない赤ん坊のうちから、このミントの匂いと味を好んだのである。

実は、ハッカの父猫というのが、ミントを好む稀有な猫であった。

とはいっても、ミントの葉や茎を直接齧るのではなく、前足で摑んでこすり、肉球についた味や匂いを楽しむのだ。

母猫には散々やめろと言われていたのだがどうにもやめられず、子供が生まれた後も、隠れて舐めていたのだが、ハッカはまだ目も見えないのにこれを察知したのだ。のそのそと声を上げずに這いずって近づき、父猫が横によけていたミントにかじりついたのである。

これには両親猫も、羽のおじちゃんも、腰を抜かすほどに驚いた。慌てて取り上げたのだが、もっと寄こせと鳴き声を上げる。

しかも、羽のおじちゃんの目を盗んで、である。

歩けるようになってからは、自分でミントをとってくるようになった。

ハッカの変わっている点は、そこにもあった。

あの過保護な羽のおじちゃんの目を盗み、巧みに洞窟を抜け出すのだ。

尻尾が座って一応ながら魔法が使えるようになると、ハッカは誰よりも早く、姿を消す魔法を覚えた。

他の魔法はそうでもないのだが、逃げ隠れするのに使うような魔法に関しては、羽のおじちゃんも舌を巻くほど習得が早い。

あっという間に大人と同じぐらい使えるようになると、両親猫や羽のおじちゃんを出し抜いて、洞窟を抜け出すようになったわけである。

勿論、成功する時ばかりではないが、ハッカは失敗を次に生かす悪知恵も持ち合わせていた。

厄介なことに、何にでも興味を持つ性質で、気になるものを見つけると、ついついそちらへ行ってしまう。

両親猫も羽のおじちゃんも目を離さないようにしているのだが、その脱走術は大人の猫も顔負けだ。

これがまだ一歳の子猫なのだから、末恐ろしいばかりである。

そのくせ、当猫は自分から逃げ出した、と思っていないことがほとんどだった。

「みんなでさんぽしてたら、とぉちゃんかあちゃんと、はねのおじちゃんと、きょーだいが、いなくなったの」などと言うのだから、始末が悪い。

当然、お説教などもされるのだが、まったく応えた様子はなかった。

両親猫と羽のおじちゃんの心労は、まだまだ続きそうであった。

🐾 🐾 🐾

この日もハッカは、洞窟の外にいた。

動物の見学が終わり、洞窟に戻ってきた後、自主的に追加の観察をするために抜け出してきたのである。

見学していたのは、きらびやかな翼を持った鳥だ。キラキラしていて非常に美しく、興味をそそられる。

地面には、まだ雪が残っていた。

もう春先だというのだが、少し肌寒い。

それでも、草木の新芽が出始めており、生き物の気配が濃くなってきている。

日差しの暖かさを感じながら、雪を踏んで歩く。

暖かさと冷たさの差に、踏み心地の良さが加わり、これがなかなか面白い。

しばらく楽しんでいたかったが、急がないと羽のおじちゃんに気が付かれてしまう。

名残惜しさをぐっとこらえ、歩き出す。

目的地は、特に決めていない。

足が向いたほうに興味がそそられるものがあれば、そこが目的地だ。

あちらこちらに意識を取られながら歩いていると、湖の近くへ出た。

ハッカは木の上に登り、身を隠すことにした。

水場には多くの動植物が集まってくるので、じっと待っているだけで何かがやってきてくれる。

しばらく待っていると、妙に細長い生き物が現れた。

柔らかそうな毛で覆われたながっぽそい体に、極々小さな四足が付いている。

どちらが頭で尻尾かよく分からないが、おそらく、進んでいる方向が頭なのだろう。

全体的に同じ太さで、丸っこくて長いのだ。

そういえば、後ろ脚と思しき場所から後ろのほうは、尻尾のような動きにも見える。

ただ、やはり全体が同じ太さなので、ふわふわの棒にちっちゃな四足を付けた不思議な物体、といったような外見だ。

動きはなかなかにすばしっこい。

「やぁ、こんなところで何してるの」

声をかけられ、後ろを振り向いた。そこにいたのは、全身真っ白の毛玉だ。

「あ、みずうみのおじちゃんだー」

猫の英雄であるクロバネの兄弟で、チークロという名前の猫だった。

湖の中に住んでいて生き物にとても詳しく、色々と質問しても面倒臭がらずに答えてくれる、やさしい猫だ。

ハッカが憧れる猫の一匹である。

「おじちゃん、どうしてしろいの？」

真っ黒なはずの毛色が、どういうわけか今は真っ白になっている。

チークロはハッカの隣にうずくまると、前足を伸ばして見せた。

「周りが雪のときは、この色のほうが目立たないんだよ。魔法で色だけ変えてるのさ」

「からだ、みぃーんなかくせば、いーのに」

「それでもいいんだけど、疲れちゃうからね。いざという時に魔法が使えなくなると困るし。このほうが、楽なんだよ」

ハッカはそういった姿を隠す魔法が得意だが、それでも続けて使っていられる長さは限られている。

対して、毛の色を変える魔法は、一度使ってしまえばそれで終わりだ。

姿を隠す魔法よりもずっと楽だし、簡単だし、疲れない。

「で、ハッカは何でこんなところにいるの？」

「あのねー、さんぽしてたら、みんないなくなったんだー」

「つまり、また洞窟から抜け出してきたのか。君も懲りないねぇ」

何度もハッカを見つけているチークロは、事情もよく心得ている。

尻尾をくるりと回して、魔法で作った光の玉を空へ放つ。

ハッカを見つけた目印で、これを見つければ羽のおじちゃんが文字通り飛んでくる。

「さてと。ユキモグリを見てたのかな？」

「ゆきもぐりって、なーに？」

「あの細長くて、白いやつだよ」

どうやらハッカが見ていたふわふわでながっぽそいものは、ユキモグリという名前だったらしい。

ハッカが身を乗り出すのを抑えながら、チークロはまだ雪の多い辺りの地面を爪で指した。

よく目を凝らしてみると、ハッカが見つけたのとは別のユキモグリがいるのが分かる。

顔だけが雪の上に飛び出していて、周囲を警戒するように視線を方々へ向けていた。

「ユキモグリは、イタチみたいな体の動物でね。穴を掘るのが得意なんだ。雪の中に潜っているように見えるから、ユキモグリって名前なんだ」

ハッカは、チークロの話を興味深く聞いていた。

内容は少し難しいが、チークロは話す相手に合わせて、なるだけ言葉を選んでくれる。

それでも分からないところはあるのだが、何となく成猫扱いされているような気がして、ハッカは少し嬉しかった。

「ユキモグリは、季節によって色が変わる動物なんだよ。冬は白。夏は土色になるんだ。そうすることで、敵や獲物に見つかりにくくしているんだね」

「みずうみのおじちゃんみたいだねー」

「向こうのほうがもっと上手だけどね。ユキモグリが潜るのは、雪や土だけじゃないんだよ」

チークロは、今度は湖のほうを指した。

よくよく目を凝らすと、白いものが水の中に見え隠れしているのが分かる。

岸辺近くにやってくると、氷のないところを選んで顔を出す。

それは、ユキモグリだった。

口には、体長の半分はあろうかという大きな魚を咥えている。

地上にいた他の二匹のユキモグリが、近づいていく。

水の中にいるユキモグリは、逃げる様子もなく、待っていたというように地上の二匹に魚を預けた。

「あの三匹は、家族なんだね。ユキモグリは、家族で群れをつくるんだ。それで、協力して狩りなんかをするんだよ」

「おみずのなか、さむくないのかなぁー」

「彼らの毛皮は、猫よりもずっとすごいんだよ。土や雪だけじゃなくて、水も弾いちゃうんだ。それにすごくあったかいのさ。だから、まだ寒いのに、水に潜れるんだね。それに、この時期だと、他の動物はあんまり魚を捕りに来ないからね。競争相手が少ないんだよ」

泳いでいたユキモグリが、陸の上に上がった。軽く体を振っただけで、もう毛皮が乾いたらしく、すぐに走り出す。

なるほどすごい毛皮だ、と、ハッカは感心する。

「みずうみのおじちゃん、よくしってるねぇー。だれにならったの？」

「自分で観察したんだよ」

「かんさつかぁー」

「観察っていうのは、なんにでも大切なことだよ。そのもののことをよく知れば、いろんなことが分かるからね。そうすると、世界がどんどん楽しくなってくる」

「たのしいの？」

「そうだよ。僕の場合、知ったことをほかの皆に教えるのも好きだからね。こうして君にユキモグリのことを教えるのも、楽しいんだよ」

教えるのが楽しい、というのは、ハッカにはよく分からない。

ただ、教えてもらうのは好きだ。

知らないことを知ると、ものすごく嬉しい。

猫というのは好奇心の強い動物で、知的欲求を満たされると、満足感を得られる。

と、羽のおじちゃんが言っていたが、ハッカにはやっぱりよく分からない。

けれど、多分、知らないことを知ると嬉しい、というこの感覚のことなのだろうと、チ
ークロの話を聞いて思った。

「あの三匹が食べるにしては、随分大きな魚だろう？　アレはきっと、巣にいる子供達の分もあるんだろうね」

「こどもがいるの？」

「いまは、子育ての季節だからね。彼らはこの時期に赤ちゃんを産んで、魚や何かで栄養を取って育てるんだよ」

ハッカも、魚は好きだった。

特に小さな魚を、丸ごと食べるのが好きだ。

母猫と父猫は、大きな魚を取ってきて、肉のところを齧るのが好きだった。

それもおいしいのだが、ハッカとしてはやはり小骨の歯ごたえが欲しいところだ。

「そろそろ、猫にとっても子育ての季節になるね。洞窟にいるお兄さんやお姉さんたちにとっては、巣立ちの季節だよ」

そういえば、羽のおじちゃんがそんなことを言っていた気がする。

兄や姉達は成猫になって巣立っていき、入れ替わりに妊娠した母猫達がやってくる。

赤ちゃん達が生まれれば、今度はハッカ達が兄や姉になるのだ。

「下の子達が生まれたら、君もお兄さんやお姉さんにしてもらったように、色々教えてあげなくちゃね」

「そっかぁー。そうだねぇー」

洞窟にいる兄や姉から、ハッカは色々なことを教えてもらった。

ちょっとした魔法の使い方のコツや、虫の捕まえ方、面白い草の遊び方や、羽のおじちゃんのごまかし方などだ。

いなくなってしまうのは寂しいが、成猫となって巣立っていくのは、すごくいいことだ。

自分の縄張りを持ち、狩りをして過ごす。

あるいは、人間の街に行く。

すごく遠くへ、旅に出る猫もいるらしい。

もし自分が巣立ったら、どんなことをしよう。ハッカにはまだ、想像がつかなかった。

「むずかしーなぁー。よくわかんないや」

「まぁ、簡単ではないね。でも、だからこそ楽しいってこともあるんだよ」

「むずかしいのが、たのしいの？」

「そうだね。難しいこと、わからないこと。そういうのは、実は案外楽しいものなんだよ」

何だか、よく分からない。

世の中は分からないことだらけである。

チークロのようになれば、分かることが増えるのだろうか。

以前、「なんでもしってるんだねぇ」とハッカはチークロに言ったが、チークロは、「わからないことだらけだよ」と苦笑していた。

チークロは、羽のおじちゃんも知らないことをいっぱい知っている、物知りな猫だ。

それでも分からないことだらけということは、世界というのは、やはりよく分からないことだらけなのだろう。

と、いうことは、チークロが言うように、分からないことを楽しいと思えるようになれば、世の中は、楽しいことでいっぱいになるのだろうか。

「色々考えてみるといいよ。悩むのも経験だからね。巣立ちまではまだ時間もあるんだし」

「けいけんかぁー」

「こんなところにいたのかお前はっ！　まったく、何度抜け出せば気が済むんだっ！」

考え込もうとしたハッカだったが、頭の上から降ってきた声で中断された。

動こうとするが、前足で首根っこを押さえられているらしく、もがくことしかできない。

何とか目を動かして見上げてみると、そこにいたのは羽のおじちゃんだった。

「あー、おじちゃんだー」

「おじちゃんだー、じゃないっ！　なんでじっとしておられんのだお前は。いったいどうやって抜け出したのか」

チークロは心底疲れたというような羽のおじちゃんを見て、苦笑を漏らす。

自分達も随分苦労を掛けたと思うが、ハッカの場合はそれ以上だ。

「おじちゃんも大変だね」

「まったくだ。お前達にも随分苦労させられたがな」

ジロリと睨まれれば、笑ってごまかすしかない。

実際、苦労を掛けた自覚はあるし、兄弟のうちの何匹かは今も心配させっぱなしなのだ。

勿論、その中の一匹はチークロ本猫である。

「まあ、いい。説教は洞窟に戻ってからだ」

「ええー？　それは、やだなぁー」

「まあ、ほどほどにしてあげてよ」

「他猫のことばかり気にしている場合ではないぞ。チークロ、お前にも前々から言っておきたいことがあったのだ。子猫達にいろいろと教えてくれるのは助かるがな、お前自身はいったいいつになったら番(つがい)を見つけるつもりなのだ」

「いや、ほら、おじちゃん。早くハッカを洞窟に連れてかないと」

チークロに言われ、羽のおじちゃんは空を見上げた。

もう、随分日も傾いてきている。

「む。それもそうか。この話はまた今度にするか。では、またな」

「ばいばい、みずうみのおじちゃんー」

羽のおじちゃんはハッカの首根っこを咥え、立ち上がる。

木から木へと飛び移っていく姿を見送り、チークロはホッとしたようにため息を吐いた。

🐾 🐾 🐾

兄や姉達が巣立って雪がすっかり溶けた頃、竜の洞窟に、新たに二組の夫婦猫がやってきた。

既に妊娠していた母猫達は、すぐにかわいい子猫達を生んだ。

ハッカ達も、兄や姉になったわけである。

小さな子猫達の世話は、大変だ。

つきっきりで面倒を見なければならない。

となれば、羽のおじちゃんの目を盗んで洞窟を抜け出す機会は、いくらでも訪れるわけだ。

さっそく洞窟を後にしたハッカは、姿を消す魔法を巧みに使い、見つけたムシクイドリの背中に飛び乗った。

ムシクイドリは大型で地上性の鳥で、羽が退化していて飛ぶことができない。

その代わりに足が非常に強く、かなりの速度で走ることができた。

ハッカは、そのムシクイドリを移動の足として利用しているのだ。

背中に乗ったことに気が付かれれば当然つつかれたりするわけだが、ばれなければ問題はない。

何しろ、羽のおじちゃんを出し抜けるほどなのだ。

ことそういった魔法に関しては、ハッカの実力はなかなかのものである。

もっともこの魔法は繊細な制御が必要で、激しく体を動かしながらだと集中が途切れてしまう。

なので、洞窟からある程度離れるまでは、魔法を使い続けなければならなかった。

ハッカがムシクイドリの背中に乗ったのは、そのためである。

ムシクイドリは足が速く、乗っているだけで遠くへ運んでくれるのだ。

その間、自分は魔法に集中し続けることができる。

この方法を見つけてからは、ハッカの行動範囲は随分広がった。

そのぶん羽のおじちゃんの苦労も大きくなったわけだが、その辺は仕方がないところである。

🐾 🐾 🐾

ムシクイドリの背中で魔法を使いながら、ハッカは流れる景色を眺めていた。

頬に当たる風は、すっかり暖かくなってきていて、気持ちがいい。

どうやらムシクイドリは、森のはずれのほうに向かっているようだった。勝手に背中に乗っているので、行先はムシクイドリ任せだ。

しばらく走っていると、ムシクイドリの足が急に止まった。

どうやら、獲物を見つけたらしい。

名前の通り、ムシクイドリの餌は虫である。

小型の虫を狙うこともあるが、ハサミイナゴのような大物を狙うこともあった。

そんな争いに巻き込まれたらたまらない。

ハッカはムシクイドリの背中から飛び降りると、近くに有った木に駆け上った。

枝から枝へ飛び移り、周りが見渡せる位置へと動く。

ここまでくれば、すぐに羽のおじちゃんに捕まることはないだろう。

もっとも、すぐに捕まらない、というだけであり、捕まることは間違いない。

羽のおじちゃんの魔法から逃れるのは、並大抵のことではないのだ。

周りの景色を確認すると、どうやら森のはずれらしいことが分かった。

もう少し行けば、人間が使っている道が見えてくるはず。

今日はそっちに行ってみよう。

そう決めると、ハッカは軽い足取りで歩き始めた。

🐾🐾🐾

森に沿って作られた人間の道に出たハッカに、すぐに声をかけてくる猫がいた。

街に暮らしている猫で、名前はハイブチという。

普通の猫のフリをして過ごしており、人間達を観察するのを趣味にしている。

変わった猫だが、とても物知りで、魔法に関しては練達の域に達していた。

ハッカとは何度か顔を合わせており、色々な話を聞かせてくれている。

とても興味深くて、面白い生き方をしている、ハッカが憧れる成猫の一匹だ。

「はいぶちおじちゃん、なんでこんなところにいるのー？」

人間観察を趣味にしているハイブチは、街中から出ることが少ない。

ということは、わざわざここまで来たのにはきっと目的があるのだろうと、ハッカは考えたのだ。

「この近くに、農村があってね。面白いことをしているから、それを観察しに行こうと思っていたんだよ」

「おもしろいことって、なぁにー？」

「芋を育てて、それを使った酒を造っているんだよ。芋を育てるのも、酒を造るのも、人間ならではの行動だね」

「さけって、なぁーに？」

「知らなかったか。そうだな、猫でいうマタタビみたいなものだよ」

マタタビならば知っている。成猫にならないと齧れない草で、齧ると気持ちよくなって、ふらふらになったりする。

ハッカはまだ齧ったことがないが、成猫になったら試してみたいと思っていた。

そのマタタビのようなものを、芋で作るというのは、ちょっと想像がつかない。

ならば、確かめてみるしかないだろう。

「いっしょに、みにいきたいー！」

「べつにかまわないが、そうだなぁ」

期待のこもった目を向けられ、ハイブチは考えた。

ハッカのことは、逃走ぐせのことも含めて、よく知っている。

この道はまだ森の一部といえなくもないのだが、件の村に行くには森を離れる必要があった。

そうなれば確実に羽のおじちゃんの猫のいる場所を把握する魔法に引っかかり、すぐさま連れ戻しに来るだろう。

子供が一匹で森の中を歩き回っているのは、実際のところとても危険だ。

できる限り早く羽のおじちゃんに引き渡したほうがいいのだが、言って素直に聞くようなハッカではない。

それなら、なるべく目の届くところに置いておいて、羽のおじちゃんが迎えに来るのを待ってもいいだろう。

「わかった。では、見学しに行こうか。しっかりついてくるんだぞ」

「うわぁーい！　やったー！」

ハイブチは喜ぶハッカの姿を見て、困ったような顔でため息交じりに笑った。

🐾 🐾 🐾

しばらく歩くと、人間の畑が見えてくる。

森のすぐ近くに作られていて、とても広い。

「あれは、森から出ている小川を利用するためにあそこに作られているそうでね。人間の畑というのは、水と切り離すことができるんだよ」

「じゃー、みずうみのそばでつくればいいのにねぇー」

「そういう手もあるかもしれないな。まあ、まず羽のおじちゃんが絶対に許さないだろうけれども」

畑には、いくつか動いているものが見えた。

ハイブチとハッカは、畑近くの茂みに身をひそめる。

ふと思い立って、ハッカは身体の毛の色を緑色にしてみた。周りの草に溶け込むような色合いだ。

　それを見たハイブチが、思わずといった様子で噴き出す。

「なんだ、チークロみたいだな」

「そーだよー。みずうみのおじちゃんからおそわったんだぁー」

「あれも変わった猫だからなぁ」

　ハイブチおじちゃんも十分変わった猫だと思う。

　だが、そういうことは言わないほうがいいと、ハッカは母猫から習っていた。

　茂みに身を隠しながら、畑に近づいていく。

　少しだけ地面が高くなっている場所があったので、そこに上った。

　背の高い草が生えているので、それでもあまり目立つことはない。

　畑には、規則正しく畝（うね）が作られている。

　畝というのは、水捌（みずは）けをよくしたり、様々な理由で作られるもので、人間の畑には重要なものだとハッカは知っていた。

　以前に人間の畑の中を散歩しているときに、一緒にいた成猫から習ったのだ。

　こうして小高いところから見下ろすと、それが模様のようになっていてなかなか面白い。

　畝に沿って歩いている動物がいる。

　人間と、大きなトカゲだ。

　トカゲといっても、腹這いのような格好をしているわけではない。

　脚が地面にまっすぐ伸びており、猫と同じような脚の付き方をしている。

大きさも含めて考えると、人間が飼っている牛や馬に近いだろうか。

このトカゲは、人間がよく飼育している種類で、こういった畑などでよく見かける。

草食で大人しいわりに、力が強いので、畑仕事や荷物運びをさせるのに都合がよく、こういった場所での定番の家畜になっている。

「あれ、なにひっぱってるのかなぁー」

トカゲは何か大きな道具のようなものを取り付けられ、それを引っ張らされていた。

背中に括り付けられた棒のようなものに、長くて太い木材が取り付けられているようだ。

その木材の先が地面に突き刺さっていて、トカゲが前に進むと、木材が地面を掘り返していく。

畑の土を柔らかくするために、そんなことをしているのだろう。

モシャモシャ広場の猫じゃらし畑でも、同じようなことをしているのを、ハッカはよく知っていた。

「はたけを、やわらかくするための、どうぐなんだねぇー。あんなにおっきーと、にんげんはつかえないから、とかげにやってもらってるのかなぁー」

「ほぉ。いい観察眼だね」

ハイブチは感心したような声を上げた。

脱走術の巧みさにばかり気を取られがちだが、ハッカは案外よくものを観察し、理解している。

そういえば、ハイブチの知り合いに一匹、散々に羽のおじちゃんを困らせて悪童と呼ばれていた猫がいた。

しょっちゅう悪いことばかりしていたのだが、魔法と、悪知恵と、ものを見る目だけは、ずば抜けていたものだ。

ハッカには、その猫と似たところがあるかもしれない。

「あれは、犂（すき）という道具だよ。君が言ったように、土を耕すための道具だね。土の質や耕す深さなどによって、色々な形があるらしい」

「へぇー。にんげんって、いろいろなものをつくるよねぇー」

道具を使ったり作ったりする動物は他にもいるが、人間ほど沢山の種類を作るものは少ない。

そこが厄介なところなのだと、羽のおじちゃんは滔々（とうとう）と語っていた。

土を耕した後を、カゴを持った人間が付いて歩いている。カゴの中から何かを取り出し、地面に埋めているようだ。

あの埋めているものを育てると、人間が利用するのに都合がいい植物ができるのだろう。

「たべるためのやつかなぁ」

「あれが、酒の材料になるんだよ」

「さけの、ざいりょう？」

酒というのは、マタタビのようなものだと言っていた。

芋がマタタビのようになるというのは、どういうことだろうか。

ハッカは、前足を組んで考えた。

マタタビというのは、齧ると気持ちが良くなる草だ。正確に言うと、気持ちが良くなるらしい、だろうか。

何しろ、ハッカはマタタビをまだ齧ったことがない。

それでも齧っている成猫は見たことがあるので、気持ちよくなる、というのは多分間違っていないはずだ。

ということは、芋に何かをすると、気持ちよくなる草になるのだろうか。

それなら、素直に芋やその蔓（つる）や草を齧ったほうがよさそうな気がする。

たぶん、それではダメなのだろう。

材料にする、というからには、きっと原形をとどめないほど変化させているのだ。

人間がよくやる、料理というやつに近いのかもしれない。

ハッカが好きな料理は、トリのから揚げだ。

鶏肉を使っているらしいのだが、初めて見たときは石か何かかと思ったものである。

だが、齧ってみると、驚くほど柔らかくておいしかった。

以前、森に来た冒険者が、弁当というものを分けてくれたのだが、できればもう一度食べたい。

まったく関係ないことに考えが飛んでしまったが、まぁ、ともかく。

問題は芋に何をするのか、ということだ。

考えても分からないので、聞いてみることにする。

「どーやって、さけってゆーのにするの？」

「うむ。まず、酒というのがどんなものなのか、説明しないといけないかな」

ハイブチによれば、酒というのは色の付いた水のようなものらしい。

それを飲むと、人間は気持ちよくなるんだそうだ。

ハイブチは魔法を使って、似た見た目の水を作ってくれた。

透明だったり、泡ぶくが出てきたり、茶色かったり、様々な見た目がある。

匂いは上手く再現できない、と言っていたが、様々な見た目の水を作ることができるだけでも、十分にすごい。

「酒造りはかなり複雑でね。樽やツボなどに、材料を入れて発酵させる」

「はっこうって、なぁに？」

「これが、説明がなかなか難しくてね。詳しくはまたの機会にしよう。いまは、樽やツボに入れてうまく管理しながら長時間置いておくと、変化を起こす。そのことを、発酵というのだ、と分かれば問題ないかな」

ハイブチが難しいと言うのだから、よほど難しいのだろう。

いつか詳しく知りたいと思うが、今はそれより酒のことだ。

「その変化したもの、あるいは加工して飲みやすくしたものを、酒というんだね」

「なんか、つくるのたいへんそーだねぇー」

「簡単ではないな。人間が作る食べ物の中でも、過程が複雑なほうなのは間違いないと思う。なにより、作り方がまだ確立していないというのも、悩ましいところだね」

「つくりかたが、かくりつ？」

「まだ、色々と試しているところ、ということだよ。こうすれば酒が造れる、という方法が、分かっていないんだ」

これを聞いたハッカは、とても驚いた。

人間というのは、驚くほど色々なことを知っている生き物だ。

一匹が知らなくても、探しさえすれば、知っている者を見つけることができるし、本というものに記録が残っていたりする。

そんな人間でも、まだ分からないことがあったとは。

「酒に色々な種類があるように、造り方にも色々な種類がある。その中でどれが最適なのか、あるいはまったく新しい方法がいいのか。今は試行錯誤の最中なんだよ」

「しこーさくごかぁー」

「あそこに、大きな建物があるだろう？」

ハイブチが尻尾を指した方向を見てみる。

確かに、大きな建物があった。

人間の街にある、倉庫のような大きさだ。

農村にあるどんな建物よりも大きいのに、飾り気もないし窓も少なくて、妙に殺風景である。

「あれのなかで、酒造りを実験しているんだよ。醸す、つまり発酵させるのは安定してできるようになったらしいんだが、その先が難しいようでね。蒸留するのがいいか、あるいはそのまま搾るのがいいのか。熟成させるのか、すぐに出すのか。悩ましい話だよ」

「じょーりゅー？　じゅくせい？　どんなことするのー？」

「そうだな。何もないところだと説明が難しいんだが。まあ、大雑把に言うと、温めることで成分を取り出すことをいうんだ。できたばかりの酒のもとになるものには、様々なものが混じっている。人間にとってのマタタビ以外のものも、たくさんな」

「ほしいのは、またたびだけなんでしょう？」

「その通り。人間にとってのマタタビは、温めると湯気になる。それを、今度は冷やすと、人間にとってのマタタビだけが取り出せるわけだ」

なんて面倒臭いことをするのだろう。

いっそ、人間もマタタビを齧ればいいのに。

そんな風に考えたハッカだったが、大事なことを思い出した。

人間はマタタビを齧っても、気持ち良くならないらしいのだ。

森であった冒険者が、そんなことを言っていた。猫はマタタビで酔えるから、安くていいとか、何とか。

「熟成というのは、まぁ、これも簡単に言うと、長い時間放っておくということかな。そうすることで、味がよくなったりするんだよ」

「ほっとくって、どのぐらい？」

「場合によるんだが、早いと一年とか。長い場合は、三十年とか」

「さんじゅーねん⁉」

眩量（めまい）がするような、長い年月である。

ハッカが大体一歳だから、その三十倍だ。

一体何が、人間をそこまでさせるのだろう。

「おさけって、そんなにいーものなのかなぁー」

「そうだなぁ。まあ一部の人間にとっては、欠かすことのできないものではあると思うが」

ハイブチは難しそうな顔で考え込んでいる。

ハッカも、酒について考えてみることにした。

酒は人間にとってのマタタビだということだから、猫とマタタビに置き換えて考えてみるといいかもしれない。

成猫にとってマタタビというのは、そんなにいいものなのかどうか。

「おとうちゃんはねぇー、ミントをかじりながら、マタタビをかじるんだぁー」

「それは、洒落たマタタビのたしなみ方だね」

「おかあちゃんは、マタタビのみをかじるのがすきでぇー、つののおじちゃんも、マタタビのみがすきなんだぁー」

マタタビを齧っているときの反応は、成猫ごとに異なる。

ゴロゴロ言っている猫もいれば、怒り出す猫もいた。

「みんなそれぞれはんのーはちがうけど、またたびがすきなのは、いっしょなんだよねぇ」

多分マタタビは、日頃のうっ憤のようなものを晴らすためのものなのだ。

子猫からは想像もつかないほど、成猫というのは大変なものらしい。

人間は、猫以上にそういったものを抱え込んでいるだろうと、ハッカは思っている。

森にやってくる冒険者も街に暮らしている人間も、いつもどこか忙しそうで、大変そうだった。

ハッカだって、ずっと我慢して洞窟から逃げ出さないでいると、暗い気持ちになる。

あんな気分のままでいたら、きっと病気になってしまう。

そうならないために、猫はマタタビを、人間は酒を求めるのだろう。

「でも、かじりすぎはよくないとおもうなぁー。おとうちゃんも、よくおかあちゃんにおこられてるし」

「齧りすぎるからかな？」

「そー。でも、おかあちゃんも、ともだちとさんぽしにいったときとか、たくさんかじってかえっててくるんだー」

フラフラのおかあちゃんを、おとうちゃんは文句も言わずにおんぶして帰ってくる。

何か言わないのか、おとうちゃんに聞いたことがあった。

たまにだし、お母ちゃんにも楽しみがあってもいいじゃない。

ハッカはこれを聞いて、なるほどマタタビとはたのしいものなのか、と学んだのだ。

「はねのおじちゃんも、たくさんかじるときがあってねぇー」

「ほぉ。おじちゃんがかね」

「そー。つののおじちゃんといっしょに、たくさんかじるんだぁー。で、にんげんは、わるいやつだーっていうの」

一緒にマタタビを齧っている角のおじちゃんも、色々と愚痴をこぼしていた。

「でも、みんなつぎのひには、げんきにもどってるんだよねぇー」

「まぁ、マタタビで二日酔いというのは、聞いたことがないからな」

「かじりすぎはいけないけど、ちょうどいいなら、げんきのもとになるんだよねぇー」

マタタビを楽しむ猫にとって、マタタビは元気の素なのだ。

ということは、きっと人間にとっての酒も、元気の素なのだろう。

「だから、にんげんはがんばって、さけをつくるんだろうねぇー」

納得した様子で頷いているハッカを、ハイブチは感心した様子で眺めている。

この子猫は、思いのほか頭がいい。

成猫でも、ここまでも深く考える猫は少なかった。

森に住む猫というのは、自分の興味のあることについてならば、素晴らしい能力を発揮する。

だが、それ以外のことに関しては、恐ろしく適当なのだ。

大抵の場合、猫の興味は縄張りを守ることや、狩りのことへ向かう。

それ以外に向かうと、ハイブチやチークロのような、変わり者となるわけだ。

「そうだな。人間にとって酒というのは、必須ではないが、大切なものだというのは間違いないだろう。勿論、飲みすぎない限りにおいて、だけれどもな」

「せいねこになったら、かじりすぎないよーにしよーっと」

そう言ったハッカの身体が、ふわりと浮かび上がった。

驚くハッカだったが、ハイブチはすぐに何が起きたのか察した。

空気から染み出すように姿を現したのは、ハッカの首根っこを咥えている羽のおじちゃんだ。

「あー、おじちゃんだぁー」

「おじちゃんだぁー、じゃないっ！　お前は、洞窟を抜け出すだけでは飽き足らず、人間の村の近くまで近づくとはっ！　いいかっ！　一匹立ちした猫ならいざ知らず、お前はまだ一匹で人間のそばに行ってはいけないといつも言っているだろう！」

「あー、まぁまぁ、羽のおじちゃん。今回は森であった私についてきたんですし。きちんと監督していたつもりですから。その辺で」

このお説教は放っておくと長くなる。

そう判断したハイブチが、苦笑交じりに口をはさんだ。

羽のおじちゃんは不満げな目をハイブチに向けるが、一先ず納得したように座った。

勿論、ハッカの首根っこは咥えたままだ。

口がふさがっていても会話ができるのは、魔法を使っているからである。

羽のおじちゃんは、ふと、農村のほうへ目を向けた。

視線の先には、大きな建物がある。

「アレが、件の酒造りのための蔵というやつか」

「ええ、そうですよ。かなり大掛かりになっていますね」

「難航していると聞いたが」

「何しろ初めてのことですから、試行錯誤でしょう」

「国の研究者も助けに入ると聞いたが。トキツゲソウも来るとか」

珍しく人間に興味を示したと思ったが、やはり気にしているのは猫だったらしい。

トキツゲソウというのは、王城の植物園に暮らしている猫の一匹だ。

自身も様々な植物に興味を持っており、その研究などをしている、変わった猫だ。

「確かにトキツゲソウのご老体もいらっしゃると聞きましたが、気になることでも？」

「酒を飲むと、人間は狂暴になることがあるからな。あまり造りすぎるのは、私はどうかと思うのだが」

「まぁ、そういう場合があることも否定しませんが。何しろ、酒造りとなれば大事業ですから。ご老体も相当に張り切るでしょう」

いざ酒造りが始まれば、今は小さな農村だが、きっとにぎやかになるに違いない。

羽のおじちゃんは、それも気に食わないようだ。

「こんなに森に近い場所に人間が多く集まるというのは、いかにも危険ではないか。大体、酒を造るのにはやたらと燃料を使うという。木を切るかもしれんということだ。多少ならばともかく、人間というやつは加減を知らん。際限なく木を切るかもしれんのだぞ」

「そのあたりは、あの国の人間達はよく分かっていると思いますが」

「今はそうかもしれんが、将来どうなるか分からん。大体酒などというものをそんなに必死になって造ってどうしようというのか」

「えー、はねのおじちゃんだって、またたびかじるんだしさぁー。いいじゃないー」

不機嫌だった羽のおじちゃんが、咥えているハッカの言葉に面食らったような顔を作る。

ハッカはぶら下がったまま、楽しそうに尻尾と足を揺すった。

「きょうはかじるぞぉー。にいさんがいるし、またたびがうまい。たまのことだ、おもいきりかじるぞぉー」

おかしそうに言うハッカに、ハイブチは首を傾げた。

羽のおじちゃんの顔を見れば、慌てた様子である。これで、ハイブチは大体のことを察した。

どうやらハッカは羽のおじちゃんがマタタビを齧っているときの真似をしているらしい。

「やりすぎるのは、いけないけどさぁー。ほどほどなら、いいんじゃないかなぁー。たのしみは、だいじだとおもうよー」

「まあ、うむ。ほどほどならば、そうだな。トキツゲソウや、他の猫も目を光らせるだろうし、問題が起こらないならば、それでいいが」

随分、語気が弱くなったものである。

何とも気まずそうな顔をする羽のおじちゃんと、楽しげに揺れているハッカを見比べ、ハイブチは声を上げて笑った。

🐾🐾🐾

春先に生まれた子供達もすっかり歩き回れるようになって、始終動き回っている。

走っているのか転んでいるのか分からない様子で、とても目が離せない。

この日も、幼いながらに歩き回る子猫達の面倒を見る親猫達と羽のおじちゃんの目を盗み、ハッカは洞窟を抜け出そうと身を屈めていた。

そんなハッカを見つけ、他の兄弟が声をかけてくる。

「あー、また逃げ出そうとしてるー」

「さんぽにいくだけだよぉー」

本当に、ハッカは自分の脱走を散歩だと思っている。

虫を追いかけたり、転がっていく草などを追いかけて遊んでいたら、いつの間にか外に出てしまっているのだ。

そんなわけがあるか、と言われればそれまでだが、ハッカとしてはそのつもりだ。

兄弟達もそう思っているのだったが、特にハッカを引き留めたりはしない。

ハッカが持ち帰ってくる土産話は面白いし、好きなことをさせてやったほうがいいと思っているからだ。

「そっか。気を付けてね」

「いってらっしゃーい」

「ぼうけん、がんばってねー」

冒険というのは、なかなかいい響きだ。

特に人間の冒険者のようになりたい、とは思わないが、この散歩を別の言い方でいうなら、冒険というのが合う気がする。

「ぼうけん、いってくるねぇー」

ハッカは兄弟達に見送られ、元気に外へと走り出した。

森には、様々な動物がいる。

虫もその一つだ。

多種多様な虫達を追いかけていると、ついつい夢中になってしまう。

この日見つけたのは、コガタオオアシコガネだ。後ろ脚がひどく大きくて長く、跳躍するのを得意としている虫である。

小型なのか大きいのかはっきりしない名前だが、これには一応理由があった。

オオアシコガネという、後ろ脚二本だけで歩く、大型の虫が、他にいるのだ。

オオアシキオガネは猫よりずっとずっと大きく、頭が人間の胸の辺りまであった。

身体の部分の見た目は、やたらと丸っこいコガネムシといった風情だ。

羽は開かず、飛ぶことはない代わりに、二本の脚で素早く走り回る。

前足と真ん中の脚二対は、ものを掴むために使うのである。

オオアシコガネは肉食であり、猫にとっても厄介な相手である。

ハッカが追いかけているコガタオオアシコガネは、オオアシコガネにそっくりだったが、大きさはまったく違って、猫の両前足の肉球の上に乗る程度である。

食性もまったく違っていて、植物の汁や樹液などを舐めるのだ。

また、オオアシコガネとは違い、羽を使って空も飛ぶ。

これがなかなか速いので、追いかけるのは意外と苦労する。

樹液を舐めるために木に登る都合上か、前足と中足は歩行にも使われた。

メスや餌場をめぐって争うときなどには、その脚で相手を掴み、放り投げることもある。

きだった。

カブトムシよりも豪快な投げっぷりで、ハッカは断然コガタオオアシコガネのほうが好

まぁ、カブトムシとコガタオオアシコガネの相撲の勝率は、五分五分らしいとチークロは言っていたのだが。

「おめぇさん、迷子かい？」

突然かけられた声に驚き、ハッカは後ろを振り向いた。

そこにいたのは、でっぷりとした立派な体格の猫だ。

ハッカも、一度会ったことがある。流れ猫のヤジュウロウだ。

ヤジュウロウも、ハッカのことを思い出したらしく、目を丸くしている。

「あー、やじゅーろーさんだぁー」

「なんでぇ、羽のおじちゃんのとこのハッカじゃぁねぇか。こんなところで、一匹か？」

「そーだよぉー。さんぽしてたんだぁー」

ハッカはちょっとした有名猫で、ヤジュウロウも噂は聞いていた。

羽のおじちゃんを出し抜いて逃げ出すとは、なかなか前途有望な子猫である。

「そうかぁ。しかし、まいったなぁ。ほんとはおめぇさんを洞窟にでも送り届けてやらにゃぁ、ならねぇんだろうけどよぉ。いま、ちっとばかし急いでるのよ」

ハッカも、ヤジュウロウが流れ猫であることは知っていた。

流れ猫というのは、縄張りを持たずに森中を移動しながら、猫同士の問題を解決する猫

のことだ。

その仕事の重要さは、ハッカもしっかりと心得ている。

どうしようかと考えるハッカだったが、ヤジュウロウは笑いながら提案する。

「羽のおじちゃんへの目印に魔法を打ち上げとくから、おめぇさんは俺についてくるかい？　ここで一匹で任せておくのもなんだからよぉ」

ヤジュウロウがそう言うということは、付いていっても邪魔にならないのだろう。

流れ猫の仕事には、ハッカもとても興味がある。

「ついていっても、だいじょーぶなのぉー？」

「おう。騒ぎにゃぁなっちゃぁいるが、怪我猫はでてねぇからなぁ」

「じゃあ、いっしょにいきたいー！」

ハッカは興奮気味に、尻尾を立てた。

流れ猫の仕事ぶりを見られるというのは、そうそうあるものではないだろう。

🐾 🐾 🐾

怪我猫は出ていないという話だったが、現場はなかなかの騒ぎになっていた。

五、六匹の成猫が、何かを取り囲んでにゃぁにゃぁと声を上げている。

ヤジュウロウが来たことに気が付いたそのうちの一匹が、慌てた様子で駆けてきた。

「来た来た！　ちょっとこれ、みてよ！　大変なんだよ！」

沢山の猫に囲まれていたところには、猫が倒れていた。

正確には、多分猫であろうと思われるもの、である。

確かに、それは体は猫であったが、頭が草の茎の塊でできたような、丸っこい物体だったのだ。

ぎょっと目を見張るハッカの前で、その生き物はジタバタと暴れ始めた。

「うにゅぁああ！　ぐるじぃぃー！」

かろうじて聞き取れるような、くぐもった猫語である。

戦慄するハッカの心情を知ってか知らずか、ヤジュウロウは呆れたような声を上げた。

「なんでぇ、草の玉に頭突っ込んでるだけじゃぁねぇか」

それを聞いて、ハッカは思わず「ああー」と声を漏らした。

なるほど、頭が草の玉でできていたわけではなく、草の塊に頭を突っ込んでいただけだったのだ。

誤解していたのがちょっと恥ずかしかったので、ハッカは少しだけ後ろに下がった。

他の猫に、顔が見られないようにである。

「そうなんだけど、これが厄介でさぁ」

「全然取れないんだよ。引っ張っても抜けないし、何か引っかかってるみたいで！」

こんなことを話している間にも、草の玉に頭を突っ込んだ猫はもがいて暴れ回っていた。

草の玉に前足をひっかけ引っ張っているが、微動だにする様子もない。

当猫は必死なのだろうが、何だか遊んでいるようにも見える。

ヤジュウロウはどうしたものかと目を細め、後ろ足で首の辺りを掻いた。

「とりあえず、外してやらにゃぁどうにもなるめぇよ」

「それが、俺達もとってやろうとしてるんだけど、うまく行かないんだよ」

「無理やり引っぺがそうとすると、すごく痛がるし」

どの猫も、心底困ったという顔をしている。

散々色々と試したものの、結局どうにもならなかったのだろう。

だからこそ、流れ猫にお呼びがかかったのだ。

「まぁ、そうだろうなぁ。なぁに、やりようがねぇわけじゃぁねぇ」

意外な言葉に、ハッカや他の猫達はヤジュウロウの顔を見た。

こんな奇妙なことが、別のところでも起きたということだろうか。

ヤジュウロウは、上を見上げて、何かを確認している様子だった。

ハッカもそちらを見てみると、大きな鳥が一匹木にとまっている。

森の中では、よく見かける鳥だ。

あの鳥がどうかしたのかな。

首を傾げるハッカを他所に、ヤジュウロウは草の玉の猫のほうへと歩き出した。

「まず、暴れねぇように押さえつける。地面に埋めるぜぇ」

言うが早いか、ヤジュウロウは尻尾を振るった。

ヤジュウロウの尻尾は短いので分かりにくいが、すぐさま魔法が発動。

草の玉に頭を突っ込んだ猫のすぐ下に、ぽっかりと穴が開いた。

「ひにゃぁあああ！」

悲鳴を上げながら、草の玉だけを出して、体は穴にすっぽりと収まってしまう。

それを確認して、ヤジュウロウはすぐさまもう一度尻尾を振った。

すると、穴がみるみるすぼまっていき、草の玉だけ出してがっちりと地面に埋まってしまった。

「モシャモシャに習った魔法なんだが、便利なもんだなぁ」

呆然（ぼうぜん）としているハッカ達を他所に、ヤジュウロウはすぐに次の行動へ移っていた。

前足の爪をいっぱいに伸ばすと、草の玉に向かって一閃させる。

瞬く間に何度も振り抜かれた爪が、あっという間に草の玉を切り裂く。

草の玉は真っ二つに割れ、中から惚（ほう）けたような猫の顔が出てきた。

「暴れると、顔が切れっちまうかもしれねぇからよぉ。押さえつけなきゃぁならねぇわけだ。何するか説明すると、怖がるだろうしなぁ」

「そりゃそうだ。こりゃぁ、何されるか知ってれば暴れるよな」

「それにしても、きれいな切り口だね」

確かに、切り口はまっすぐで、相当に爪遣いに慣れた猫でなければできない技だろう。

魔法と同じように、爪の技も猫にとって重要なものだ。

ヤジュウロウぐらいの達猫になると、岩をも切り裂けるという。

ハッカは感心し切った顔で、草の玉の切り口に見入っていた。

羽のおじちゃんの洞窟で暮らしていると、すごい魔法というのは結構見る機会がある。

だが、これほどの爪技には、そうそうお目にかかれない。

オス猫ならばやはり、鋭い爪というのには憧れる。

「そんなことより、埋まってるやつを出してやらなくっちゃぁなぁ」

ヤジュウロウが尻尾を振るうと、身体が地面の下から浮き上がってきた。

埋まっていた猫はぐったりと突っ伏すと、疲れ切ったようにため息を吐く。

「はぁー、酷い目に遭ったぁ」

それにしても、一体何があったのだろう。

ハッカと同じ疑問を、他の猫達も抱いているはずだ。

ただ、ヤジュウロウだけが、そういった他の猫とは違う表情をしているようにハッカには見えた。

「さて、何があったのか、話してみねぇ」

「うん。それがさ、驚くような話なんだけどさ」

ヤジュウロウに促されて、埋まっていた猫は体についた土を払いながら話し始めた。

草の玉に頭を突っ込んでいた猫の名前は、アオフシメという。

背中に青い色の、節目の付いた木の枝のような模様を背負っているのが由来だ。

アオフシメはこの辺りを縄張りにしており、いつものように餌を求めて歩き回っていた。

すると、奇妙な丸い物体が空から落ちてくるではないか。

いったい何事かと突っついてみるが、これがきれいな丸型で、ころころと上手く転がってなかなかに楽しい。

面白いものを拾ったと喜んでいたのだが、よく見ると穴が開いていることに気が付いた。

これはもう、顔を突っ込まずにはいられない。

アオフシメは勢いよく頭を突っ込み、抜けなくなったというわけである。

「なんか随分マヌケな話だなぁ」

「そういうけどさ。そりゃ、小さな玉に穴が開いてたら、誰だって顔突っ込むでしょう」

呆れた顔でそう言う猫に、アオフシメはムッとした顔で言い返す。

周りの猫達は、それはそうだと頷いた。

千差万別な好みを持つ森に住む猫ではあるが、基本的に遊び好きで好奇心旺盛だ。

そして、狭くて暗い場所が好きである。

面白そうな玉に丁度良い穴が開いていたら、大抵の猫は見つけた次の瞬間には、頭なり前足なりを突っ込むだろう。

「しっかし、何なんだこの草の塊」

「アルキグサか?」

アルキグサというのは、動き回る植物の総称だ。

「だけど、それにしては動く様子もないし、こんなの見たことないよ」

「じゃあ、木の実か何かか？」

「それこそこんな木の実見たことないぞ」

「なんだろうなぁ？」

首を傾げる成猫達と一緒に、ハッカも頑張って考えていた。

この草の玉の形は、どこかで見た覚えがある。

しばらく悩み続ける猫達だったが、一向に答えは出ない。

そこで、ヤジュウロウが苦笑交じりに口を開いた。

「まあ、おおよそこうなんじゃねぇか、ってところは、見当はつくけどなぁ」

「ほんと⁉」

「なにがどうなってるの、これ！」

成猫達に交じって、ハッカもヤジュウロウに詰め寄る。

あくまで推測だ、と断りを入れてから、ヤジュウロウは話し始めた。

まず、草の玉の正体。

これは、クサカゴネズミの巣だ。

クサカゴネズミは、イネ科の植物が群生しているところに住み着くネズミである。

森の中では、川沿いや、湖の畔などでよく見かけた。

イネ科の植物をエサとするだけでなく、丈夫な茎の部分で巣を作ることにも利用する。

ハッカも、クサカゴネズミのことは散歩の途中で見かけたことがある。

これまで気が付かなかったのは、見慣れているクサカゴネズミの巣と、あまりにかけ離れた見た目になっていたからだ。

普通、クサカゴネズミの巣は群生したアシの茎の、真ん中辺りに作られる。

そもそも見つけること自体が難しいし、見つけたとしても、アシの茎同士が絡まっているのと判別がつかないのだ。

この草の玉は、そのクサカゴネズミの巣だけを、きれいに取り出したものだったのである。

「はぁー、言われてみれば、確かにこんな形だよな」

「クサカゴネズミの巣か。それじゃあ、取れなくなったのも納得だよね」

頭から取れなくなったのは、クサカゴネズミの巣の特殊な構造が関係していた。

クサカゴネズミは、常にいくつも巣を作っておき、その巣の間を移動して生活をしている。

地上に降りることはめったになく、アシの茎の間を伝って動くのだ。

そのため、襲われたときなどのための逃げる手段の確保が重要になってくる。

クサカゴネズミの巣の中には、茎の先端部分が奥のほうに向けて、飛び出すように何本も配置されている。

巣の中に入ってきた大きな敵は、この茎の先端に引っかかって抜けなくなってしまう。

一種の返しのような働きをするわけだ。

敵が体が抜けなくて困っている間に、クサカゴネズミは巣の奥のわざと弱く作っているところを食い破り、外へ逃げる、というわけだ。

抜け出しにくさは、アオフシメのもがき苦しんでいた様子を見れば分かるだろう。

「しかし、なんだってそんなもんが空から落ちてきたのかな」

「そうだよ。クサカゴネズミって飛ばないでしょ？」

「クサカゴネズミがいるような所って、ここからそんなに近くないよ」

ヤジュウロウ以外の猫達が草の玉の正体に思い至らなかったのには、この近くで見かけるものではないので、考えの外だったのもあった。

「ってことはぁー、だかがもってきたのかなぁー」

「まぁ、あれだろうなぁ」

ヤジュウロウが爪を指した先を、猫達は一斉に見上げた。

そこにいたのは、先ほどヤジュウロウが見上げていた鳥だ。

「あれだろうなぁ、って。あのカラスのこと？」

「アシカラスかぁ」

アシカラスというのは、森や平原、人間の住む街などに住んでいる、カラスの一種だ。非常に頭がよく、器用で、ときに道具なども利用する。

ごく弱いものだが、魔法を使うことまである、厄介な鳥だ。

「多分、あいつのイタズラだろうぜぇ」

「いたずらぁ⁉」

「アシカラスの⁉　そんなことするの？」

「いや、あいつならやるかもしれない」

驚いていた猫達だったが、だんだんと何かを思い出すように苦い顔を浮かべ始める。

皆、アシカラスには苦い思い出があるのだ。

「魚を捕りに行ったら、あいつがいてさ。そこにはたくさん魚がいたんだけど、全然取ろうとしないんだ。で、追っ払って俺が魚を捕ったんだよ。何匹か取ろうと思って並べて置いたら、その魚をかっぱらっていったんだ」

「あいつらぁ、魚獲るの苦手だからよぉ。ほかの動物を呼び寄せて、捕らせるってぇはなしだぜぇ。チークロのやつから聞いた話だけどなぁ」

なんて悪知恵が働く鳥なのだろうか。

「空からマタタビが落ちてきてさ。齧って気持ちよくなってたら、突っつかれたこともあったよ。追いかけようとしたら、マタタビを投げてきてさ。それを齧ってる間に、逃げられちゃった」

「お前。それはちょっとおばかすぎるだろ」

「いやぁ、それが、おいしいマタタビでさ」

「俺は、アシカラスを追いかけてたら、たくさん木の実が落ちてるところを見つけたことがあるよ。固い殻に入ってるやつ。魔法で割って食べてたら、あいつ、盗んでくんだよ」

「そりゃぁ、アシカラスが殻を割らせるために案内したんだろうなぁ」

言われて思い出してみれば、どの猫にもアシカラスに利用されたり、イタズラされた経験があったのだ。

今回のこれも、その一環だったわけである。

「そんなことして、どうすんのかねぇ」

「さぁなぁ。遊んでるんじゃぁねぇか?」

不思議そうに言う猫に、ヤジュウロウは笑いながら返す。

アシカラスは猫にイタズラはするものの、大きな危害は加えない。手痛い仕返しを受けることを、よく分かっているのだ。

「いや、多分ヤジュウロウの言ってることが当たってるんだろうな」

「そうだよ。アシカラスならやりかねないもん」

「言われてみれば、ずっとあいつこっち見てるしね」

どうやら、木の上に止まっているアシカラスは、この騒ぎを最初から見ていたらしい。

猫達に注目されたアシカラスは、からかうような鳴き声を上げて、飛び去っていく。

「とんでもない鳥だなぁ」

「俺も気を付けよっと」

「しかし、よく分かったね、ヤジュウロウ」

「なぁに、巣に頭突っ込んで転がってるおめぇさんと、木にとまってるアシカラスがいたからなぁ。まぁ、そんなところだろうなぁって思っただけのことよ」

まったくその通りだと、ハッカも思った。

どの猫達も、クサカゴネズミのことは知っている。アシカラスのことも、イタズラ好きな鳥だと知っていた。

しかし、草の玉を見てもクサカゴネズミの巣だと誰も思わなかったし、木の上にいるアシカラスのことも、気にもしていなかったのだ。

にもかかわらず、ヤジュウロウはそれを目ざとく見つけ、繋がりを推測して、何が起きたのか言い当てたのである。

しかもそれに気が付いたのは、恐らくここに来てすぐのことだ。

「やじゅーろーさんは、すごいなぁー」

「こういうのを、人間は探偵とかっていうんだよな」

「お前、よくそんなの知ってるなぁ」

「こないだ、人間の街に暮らしてるやつに、教わったんだよ」

探偵。

ハッカは、初めて聞く言葉である。

いったい何なんだろう。何だか、すごく興味をそそられる。

街で暮らしている猫に聞いた、ということは、人間に関係するものなのだろうか。

いつか街に行くことがあったら、調べてみるのもいいかもしれない。

「あ、羽のおじちゃんだ」

そんな声が聞こえたと思ったら、ハッカは誰かに首根っこを咥えられて宙づりになっていた。

だらんとぶら下がりながら、ハッカは首をひねって誰に咥えられたのか確認する。

「あー、はねのおじちゃんだぁー」

「お前は、本当に懲りないやつだな」

呆れと疲れが混じったような声だ。

心配性の、羽のおじちゃんらしい声である。

羽のおじちゃんを見た猫達が、わらわらと近くに寄ってきた。

ヤジュウロウも、おじちゃんとハッカを見比べ、笑っている。

「すまなかったな、ヤジュウロウ。この子を捕まえておいてくれて、助かった」

「いやぁ、なにもしちゃぁいやせんよ。おとなしいもんでしたからねぇ」

「この子がか。ということは、何か面白いものでもあったのかな」

うろちょろと動き回るハッカだが、興味を引かれるものがあると、じっとしている。

ヤジュウロウが解き明かした謎は、間違いなくハッカの興味を引くのに、十分だった。

「うん、たのしかったよぉー」

「お前というやつは、もう小さな弟や妹ができたんだぞ！　じっとしておられないのかっ！　それでなくとも、もうすぐ巣立ちの時期なのだ！　その後のことを、しっかりと今から考えてだな」

「えー。しょうらいのことを、きめるために、あっちこっちいってるのにぃー」

大きくなったら、何になるか。

出歩いて見聞きしたことは、間違いなくその参考になっている。

そういえば、今日は面白そうなことを聞けた。

「おじちゃんさぁー、たんていって、なにかしってるー？」

「なに、探偵⁉　それは、人間の職業だろう。どこでそんなものを聞いたんだ、一体。いや、そんなことよりも、お前はあちこち、ふらふら、ふらふらと。もっと落ち着きを持って、立派な成猫にだな」

そうか、探偵というのは人間のなるものなのか。

なら、今度は人間の街にいってみようか。

「たんていっていうのを、しらべにいかないとなぁー」

「お前は、話を聞いているのかっ！」

思わず漏れた声のせいで、ますます羽のおじちゃんに叱られてしまう。

そんな様子を見て、ヤジュウロウ達は声を上げて笑った。

森の猫達の長い歴史の中でも、初めて探偵を名乗る猫が現れるのは、もう少し先の話である。

大活劇！ヤジュウロウ爪法帖

The Cat & The Dragon,
The Matchmaking of The Dragons,and The Flying Cat

猫達が住む「しょしんしゃのもり」の程近く。王城がある街に、有名な劇団があった。年に一度のお祭りで猫竜の物語を演ずる劇団で、長い歴史があり、多くの団員を抱えているが、団員は、何も人間ばかりではない。

森に住む猫も、団員として所属していた。

観客を感動させる演技派や、鮮やかな魔法で魅了する技巧派など、皆、猫としての特性を生かし、存分に活躍している。

中でも、特に変わった団員猫が一匹。

本番中は、舞台を華々しく彩る特殊効果の魔法を担当する猫なのだが、実はもう一つ大きな役割を持っていた。

何と、舞台用の物語を書く、劇作家でもあったのだ。

所詮猫が作るものと、侮るなかれ。

世にも珍しい劇作家猫である「コクコル」が描き出す物語は、実に独創的で多くの観客を楽しませた。

古典から新作まで手広くこなし、生み出す作品はどれも面白く、人気作ばかりである。

そんなコクコルであるが、今はどうにも悩みを抱えているようであった。

🐾 🐾 🐾

「新作が、できないいんだっ‼」

悲鳴のように鳴き声を上げ、コクコルはマタタビに齧りついた。

この猫は確かに才能は有るのだが、如何せんマタタビ癖が悪い。

ある時など、一緒にマタタビを齧っていた友猫を、高い塔の上から放り投げたほどである。

そんなコクコルに付き合っているのは、数少ない友猫のハイブチであった。

「もう少し鳴き声を抑えてくれ、上に鐘楼があるから響くんだ」

二匹がいるのは、ハイブチの寝床である大鐘楼だった。

王城を除けば、この街、王都で最も高い場所である。

コクコルは、このハイブチの寝床に無理やり乗り込んできたのだ。

既に出来上がっており、ハイブチにも押し付けるようにマタタビを勧めてきた。

これがまた、日陰で育ったようなヒョロヒョロのマタタビだ。

ハイブチはどちらかというと、青々と元気よく育ったものが好きなのだが、コクコルはこういう不健康そうなものを好む。マタタビの好みが合わないのはしょうがないが、無理やり勧めてくるのはいかがなものか。

仕方なく、ハイブチは秘蔵のツマミを引っ張り出して、口に合わないマタタビを齧った。

最近できた干物屋で売り出している、魚の干物だ。

大きな魚を独自のタレに漬け込み、煙でいぶしたものである。

仕上げとして上に振りかけてあるナッツが、実にいい仕事をしている。

このマタタビのツマミにするにはいささかもったいないが、仕方がない。

「君ね、スランプとやらになるたびにここに来るが、他に付き合ってくれる友猫はいないのか」

「一応友猫はいるが、塔から放り投げた後もマタタビに付き合ってくれるのは君だけだね」

平然と言ってのけるコクコルを見て、ハイブチは深いため息を吐いた。

自分のことを変猫だと自覚しているハイブチだが、コクコルはそれ以上である。

「そんなことよりっ！　新作がかけないんだよぉ！」

「君の新作、評判いいじゃないか」

今上演中の作品は客入りもよく、成功といっていい盛り上がりを見せている。

だが、コクコルはどうにも納得いっていないようだ。

「アレは古典に少々手を加えただけであって、アレが面白いのは僕の手柄じゃない。僕はね、僕自身が原作の作品を書きたいんだっ！」

「そういうものか。ならば、書けばいいとも。思う存分」

「書けないんだよぉ、書きたくてもっ！　新しいものを考えようとしても、上手く頭の中でまとまらないんだっ！」

「ならば、あきらめてみるのも手だと思うが」

「なんてひどいことを言うんだっ！　書いていない僕なんて、僕じゃないっ！」

　ハイブチは創作というものを嗜まないせいか、どうにもこういった悩みは分からない。

　何とか理解しようとは思うのだが、コクコルは要するに、愚痴を聞いてくれる相手を求めているのだろう。

　ならば、何を言っても無駄ということである。

「なにかっ！　何か一つ、きっかけが欲しいんだっ！　何か刺激があれば、生まれそうな気がするんだよっ！　快作がっ！　今僕はとても調子がいいんだっ！」

　ついさっきまで、筆が乗らない、物語がかけない、絶望だ、などと騒いでいたのだが、忘れてしまったのだろうか。

　だとしたら、一刻も早く静養すべきだ、と言いたいが、この手の猫はそういうことができないものだ。

　残念ながらハイブチ自身もそうなので、その辺りのことだけは共感できる。

「はぁ、なにか、何かないかなぁ。こう、題材になるものでもいいんだ。魅力的な人物がいれば、それを題材に登場人物を作り上げて、物語を書くことができる」

「魅力的な人物ねぇ」

このとき、ハイブチの頭にふとある考えが浮かんだ。

口に出さなければよかった、と後になって何度も後悔することになるのだが、この時のハイブチはそのことをまだ知らなかった。

「ならいっそのこと、猫を題材に書いてみたらいいんじゃないかな」

「猫？　猫だって？」

「そう、森に住む猫をね。変わったのが色々いるだろう」

「そうか、人間にこだわる必要はないのか。羽のおじちゃんの劇も、主役は羽のおじちゃんだから猫なわけだし。主役になりそうなのは、たとえば誰かな？」

「ヤジュウロウ辺りでいいんじゃないかな？　流れ猫は事件には事欠かないからね」

まったくの思い付きだったが、返事がないのが気になり、ハイブチはコクコルに目をやった。

そして、不審そうに首を傾げる。

何やらコクコルが、全身をわななかせていたからだ。

「どうかしたのかな？」

「それだっ!!!」

突然の大声に、ハイブチはのけぞって後ろに一回転してしまった。

伏せているときの猫の体というのは、案外転がりやすいのだ。

「なんだ、急に大声を出して」

「それだよっ！　そう、猫だっ！　猫だからこそ猫がかけるんだよっ！　そして、そう、ヤジュウロウ！　流れ猫ヤジュウロウなんて、最高の題材じゃないかっ！　なんで僕は今まで気が付かなかったんだっ！」

「手助けになったようで何よりだよ」

「すごいっ！　創作意欲がどんどんあふれてくるぞっ！　やっぱり僕は天才だっ！　書くぞぉ！　これからすぐに帰って書くんだっ！　はっはー！　ありがとう君のおかげだっ！　完成したら必ず君も招待しようっ！　勿論、ヤジュウロウもだっ！」

コクコルは勢いよく走り出すと、すさまじい勢いで手すりから外へと飛び出した。

ハイブチは慌てて止めようとするが、もう遅い。

ここは大鐘楼の上で、恐ろしく高いところである。

すわ、大惨事かと、青ざめた顔でハイブチは下を覗き込んだ。

「書くぞぉー！　すぐにかき上げてやるんだっ！　出だしもいいし、結末だって見えるっ！　そう、見えるとも、観客の歓声と喝采と拍手がっ！」

どうやら、無事だったらしい。

猫の言葉でわめき散らしながら、猛然と走り去っていく。

まぁ、無事そうならば、いいか。

ハイブチはホッとため息を吐くと、静かにうずくまった。

何だかどっと疲れてしまって、眠ってしまいたい気分だったのである。

🐾 🐾 🐾

きちんと後を追って、余計なことをしないように注意しておけばよかった。

後悔しても仕方ないことを考えながら、ハイブチは何度か目のため息を吐く。

隣を見ると、ぐったりした様子のヤジュウロウが寝転んでいる。

その反対側に目をやると、どこまでも不機嫌そうな様子の羽のおじちゃんがおつまみチキンを咥えていた。

手すりから顔をのぞかせて下を見れば、満席になって立ち見まで出ている客席が見える。

ここは、コクコルの所属する劇団が所有する、劇場であった。

始まる演目は、コクコルが書いた新作活劇。そう、ハイブチのところで着想を得た、ヤジュウロウを主人公にした舞台である。

舞台が完成したそうで、今日はその公演初日。

コクコルが言っていた通り、ハイブチとヤジュウロウは、それに招待されたのだ。

そこに、なぜ羽のおじちゃんまでいるのか。

今回の話は、今まで作った中で最高のできなので、ぜひ羽のおじちゃんにも見てほしい。

それが、コクコルの言い分である。

当然羽のおじちゃんは嫌がったのだが、劇団の他の猫まで動員して引っ張ってきたらしい。自分の作品に関するときにコクコルが発揮する力は、侮りがたいものがある。

普通ならば、劇場に羽のおじちゃんが顔を出しただけで、騒ぎになるが、そうならないのは、ここが他の観客からは隠された、貴賓席だからだ。

王族などがお忍びで観劇するときに使う、特別な席なだけに、なかなか豪華な造りになっている。

今日はそこに、大量のクッションと、様々な食べ物が持ち込まれていた。

恐らく、ご機嫌取りなのだろう。

クッションが好きな猫は多いし、並んでいる食べ物も猫が好みそうなものばかりだ。

「ハイブチよぉ。おめぇさん、随分困った助言をしてくれたもんだなぁ」

「そう言われてもだね。実際ちょっと思いついたことを言っただけなんだが」

恨みがましそうに睨んでくるヤジュウロウに、ハイブチは少し怯(ひる)む。

反対側からは、羽のおじちゃんの視線も突き刺さってくる。

「最高傑作だから見てほしいと引っ張ってこられたが、そうか、ハイブチがきっかけで作られた劇だったのか」

「いや、あくまできっかけというだけでして。別に私のせいでこうなったわけでは」

これなら、コクコルの愚痴を聞きながら、口に合わないマタタビを齧っているほうがまだましだったが、後悔先に立たずである。

「まぁまぁ。とりあえず、内容を見てみましょう。コクコルは変猫ですが、創作の才はあるはずです。年に一度の猫竜の劇も、去年のものはアレが台本を書いたといいますし」

「私はあれが好きではない」

不機嫌そうな羽のおじちゃんの言葉に、それはそうか、とハイブチは思わず頷きかけた。もし自分が主役の舞台が作られたとしたら、ハイブチも意地でも見に来ないだろう。そういう意味で、羽のおじちゃんはよくこの場にいるな、とは思う。

コクコルが書いたものだから、といった理由からだろうか。

では、ヤジュウロウはなぜここにいるのだろう。

恐らく、自分が知らないところで、どんな風に描かれるか不安なのだ。

コクコルは、頑なに劇の内容をヤジュウロウに教えてこなかったらしい。

ぜひ劇を見て判断してもらいたい、というのが、その主張だ。

あるいは、公演してしまえば、あとから止めることはできないと考えたのかもしれない。

何にしても、ここまで来てしまったのだから、やれることは一つだ。

「ここまで来てしまったんですから、あきらめて見ましょう。案外、面白いかもしれないではないですか」

舞台の上に立った男が、手に持ったラッパを吹き鳴らす。幕が開く合図だ。

「ほら、始まりますよ。見ましょう見ましょう」

羽のおじちゃんとヤジュウロウは、渋々といった様子で舞台に注目する。

何が悲しくて、自分がこんな目に。あとで絶対にコクコルに苦情を申し立ててやる。

そんな風に決意しながら、ハイブチは引きつった笑顔で舞台のほうへ顔を向けた。


舞台の上に、語り部の男性が現れた。

解説や説明などをする役回りで、落ち着いた色合いの衣装を見ればすぐにそれと分かる。

「流れ猫。そんな言葉を聞いたことがある方はいらっしゃるでしょうか。それは、縄張りを持たず旅から旅に土地をめぐり、様々な事件を解決して生きる猫のことでございます」

どうやら、流れ猫の説明から始めるようだ。

人間に流れ猫を知っている者は少ないだろうから、説明は必要なのだろう。

聞き流していた猫三匹だが、どうも内容が不穏になってくる。

「弱きを助け、強きを挫（くじ）くっ！　義侠心にあふれたその姿こそが、流れ猫なのでありますっ！」

まるで正義の味方でも紹介しているようではないか。

ヤジュウロウはあんぐりと口を開け、羽のおじちゃんは困惑に表情を歪（ゆが）めている。

だが、人間の観客のほうは、口上に聞き入っているようだ。

ハイブチはもう帰りたくなってきたのだが、ぐっと我慢する。

一通りの口上を終え、舞台が明るく照らし出されていく。

広がっているのは、海辺の港町だ。書き割りの絵と音による演出だけで、随分海らしく見えた。

そこに、一匹の猫が現れる。なかなかの面構えで、いかにも美丈夫といった感じ。

額に大げさに入ったバツ字の模様は、先ほど語り部が言っていたヤジュウロウの特徴だ。

本物よりも幾分ほっそりしているように見えるが、この辺りは舞台映えの問題だろう。

「この港町に来るのも、久しぶりだなぁ。しかし、なんだい、このありさまは。随分と寂れちまってるようじゃぁねぇか。昔はもっと活気があったってぇのによぉ」

何人かの通行人らしき人物や、店を営んでいるらしい人物が舞台に現れる。

いかにも港町、といった様子が演出されているが、どこか元気がないように感じられた。

そんな中を、ヤジュウロウはゆったりと歩いていく。

すると、杖を突きながら、老人が歩いてきた。

いかにも辛そうに倒れ込んだ老人を見て、ヤジュウロウは素早く走り、助け起こす。

「でぇじょぶかい、じいさん」

「ああ、すまないねぇ」

老人を近くのベンチに腰掛けさせる。

「ありがとう。少し疲れが出てしまってねぇ」

見れば、見すぼらしい服に、くたびれた様子の老人である。

演劇なので、その辺りはむやみに誇張された、分かりやすい衣装なのだ。

「なぁに、いいってことよぉ」

「お前さん、見ない顔だねぇ。もしかして、旅の猫かい？」

「まぁ、そんなところよぉ」

「猫が旅ってなぁ、珍しい。もしかして、流れ猫ってやつじゃないかい？」

「そんなてぇしたもんじゃぁ、ありやせん」

いささか芝居がかったやり取りだが、まぁ、芝居なのでそういうものなのだろう。

ついでに言うと、くたびれた老人にしては随分声が大きい。

ちなみにあの老人役は、この劇団でも古参に入る実力派の役者である。これだけ劇場の隅々まで声を響かせながら弱々しい老人に見えるのだから、相当な演技力だ。

「ところで、なんで誰も猫がしゃべっていることを気にせんのだ。普通驚くだろう」

「まぁ、お芝居ですから」

羽のおじちゃんが胡乱げな顔で言うのを、ハイブチが宥める。

そんなことを話している間にも、舞台の物語は進んでいく。

「そうかい、以前にもこの街に来たことが。なら、驚いたでしょう。随分さびれましたから。昔は漁師町としてだけでなく、海運の要所としても栄えていましたから」

「確かに、随分皆さん疲れていなさるようだ。なんぞ、あったんですかい？」

「ええ。実は、少し前のことなのですが」

舞台が暗転し、老人とヤジュウロウだけに光が当たる。

老人が話すには、ある日突然、乱暴者の一団がやってきたのだという。

ゴンゾウ一家と名乗るその連中は、暴力に物を言わせてやりたい放題。

わいろを贈っているのか、衛兵から領主に至るまで見て見ぬふり。

今ではすっかり我が物顔で歩き回っており、皆、怯えて暮らしているのだという。

舞台では、その様子も回想のような形で再現されていた。

ゴンゾウ一家と思しき連中が、店先のものを壊したり街の人々に乱暴狼藉を働いている。

その後ろではいかにも悪そうなふてぶてしい顔で、ゴンゾウと思われる猫が笑っていた。

頬に大きな傷がある、凄味のある顔立ちだ。

観客席にいる人間達からは、悲鳴と怒りが入り混じったような声が上がっている。

ちなみにこの猫は、悪役猫をやらせたら当代一といわれる老練家であった。

最近さらに凄味が増したと評判の地に響くような笑い声を、惜しげもなく披露している。

「連中、今では港をすっかり牛耳っておりますよ。漁師から、船荷の上げ下ろしに至るまで。まるでずっとそうしていたというように、街の人々をこき使っておるのです」

「なんてことだ。ちっと来ねぇ間に、そんなことになってたってぇのかい」

あまりのことに、ヤジュウロウは愕然（がくぜん）としている。

そこへ、慌てた様子の若者が現れた。

「た、たいへんだっ！　ミヨコさんの店が、ゴンゾウ一家のやつらに襲われてっ！」

「ミヨコ？」

その名前を聞いたヤジュウロウの顔色が、にわかに変わった。

「ご老体、その店の場所をご存じで？」

「ああ、この道を行くと、小さいが看板が出ておるよ。お若いの、まさか、ミヨコさんの知り合いかい？」

「ごめんなすって」

何か言おうとしたヤジュウロウだったが、言いよどんだ。挨拶だけを返すと、身をひるがえして走り出す。

景色が瞬く間に流れ、人だかりが現れた。

皆が恐る恐る見守る輪の中心には、一匹のメス猫と、いかにも乱暴者といった男達がいる。

男達は、飲み屋の印が描かれた看板のある店を、めちゃくちゃにしているようだ。

メス猫は、それを必死に止めている様子である。

「やめてっ！」

「うるせぇ！　放しやがれっ‼」

縋(すが)り付くように止めるメス猫に向かって、男の一人が拳を振り上げる。

その瞬間、男は投げ飛ばされるようにして地面に転がった。

颯爽と飛び出したヤジュウロウが、男の腕を前足でひねり上げたのだ。

「なんだぁ⁉　ヤロウ、何しやがるっ！」

「俺達がゴンゾウ一家だと知っててやろうってのかっ！」

「知らねぇなぁ。無抵抗のメスに手ぇあげるようなゲスが、抜かすんじゃねぇ」

ギロリとヤジュウロウが睨むと、男達はその迫力にたじろいだ。

だが、すぐに気を取り直し「やっちまえっ！」と挑み掛かっていく。

それを恐る恐る見守っていた人々は、あっと息を呑む。

しかし、ヤジュウロウはさっと身をひるがえすや、一人の頭を踏みつける。

怯んだ隙に、一人、また一人と倒していき、あっという間に全員を片付けてしまった。

あまりの鮮やかさに、舞台上の住民達だけでなく、観客席からも喝采が巻き起こる。

「くそっ！　これで済むと思うなよっ！」

「覚えてやがれっ！」

男達はほうほうの体で逃げ去っていく。

周りにいた住民達は安心したように声をかけ合い、メス猫のほうへも駆け寄っていった。

「いやぁ、よかったねぇ、ミヨコさん！」

「すまねぇ、俺達何にもできなくて」

「いいのよ、怪我したら大変だもの」

やはり、メス猫の名前はミヨコというらしい。

ミヨコはふと、ヤジュウロウのほうを見て、驚いた後、複雑な表情を浮かべた。

「ヤジュウロウさん」

やはり、二匹は知り合いだったのだ。

ヤジュウロウが静かに頷いたところで、舞台が暗転する。

ここで、舞台のセットが大きく変わるのだろう、音楽隊による演奏が始まった。

落ち着いた音楽で、空気が少し和らぐように感じる。

だが、妙に緊張した気配が漂っている場所もあった。

猫三匹がいる、貴賓席である。

「猫が人間相手の飲み屋をやっているということか。そんなこと私は絶対に反対だぞ。碌なことにならん。まあ、どうしてもというのなら考えるだろうが」

「俺ぁ、あんなにキザに見えるのかねぇ」

「まぁまぁ、舞台上の都合ですから。あ、どうですか、コレ。今、王都で人気のお菓子で、なかなかおいしいですよ」

何とも言えない表情の二匹に挟まれ、ハイブチは機嫌を取ろうと菓子を持ち出した。

果実の皮や果肉を薄く切り、乾燥させて砂糖をまぶしたものである。

ハイブチも売り出す前に店へ赴きこっそり店員に分けてもらったのだが、これが実に美味い。

羽のおじちゃんもヤジュウロウも怪訝そうな顔でお菓子の匂いを嗅ぎ、口へ運ぶ。

噛みしめるうちに味が染み出してきたのか、だんだんと表情が和らいできた。

ほっとハイブチが胸を撫でおろしたところで、再び舞台に明かりが戻る。

🐾 🐾 🐾

そこは、妙に豪華なけばけばしい部屋だった。

真ん中にいるのは、やはり恐ろしく派手な衣装の男。

施されたメイクも相まってか、いかにも悪そうな顔立ちだ。

この男が出てきた時点で、劇をよく見る者なら、これが悪役なのだとすぐに分かる。

毎回必ず悪役をやっている、悪役専門の役者だからだ。

その隣にいるのは、一度回想の中で登場した猫である。

ゴンゾウ一家の頭である、ゴンゾウだ。

「ゴンゾウ。本当に、あの目障りなミヨコをどうにかできるんだろうな」

ゴンゾウはいかにも悪そうな顔で、にたりと笑う。

「ご安心ください、ご領主様。ミヨコの店は借金まみれ。このままやれば、すぐに黙りまさぁ」

何と、この派手な衣装の男は、領主だったらしい。

ゴンゾウと領主は、派手な身振り手振りを加え、大仰に悪だくみについて語る。

どうやら領主がわざわざゴンゾウ一家を呼び寄せ、街を牛耳らせたらしい。

ゴンゾウ一家は領民から金を搾り取り、領主へ賂(まいない)を贈る。領主は、税と賂の二重取りで、私腹を肥やす。

本来、税率は領主が自由に決めることができるのだが、この国では国法で一定以上に上げることはできないのだそうだ。

そこで領主は、ゴンゾウを使うことを考え付いたわけである。

「素晴らしい法だなどと言う者もいるが、領地領民など貴族のモノよ。好きにして何が悪いというのか」

「そのおかげで、このゴンゾウ、ご領主様とお近づきになれたわけでございますから」

「ふふ。それもそうか」

ちなみに、この税の上限を決めた法律は、実際に存在するものである。

何代か前の国王が定めたもので、良法といわれていた。

これを貶(おとし)める貴族というのは、いかにも分かりやすい悪役といえるだろう。

「わしはな、ゴンゾウ。こんな小さな町の領主だけで終わるつもりはない。もっと大きな領地を手に入れ、もっともっと上に行くつもりなのだ。そのためには、まだまだ金が要る」

「お任せください。このゴンゾウ、必ずやご領主様のお役に立ってご覧に入れましょう」

「うむ。そのためには、抵抗してくる領民共が邪魔だ。黙らせるには、やはり抵抗勢力の精神的支えになっているミヨコをどうにかせねばならん」

「このゴンゾウめに、お任せください。なぁに、港にはもう男手もおりません。大したことなどできやしません」

「ふふ！　ゴンゾウ、お前も悪知恵の働くやつよのぉ！」

「お褒めにあずかり、光栄にございます！　ふははは！」

悪役二人の高笑いと共に、舞台が暗転する。

場面は変わって、ミヨコの店。いるのは、ミヨコとヤジュウロウだけである。

「あの連中は、ゴンゾウ一家の？」

「ええ。借金を早く返せって」

ミヨコによると、多くの人が無理やりゴンゾウ一家に借金をさせられているらしい。

方法は様々だが、やり口は悪辣。

難癖をつけて金をせびったり、持ち船を壊して修理費を必要にさせたり。

抵抗したものの、ミヨコもついには借金をせざるを得ない状況に追い込まれた。

「ひでぇ連中だ。やめさせようってなぁ、いねぇのかい？」

「勿論いたわ。でも皆、借金まみれにされて、捕まっちゃったのよ。貨物船の荷物の上げ下ろし人足をさせられてるの。割のいい仕事を紹介してやるって連れていかれたの」

「自分達の邪魔をしそうな男共を無理矢理働かせて、逆らう力をそごうってぇ魂胆か」

「そういうこと。町に若い男が少ないのは、それが原因なの。夜も船が入るかもしれないからって、家にも帰してもらえない。閉じ込められているようなものよ」

「一つ所に集められて、監視されてるってぇわけか。ひでぇことしやがる」

荷物の上げ下ろしだけでなく、港自体も牛耳っているという。

さびれたとはいえ、海運の要所であり、収益は、相当なものになるはずだ。

「それだけじゃないの。連中、港で違法な品物まで扱ってるみたい」

「そいつぁ、衛兵は何も言わねぇのか」

「衛兵なんて話にならないわ。ゴンゾウ一家は、領主様とつながっているの」

「おめぇさん、何だってそんなことを」

ヤジュウロウが不思議そうな顔をしたとき、店の扉が開いた。

入ってきたのは、一歳かそこらの子猫だ。美しい赤い毛並で、顔立ちはどこかミヨコに似ている。

「ただいま。いらっしゃい」

子猫は行儀よく、ヤジュウロウに頭を下げた。

ヤジュウロウも反射的に、頷いてかえす。

ミヨコはそれを見て笑う。

「上におやつが置いてあるわよ」

「はぁーい。ごゆっくりしていってください」

子猫は店の奥にある扉の向こうへと消えていった。

それを見送ったヤジュウロウは、ミヨコのほうへと顔を戻す。

「おめぇさんの子かい」

「ええ。そっくりでしょう？　一歳になったばっかり」

「ああ。いい面構えだ。だが、一歳？　まさか」

ヤジュウロウはハッとした様子で、ミヨコを見ると、ミヨコは苦笑して、首を振った。

「もっと誠実で、誠実な猫よ」

ヤジュウロウは複雑そうな表情で、「そうか」と頷く。

「その猫は、今どこに？」

「捕まってるの。ゴンゾウ一家に」

どこか思いつめた様子でミヨコがそう言ったところで、舞台の明かりが消えた。

🐾　🐾　🐾

舞台の場面が変わり、どこかの室内になっている。

揃いの衣装を着たガラの悪い人間や猫がたむろしている一番奥では、横柄な態度でゴンゾウが寝転がっている。

上のほうには、大きく達筆な書体で「ゴンゾウ一家」と書かれた看板が飾ってあった。

そこに、血相を変えた若い男が転がり込んでくる。

「親分！　たたた、たいへんだぁ！　カチコミです！」

「なぁにぃ!?　ドコのどいつだっ！」

「そ、それが、見覚えのねぇ野郎が、たった一匹で」

言いかけた若い男の後ろから、人間が転がってきた。

それに巻き込まれ、若い男も転がる。

舞台そでから複数の男に囲まれてゆっくりと登場したのは、ヤジュウロウだ。

室内にいた男達は、警戒したり驚いたりしているようである。

頭であるゴンゾウだけは流石落ち着いた仕草で、ゆっくりと立ち上がったが、ヤジュウロウの顔を見て、顔色を変える。

「てめぇ、ヤジュウロウかっ！」

「おお？　なるほど、ゴンゾウってなぁ聞き覚えがある名前ぇだとおもってたが、おめぇさんのことだったのかい」

子分達がにわかに驚いたようにざわめく。

「親分、知ってる野郎なんですかい？」

「知ってるも何も。この頬の傷は、野郎に付けられたのよ。一日だって忘れやしねぇ」

見せつけるように頬の傷を前に突き出す。

「礼なら言わなくていいぜぇ。間抜けな面を少しは拝めるようにしてやっただけだからなぁ」

「抜かしやがれ、このヌレネコがっ！」

ヌレネコというのは、雨などに濡れたとき、毛がぺったりと体に張り付いてしまうと大変みすぼらしい様子になる、というところからくる、猫特有の罵倒の言葉だ。

ゴンゾウの子分達も親分に続けとばかりに、ののしり始めるが、ヤジュウロウが一睨みすると、途端に口をつぐむ。

けん制し合いながらも、ゴンゾウは盛んにヤジュウロウを挑発する。

その言葉によれば、ヤジュウロウとゴンゾウは昔に一対一の勝負をして、ゴンゾウが負けた。

結果、ゴンゾウは頬に大きな傷を受けたばかりか、当時の縄張りまで追われることに。

ゴンゾウはそのことを、今でも恨みに思っているようだ。

「で、ヤジュウロウ。てめぇ、ここに何しにきやがった」

「相変わらず、あこぎな真似をしてやがるそうじゃぁねぇか。シロウトさんに借金こさえさせるだけじゃねぇ、港でこき使っていやがる」

「それがどうした」

「手ぇひけってんだよぉ。どうせロクでもねぇ、違法なマネでもしてやがるんだろう」

ゴンゾウは、余裕たっぷりといった仕草だ。

顎をしゃくると、すかさず近くにいた人間が一枚の紙を取り出した。

「こいつぁ、ご領主様がこの俺に貸金業を営むことをお許しになった免状よぉ！　これがある限り、俺ぁ誰にはばかることなく商売ができるってぇわけだっ！」

相手が無法なことをしていないということになれば、無茶を言っているのはヤジュウロウのほうになってしまう。

ゴンゾウと睨み合っていたヤジュウロウだが、やがてゆっくりと引き上げていった。

ゴンゾウの子分達は、ホッとした様子で脱力する。

「親分、大した野郎じゃぁありやせんでしたねぇ」

「バカヤロウっ！　あんなもんで大人しく引き下がるようなぁ奴じゃぁねぇ！　きっとまた何か仕掛けてきやがる！　なにせあいつぁ、流れ猫なんだからなぁ！」

流れ猫という言葉を聞いた子分達が、驚いた様子でざわつき始めた。

それだけ、流れ猫というのは重い存在なのだ。

「やろう、こんなところに何しにきやがったのか」

重々しい表情で、ゴンゾウは前足を組んで考える様子を見せる。

子分達は息を呑んで、その姿を見守った。

「まぁ、いい。邪魔するようなら、魚の餌になってもらうしかねぇなぁ」

ゴンゾウは凄味のある顔で、ニヤリと笑った。

そして、舞台が暗転する。

🐾　🐾　🐾

今度の場面は、街から離れた海辺のようだ。

背景の書き割りには、遠くに見える街の様子が描かれている。

魔法を使っているのか、水面が揺れ、空を鳥が横切っていく。

観客席からは感嘆のため息が漏れ、ヤジュウロウと羽のおじちゃんも、感心した様子だ。

「これはコクコルの魔法か。獲物や敵の目を誤魔化す魔法をうまく改良しているようだな」

「あいつぁ、こういう魔法だきゃぁ得意ですからねぇ」

「こういうことだけを担当して、劇作家などやらんでくれると何よりなのですが」

ハイブチの言いように、他の二匹は大きく頷く。

さて、舞台のほうに、役者が演じるヤジュウロウが現れた。

観客席からは、拍手が起こる。

「いやぁ、お待たせしました！」

あっけらかんとした声が、舞台に響く。

登場したのは、鳥打帽を被った男。

「貴方が注目を集めてくれている間に、ゴンゾウ一家の建物の中を好きに調べさせてもらいましたよ。いやぁ、もう少し掃除をすべきですね、あそこは」

「密偵ってなぁ、そういう商売だろう。我慢するこったなぁ」

何と、鳥打帽の男は、王都からやってきた密偵らしい。

鳥打帽の話によると、港町の領主は以前から王城に睨まれていたらしい。

なかなか尻尾を出さなかったが、賄賂などに使ったと思われる金額が、明らかに領地の規模を超えていた。

　そこで、密偵である鳥打帽の男が派遣された。

　ヤジュウロウがこの町に来たのは、その手伝いを頼まれてのことだったのである。

「手伝って頂いておいてなんですが、流れ猫というのはこんな仕事もするんですねぇ」

「悪党ってやつが嫌ぇでなぁ」

　わざわざヤジュウロウが正面切ってゴンゾウに顔を見せに行ったのは、ゴンゾウと子分達を引き付けている間に、鳥打帽の男が中を調べるためだったのだ。

　ゴンゾウを調べれば、領主の不正の証拠も出てきて芋づる式になるだろう、と考えたのだ。

　ところが、流石にゴンゾウは悪知恵が働くようで。

「あそこに、証拠になりそうなものはありませんでした。正規の書類ばかりですよ」

「じゃあ、どうするんでぇ」

「おそらく証拠は、この街で一番安全なところに隠してあるのでしょう。つまり、領主の館です。どうにかして入る口実があればいいんですが」

　どうしたものかと悩んでいると、舞台の端に子猫が現れる。

　警戒している様子で、周囲を見回しているようだ。

　ヤジュウロウは鳥打帽の男に合図して、声を潜ませる。

　子猫は意を決した様子で顔を洗うと、走って舞台袖へと消えていった。

「なんでしょう？」

「さぁ。わからねぇが、嫌な予感がしやがる。追いかけてみるかぁ」

「あ、ちょっと、ヤジュウロウさん！」

ヤジュウロウがさっと身を翻し、素早く走り出す。

🐾 🐾 🐾

ここで、舞台の幕が下りた。

どうやら、幕間のようだ。

客席にいる人々は、一緒に来た人と話し始めたり、席を立ったりしている。

貴賓席の三匹はといえば、複雑な表情のまま、固まっていた。

一番最初に口を開いたのは、ヤジュウロウだ。

「俺ぁ、あんなキザに見えてんのかねぇ」

「演劇だからね。客受けが良くなるようにしてるんだよ。ほら、実際、拍手も多かったし」

ハイブチの言う通り、登場すると、拍手やら喝采やらが起こっていたが、ヤジュウロウにとってはどうでもいいことである。

「大体、俺ぁ子供なんざぁこさえたこたぁねぇぞ。番だって見つけちゃいねぇっててぇのに」

「ロマンスのようなものは、娯楽の王道だから。ねぇ、羽のおじちゃん」

何とか話をそらそうと苦肉の策に出たハイブチだが、こちらはこちらで機嫌が悪そうだ。

「見たか、あの領主の悪辣さを。だから人間というやつは信用ならんのだ」

「アレはお芝居ですから」

「いや、人間の危険さや本来持つ凶悪さをよく表している。大体人間というやつはだな」

羽のおじちゃんの何時ものお説教が始まりかけたとき、貴賓室に一匹の猫が入ってきた。

カゴの取っ手を咥えた、ミケミケという名の猫である。

街に住んでいる猫で、普段はギルドの看板猫をしており、街の中にも詳しい。

「こんにちは、みんな。ハイブチに頼まれてたもの、もってきたよ」

「おお、ミケミケじゃねぇか」

「うむ、こんにちは。頼まれたもの？」

ヤジュウロウと羽のおじちゃんの興味がそちらに移ったので、ハイブチはほっとため息を吐いた。

実にいいところに来てくれた。

おいしい料理を出す店を紹介する約束で買い物を頼んだのだが、ついでに食事の一つもおごらなければならないだろう。

持ってきてもらったのは、老舗の魚加工品専門店が作った品だ。

新鮮な魚を店独自の特別な煮汁で煮込み、強い炭火で乾燥させている。

そのまま齧っても、スープの出汁に使っても美味い。

「ささ、二匹とも、まずは齧ってみてください！」

何か言い出す前に、ハイブチは魔法で二匹の口に魚を押し込んだ。

嫌そうな顔をしていた二匹だったが、噛むごとに表情が和らいでいく。

森に住む猫は様々いるが、その多くがおいしいものが大好きだった。

少々機嫌が悪くても、食べるものがおいしければ機嫌を直してくれる。

「じゃあ、私は友達の席に戻るから」

どうやら、ミケミケも友人とこの劇を見に来ていたらしい。

ということは、魚の干物を持って、ここに来る機会を見計らっていたのだろうか。

だとしたら、実に気が利いたところで来てくれた。

食事をごちそうするときは、食後の甘味も付けなければならないだろう。

ハイブチも干物を咥えたところで、舞台上から音楽が流れ始めた。

どうやら、幕が上がるようである。

🐾 🐾 🐾

書割に描かれているのは、大きな船だった。

何人ものボロボロの服をまとった男達が、疲れ切った様子で、大きな荷物を運んでいる。

周りでは、揃いの衣装を着たガラの悪い男達が監視をしていた。

そんな様子を、物陰に隠れて見守っている子猫がいた。ミヨコの子供である。

「おらっ！　休んでるんじゃねぇ！」

荷物運びをしていた一人が倒れ込むと、ゴンゾウの子分が発破をかける。

その乱暴さを見て、子猫は身体をすくみ上がらせた。

「皆、こんなところで働かされてるんだ。夜は一つのところに集められて、閉じ込められてるし。なんとか、助け出さないと」

独り言にしては大きな声でそう言うと、子猫は再び身をひそめた。

少々説明的な台詞だが、舞台上の都合というやつである。

子猫が様子をうかがっていると、きらびやかな衣装の男が現れた。

後ろには、ふてぶてしい顔つきの猫が付き従っている。

「あれは、ご領主様と、ゴンゾウだ！　こんなところで何してるんだろう」

領主とゴンゾウは、何事か話しながら舞台袖へと消えていく。

「後を追ってみよう」

少年はそっと、自分も舞台袖へと消えていった。

場面が変わり、建物の中。

たくさんの荷物が積み上げられたそこは、倉庫のようだ。

領主とゴンゾウの他に、護衛と思しき揃いの衣装を着た子分達が控えている。

何やらあくどそうな笑いを浮かべながら、領主が木箱の一つをあけた。

中から取り出された植物の苗らしきものを見たゴンゾウと子分達は、驚いた様子である。

「ご領主様、そいつぁ！」

「王都近くの森にある、特別な猫じゃらし畑から盗み出されたものだ」

観客達の間で、ざわめきが起こった。

森に住む猫達が大切にしている猫じゃらし畑のことは、王都で知らない者はいない。

「いくらご領主様でもこれがバレたら両手が後ろに回りますぜ。ご禁制中のご禁制ですよ」

「だからこそ、金になる。港で違法な品の取引をさせていたのは、いつかこういう大きな品を取引するときのためだったのだ」

「ですがこいつは、いくらなんでも」

「だからこそ、莫大な金を生んでくれる。一気に稼いで、地位を手に入れてしまえば、あとはどうとでもなろうというものだ」

この様子を見ていた子猫がたじろいで後ろに下がったとき、身体が荷物に当たってしまう。

大きな音が響き、領主やゴンゾウ、その子分が驚いた様子で辺りを見回し始めた。

「何かが忍び込んでやがるかもしれねぇ！　さがせっ！」

この声に驚き、子猫は慌ててその場を逃げ出した。

子分達は、方々に散らばって辺りを探し始め、ゴンゾウは、慌てた様子で領主を振り返った。

「ご領主様、これはまずいですよ！」

「ふっふっふ。そう案ずるな。これだけ大きな仕事には、保険というやつが必要でな」

「保険、といいますと？」

「最近、領内をネズミが嗅ぎ回っている気配があっただろう。無論、ばれるようなへまはしないつもりだが、万が一もある」

「へぇ。今しがたのようにですね」

「もしばれてしまったら、逃げてしまえばよいのだ。他国に行っても、貴族位を買える程度の金は集まった。この猫じゃらしがあれば、尚更よ」

「まさか、わざわざ危険なご禁制の品に手をお出しになったのは？」

「ばれなければそれでよし。金を手に入れ、さらにのし上がる。ばれたとしても、それもよし。新たな土地で金を稼ぐのだ。その時はゴンゾウ、お前もついてこぬか？」

「へっへっへっ！　流石ご領主様だ！　あっしなんぞとは、悪党の格が違いますさぁ！」

　領主とゴンゾウの、高笑いが響く。

　奏でられている背景音楽も、おどろおどろしいものである。

「しかし、ご領主様。回収していない町の連中の借金は、どうするので？」

「なぁに、どうせ働かせて元はとっているのだ。それに、実はもう一品、今夜にでもこれよりもっと危険な荷物が入る予定でな。それを運ばせれば、お釣りが来ようというものだ」

「猫じゃらし以上に危険な品がっ！　はぁー！　こいつは、楽しみで御座いますねぇ！」

領主とゴンゾウが再び高笑いを上げ、舞台が暗くなっていく。

再び明るくなると、舞台上をミヨコの子供が走っている。

それを、ゴンゾウの子分が追いかけていた。

「まちやがれっ！」

逃げ回る子猫だったが、ついに転んでしまう。

子分達は子猫を取り囲み、捕まえようと掴み掛かった。

その時だ。

横合いからすさまじい勢いで飛び出してきたものが、子分の一人を弾き飛ばす。

子猫を守るように立ちはだかったのは、ヤジュウロウだ。

「あっ！　てめぇはあの時のっ！」

「邪魔しやがってっ！　やっちまえっ！」

一斉に襲い掛かるが、やはり相手にならない。鮮やかな戦いぶりに、観客席からも喝采が上がった。

叩きのめされた子分達は、何とかその場から逃げ出していく。

それを見送ったヤジュウロウは、子猫に声をかけた。

「おめぇさん、でぇじょぶかい？」

「大丈夫。おじさんは、だれ？」

「おめぇさんのおかあちゃんの、友達だよ」

「そ、そうだっ！　大変なんだっ！」

子猫は、つっかえつっかえながら、先ほど見たことをヤジュウロウに説明した。

こんな状況にもかかわらず、順序立てて説明できているのは、舞台の都合上だろう。

領主達が猫じゃらしを持っていたくだりを聞いたヤジュウロウは、流石に驚いた顔をした。

「その話は、本当なんだな？」

「うん。ぼく、ずっと見てたから」

「大変なことになりましたね」

物陰から姿を現したのは、鳥打帽の男だ。

荒事は苦手なので物陰から見ていたと言うが、子猫の話もちゃっかり聞いていたようだ。

「ご禁制の品となると、踏み込む理由には十分ですね。王城から応援を呼ぶことにします」

「いや、何か気になる。早く決着をつけちまわねぇと、不味いことになる気がするぜぇ」

「でも、人手がありませんよ。一応、部下を何人か待機させてはいますけど」

「人手のほうは、どうにかなるかもしれねぇぜ」

ヤジュウロウは、子猫に向き直った。

「なぁ、おめぇさん。この港に、大人が閉じ込められてる場所があるんだな？」

「うん。場所も分かるよっ！」

「なんだって⁉」

「あいつらに追いかけられてる途中、見つけたんだ。見張りがいて、大きな建物！」

「ちょっと待ってください、ヤジュウロウさん。どうするつもりですか」

慌てた様子の鳥打帽に、ヤジュウロウはにやりと笑って見せる。

「なぁに、上手くいきゃぁ、一気に方が付くぜ」

🐾 🐾 🐾

薄暗い室内に、ボロボロの服装の男達がへたり込むように座っている。

「昼間はくたくたになるまで働かされて、夜はこんなところに閉じ込められる。いったい、いつになったら借金が終わるんだ？」

「ホントは、もうとっくに借金ぶんなんて働いてるんだ。分かってるんだろ？　俺たちゃ、閉じ込められてるんだよ」

「くそっ！　すぐにでも飛び出して、領主のヤロウぶっとばしてやりてぇ！」

「無理だよ。この小屋の外にゃぁ、見張りが付いてるんだ」

どうやら、閉じ込められた領民達のようだ。

「皆で力を合わせてゴンゾウ一味を追い出す計画だって立ててたのに」

「領主に、妙なことはするなって脅されたんだよな」

「そうこうしてる間に、一人一人、ここへ閉じ込められたんだ」

それまで憤っていた男達だったが、疲れ果てたという様子でため息を吐いた。

「働かせて、暴れる力も奪おうって魂胆だろうな」

「疲れちまって、壁をぶっ壊す気力もねぇや」

「それにしてもよぉ。今日最後に運んだ、あの荷物」

その話になった途端、男達の表情が張り詰めた。

何か、恐ろしいものを見たような顔だ。

「相当頑丈な箱で厳重にしまわれてたけどよぉ。ありゃぁ、相当ヤバそうな匂いがしたぜ」

「ああ。運んでるだけで、鳥肌が立ったもんなぁ」

「正体は分からなかったが、絶対ロクなものじゃねぇってことは間違いねぇぜ」

他の男達も、口々に言う。

「どうにか、ならねぇもんかなぁ」

一匹の赤毛の猫が呟いた、その時だ。

突然、小屋の扉があき、中に男が二人投げ込まれた。

衣装を見るに、外で見張りをしていたゴンゾウ一家の者のようだ。

何事かと驚く男達の前に現れたのは、ヤジュウロウである。

「あ、あんた、一体？」

「俺ぁ、流れ猫のヤジュウロウってぇもんよ。逃げ出してぇのがいるなら、今のうちだぜ」

「助かったっ！」

「こんなところ、すぐに逃げよう！」

「で、でもよぉ！　こんなことして、大丈夫なのか⁉」

盛り上がっていた男達だったが、その声ですぐに静かになった。

借金がある限り、逃げ出したところで同じなのだ。

暗い雰囲気になったところに、鳥打帽の男が部屋に入ってくる。

「それに関しては、ご安心を。ゴンゾウと領主の関係や、やっていた不正の証が見つかりさえすれば、皆さんの借金はチャラになると思いますよ」

それを聞いた男達の表情が、ぱっと明るくなった。

「それに、ここに来るまでに、倉庫も見てきましてね。違法な品々が保管してあるのも、確認して有りますし、物証も確保しました。いやぁ、思ったよりも簡単に行って良かった」

「ってことは、アレも確認しましたか。物凄く大きい箱に入ったものなんですが」

前に進み出た一匹の赤い毛の猫が、不安そうに言う。

ヤジュウロウも鳥打帽も覚えがないらしく、首を傾げ合った。

「その箱が、どうかしたのかい？」

「中身が何だか分かりません。ですが、相当に危険な品だと思います」

「そうだ、アレはヤバかったぜ。運んでるだけで、震えが来たんだ」

「ゴンゾウ一家に見張られてなかったら、おれぁ、逃げ出してたよ」

皆の様子を見て、ヤジュウロウと鳥打帽も険しい表情を作る。

「こういう勘ってなぁ、バカにならねぇ」

「やっぱり、急いだほうがいいかもしれませんね」

「そうだなぁ。実は、おめぇさん達に頼みがある」

ヤジュウロウが注目を集めるように、声を張ると、男達が一斉にヤジュウロウを見る。

「俺達ゃぁ、なんとか領主の館に忍び込みてぇのよ。違法な荷物だけじゃなく、他の証拠も押さえてぇんだ。そこで、おめぇさん達にちぃとばかり、騒ぎを起こしてほしいんだ」

街の住民が騒いでいる間に、ヤジュウロウ達が領主の館に忍び込み、証拠を押さえる。

かなり乱暴な方法ではあったが、男達は意外にも乗り気だった。

「やろうっ！　どうせ、元々抗議はするつもりだったんだ！」

「向こうも俺達が怖いから、こうやって閉じ込めてたんだからな！」

「渡りに船だ！　むしろ、流れ猫のほうが俺達を手伝ってくれてるようなもんだぜ！」

「ひとっ走り行って、街に残ってる連中にも声をかけるんだ！」

「いや、そんなに急がねぇでも」

そう言ったヤジュウロウの背中に、鳥打帽が手を置いた。

「それもいいかもしれません。今なら連中も油断しています。領主の身柄の確保まで一気にいけるかも」

「そううまく行くかい？」

「近くの街に、兵隊を貸してくれるよう早馬を送ります。これから乗り込み証拠を押さえたら、そのまま領主もゴンゾウも捕らえますよ。そのぐらいの権限は与えられておりますので。それに、私の正体を明かせば、衛兵のいくらかもこちらについてくれるでしょう」

こうなったら、やることは一つだ。

ヤジュウロウは皆の真ん中、舞台中央に立つと、大声を張り上げた。

「よぉし！　やってやろうじゃぁねぇか！」

ヤジュウロウの号令に、男達はときの声を上げた。

🐾
🐾
🐾

ここから、舞台は怒涛の展開を迎える。

ヤジュウロウを先頭に、多くの住民が領主館へ押しかけ門前で騒いでいると、押しとどめようと衛兵達が出てくる。

そこで、待ってましたとばかりに鳥打帽が現れた。

「私は、王城から派遣された宮廷魔術師です！　密命を受けて、ここにやってまいりました！　領主の邪悪な野望を打ち砕くためです！」

何と、鳥打帽の正体は、宮廷魔術師だったのだ。

危険を回避する実力を持ち、状況を判断する能力を持つ宮廷魔術師は密偵に適任だ。

これを聞いた衛兵の多くは、ヤジュウロウ達の側についた。

彼らの多くも、地元の住民だ。

領主の行いにおかしいところがあるのも分かっていたのだが、兵士としての立場上、逆らうわけにはいかなかったのだ。

だが、こうなってしまえば、もはや気にする必要はない。

こうなると、抵抗してくるのはゴンゾウ一家だけである。

騒ぎに駆け付けたゴンゾウと手下達は、大慌てだ。

「くそっ！　こうなったらヤケだっ！　やれやれっ！　やっちまえっ‼」

ゴンゾウの指示で、手下達が一斉にヤジュウロウ達に襲い掛かった。

乱闘の始まりだ。

元々この劇団は、殺陣（たて）が上手いと評判だったが、この劇ではその実力を、余すところなく発揮しているようだ。

武器を手に襲ってくる手下達を、ヤジュウロウがちぎっては投げ、ちぎっては投げる。

そのたびに、観客席から歓声があった。

次々にやられていく手下達に、流石のゴンゾウも焦った様子だ。

「くそっ！　こうなったらっ！」

そう言って舞台のそでに消えたと思いきや、すぐに再び現れた。

だが、一匹ではない。尻尾で魔法を使い、一匹の雌猫を引っ張ってきた。ミヨコである。

「へっへっへっ！　人質に使えると思って、連れてきてたのよぉっ！」

「ミヨコッ！」

切羽詰まったように名前を呼んだその声は、ヤジュウロウのものではない。

住民の中にいた、赤毛の猫である。

その猫を見たミヨコは、悲痛な声を上げた。

「アナタっ！」

「そうか、おめぇさんが」

言われてみれば、ミヨコの子供の毛色と、このオス猫の毛色は、よく似ている。

捕まっているミヨコの夫というのは、この赤毛の猫だったのだ。

ヤジュウロウはニヒルに笑うと、表情を引き締めてゴンゾウに身体を向けた。

ゴンゾウは、不敵に笑う。

「へっへっへっ！　こうなったら、コイツを盾に俺は逃げさせてもらうぜぇ！　今頃ご領主様は、外国に逃げるための準備をなさっているだろうからなぁ！」

「なんだとぉ⁉」

「ご領主様はなぁ、万が一のために集めた金をもって外国へ逃げる準備をしていたのよぉ！　宮廷魔術師まで出て来たなら、もう逃げるしかねぇ！」

ゴンゾウはミヨコに爪を向けたまま、ジリジリと後ずさる。

誰も手を出せず、皆、悔しそうに見守るしかない。

「ご禁制の猫じゃらしだけじゃねぇ。あんなものまで用意してあるんだからなぁ！　外国にもっていって売り飛ばせせば、また俺達の天下よぉ！」

「あんなもの？」

「そうよぉ！　流石のテメエも、アレを見たらビビっちまうぜぇ！　この俺も震えが来たぐれぇだからなぁ！　あっはっはっ！」

ゴンゾウが大口を開けて笑っている、その時だ。

物陰から小さな赤いものが飛び出し、ゴンゾウに飛びついた。

「うわぁ⁉」

慌てて振り払うその隙に、ミヨコは身を捻（ひね）って脱出する。

そして、ゴンゾウが払いのけた何かを咥え上げた。

赤毛の子猫、ミヨコの子供である。

「ミヨコっ！　ショウゴっ！」

「アナタっ！」

「おとうちゃんっ！」

三匹はひしと体を寄せ合い、体を舐め合った。

その様子を見たヤジュウロウは、優しそうに微笑んだ。

小さく何度か頷くと今度は一転、圧倒的な迫力を持った険しい顔を、ゴンゾウに向ける。

一瞬怯んだゴンゾウだったが、意を決したように尻尾を立て、爪を目一杯に伸ばした。

「しゃらくせぇ！　ヤジュウロウめ、くたばりやがれっ‼」

素早く駆け出した二匹が、すれ違った。

立ち止まった二匹は、微動だにせずに立ち止まっている。

息を呑む住民達の前で、先に膝をついたのはヤジュウロウだった。

観客席からも、悲鳴が漏れる。それを見たゴンゾウがニヤリと笑い、そのまま崩れ落ちた。

「やったっ！　流れ猫が勝ったぞっ！」

拍手喝采、歓声が巻き起こった。

舞台上の住民達と観客が、一体になったようである。

だが、ヤジュウロウと鳥打帽の表情は険しい。

「早く、領主を追わないとなりませんね」

「ああ、急ごう」

ヤジュウロウと鳥打帽が走り出したところで、舞台は暗転した。

🐾 🐾 🐾

舞台にあるのは、大きな船。その横に、領主と数名のゴンゾウの手下がいる。

領主は両手に、金の詰まった箱を持ち、手下達は、巨大な箱を押している。

その箱は一目見て分かるほど、異様な気配を纏(まと)っていた。

黒紫色の何かが、上り立っているのだ。勿論、魔法による特殊効果だろう。領主は焦った様子で叫ぶ。

「早くはこべっ！　これを持っていけば、向こうでもどうとでもなるっ！」

「待ちやがれっ‼」

そこへ颯爽と現れたのは、ヤジュウロウと鳥打帽だ。

「屋敷に残っていた不正の証拠も押さえさせてもらいました。もう言い逃れできませんよ」

領主は悔しげに金の入った箱を地面に叩きつけると、地団太を踏む。

あきらめたようにガックリと崩れ落ちると、不気味な笑い声を上げ始めた。

「っくっくっく！　はっはっは！　もはやここまでっ！　こうなれば死なば諸共っ‼」

領主は手を振り上げると、怪しい気配を振りまく箱に掴み掛かった。

ぐっと力を込めたようなしぐさを見せると、厳重そうだった箱が崩れ落ちる。

中に入っていたのは、巨大な毛玉に見える何か。

蠢（うごめ）き始めると、ゆっくりと身を起こす。

途端、客席から悲鳴が上がった。無理もない。

それは皇竜を除き、王都周辺で最も恐るべき魔物、クマだったのだ。

「タイラント・ベア⁉　どうやってあんなものを！」

「ありゃぁ、大怪我してやがるなぁ。相当弱らせてからとっ捕まえたにちげぇねぇ」

確かにクマの身体には何本もの槍や弓が突き刺さり、足も一本欠けて五本になっている。

「はっはっはっ！　いけ、タイラント・ベアよっ！　奴らを薙ぎ払うのだっ！」

狂ったように笑いながら、領主はヤジュウロウ達を指さす。

大きく開いたクマの口の中に、明るい光がともる。

「へ？」

領主が間抜けな声を上げた次の瞬間、膨大な光量の炎が吹き出された。

轟音に悲鳴をかき消され、領主は跡形もなく消えてなくなってしまう。

目の前の邪魔ものを消したクマが次に狙うのは、ヤジュウロウと鳥打帽だ。

「まずいですよヤジュウロウさん、どうします？」

「どうするもこうするもあるめぇよ。ほっときゃぁ、街がアブねぇ！」

クマが四本足で立ち上がり、前足を振り上げて吠える。劇場全体が震えるような、恐ろしい声だ。

それが、戦いの合図になった。

クマが炎を吹き出せば鳥打帽が魔法で対抗し、その隙に、ヤジュウロウが爪を振るう。

クマが振り回す前足を紙一重で躱すヤジュウロウに、観客が息を呑む。

息の詰まる戦いが続くが、ついに決着の時を迎える。

それまで拮抗していたクマの炎と鳥打帽の魔法が、ついに均衡を崩したのだ。

鳥打帽が膝をつき、クマの吹いた炎が鳥打帽を襲う。

「うわぁっ‼」

「大丈夫かっ！」

「僕は平気です！　それより、危ないっ！」

クマはヤジュウロウにも、炎を吹きかけようと口を開いていた。

それでも、ヤジュウロウは一切怯まない。

吹きかけられる炎を紙一重で避けながら、クマのほうへと一直線に突っ込んでいく。

クマの足元までやってくると、そのまま一気に駆け上がり、クマの顔に向かって、大振りに振りかぶった爪を一閃させた。

地鳴りのような声を上げ、クマは身をのけぞらせる。

身を捩(よじ)りながら後ずさると、足を踏み外して海へと転倒。

そのままもがき苦しみながら、ゆっくりと海の底へと沈んでいった。

「やりましたね」

「ああ、どうにかなぁ」

観客の歓声と拍手の中、ヤジュウロウと鳥打帽は、沈んでいくクマを見守っていた。

場面が変わると、そこは海に浮かぶ船の上。

甲板に立つのは、ヤジュウロウと鳥打帽だ。

遠くに見える船着き場には、港町の住民達、それから仲良く並んだ三匹の親子が見える。

「ねぇ、ヤジュウロウさん。あのミヨコさんって猫と、何があったんです？」

「なぁに、そんな昔のこと、どうでもいいじゃぁねぇか」

「そんなもったいぶらないで。教えてくれたっていいじゃないですか」

「しつけぇなぁ、おめぇさんも！」

うっとうしそうに言うヤジュウロウだったが、その表情はどこか穏やかだ。

「かくして、港町にはびこる悪は成敗された。だが、流れ猫の旅は終わらない。明日は東に、今日は西。風に吹かれて流れ、流れる。流れ猫ヤジュウロウよ、どこへ行く」

朗々と語り部が読み上げると、ゆっくりと幕が下りていく。

観客席からは、割れんばかりの拍手が送られる。

口々に送られる称賛の声には、大きな感動が込められていた。

🐾 🐾 🐾

貴賓室の三匹も、前足を叩いていた。ただ、やはり本物のヤジュウロウの表情は、あまり冴えない。

それを察したハイブチが、苦笑交じりに尋ねた。

「どうだったかな、劇のできは」

「まぁ。そうだなぁ。顔引っ掻くなぁ、やめてやってもいいかもなぁ」

「引っ掻くつもりだったのかね」

「しかし、コクコルのやつ、流れ猫を誤解しねぇか？」

「それこそ、物語の都合というやつじゃないかな」

ヤジュウロウは複雑そうな様子で、首をひねっている。

羽のおじちゃんのほうを見れば、こちらも難しい表情のまま固まっていた。

「どうかしましたか？」

「うむ。あの、ゴンゾウというのな。あんな猫がいるものかと思うんだが。まあ、それは悪役がいなければ芝居が成立せんだろうから、無理やり作ったのだろう」

流石に羽のおじちゃんは、いくらか冷静なようだ。

ある程度長く生きていると、そういうところは分かってくるものなのだろう。

「だが、港町に暮らしている猫などいたか？　私の知らないうちに行っていないとも限らんが」

「アレはたまたま物語の舞台をそこに据えたから、ああなっただけですから。現実とは随分違うと思いますよ」

やはり、分かっていなかった。

しかも随分、根本的なところである。

それでもとにかく、無事に舞台が終わってよかった。

「まぁ、二度とこういうこともないだろうからなぁ。いい経験をしたと思うとしよう」

ぐったりとした様子で、ハイブチはクッションの上に寝転がった。

ちなみに、この舞台は大変な好評を博し、「流れ猫ヤジュウロウ」は連作として次々に新しい話が作られることとなる。
新作が公演されるたびに、コクコルは大傑作が書き上がったと騒ぎ、この三匹を呼び出すことになるのだが。
それはまだ少し先の話であり、この時の三匹にはまったくあずかり知らぬことであった。

空と海の大きな兄姉

モシャモシャ広場がよく見える、高い木の枝。

竜とグレーターデーモンは、そのうえで寝そべってくつろいでいた。

どちらも猫の姿であり、前足にはしっかりとソーセージとマタタビを抱え込んでいる。

ソーセージは、グレーターデーモンの手土産であった。

香草や香辛料の類が入っておらず、猫の口にも実によく合う。

竜が住む「しょしんしゃのもり」近くにある国で、買い求めたものだとか。

多くの森に住む猫が暮らしている場所であるから、猫用に作られたものなのだろう。

竜は人間のことは好きではなかったが、彼らが作る食べ物に関しては、大嫌いというわけではなかった。

グレーターデーモンもその辺りのことはよく心得ており、だからこそこのソーセージをお土産に選んだわけである。

マタタビは、森の中でよく見かけるもので、今が旬のものを竜が選んで摘んできていた。

香りもよく、味に関しても申し分ない。

森の外で暮らしているグレーターデーモンだったが、マタタビはやはり、故郷の森のものが一番だと思っていた。

実の部分を齧ると飛び出してくる汁が、たまらない。

見上げれば、澄み渡った青空が広がっている。

太陽の光は少々やかましいほどだが、体が温まり、毛がふかふかになって、心地が良かった。

下に目をやれば、猫じゃらし畑が広がっている。

真っ直ぐに伸びたりっぱな猫じゃらしが、風にそよぐ音も聞こえた。

心地よい温かさと、さわやかな音に二匹は目を細め、気持ちよさげに伸びをする。

「今年の猫じゃらしはできがいいみたいだな。祭りが楽しみだ」

グレーターデーモンが言うのに賛同するように、竜は大きく頷いた。

木の上から見るだけでも、大きくて立派な猫じゃらしができていると分かる。

今年も、にぎやかな祭りになるだろう。

「しかし、森も変わるなぁ。俺が子供の頃には、猫じゃらしの畑を作ろうなんて猫が出てくるとは思わなかったもんだが」

モシャモシャ広場ができたのは、グレーターデーモンが巣立ったずっと後のことだ。

多くの猫がそうであるように、グレーターデーモンもまた、猫じゃらしが大好きだった。

「一面の猫じゃらし畑に囲まれるなんていうのは、子供が見る夢みたいなもんだと思ってたが。実際に体験すると、やはり血が騒ぐよな」

「まったくです。歴代のモシャモシャ達の苦労の結晶ですよ」

竜は、どこか自慢げに頷いた。

初代モシャモシャのことも、竜は子猫の頃からよく知っている。だからこそ、褒められれば、自分の事のように嬉しい。

もっとも竜の場合、森に住む猫全てを身内だと思っているので、どの猫がどんな風に褒められても嬉しいのだが。

「兄ちゃんや姉ちゃんも、見たらきっと驚くだろうなぁ」

空を見上げるグレーターデーモンの言葉に、竜は表情を僅かに強張らせた。

グレーターデーモンも竜も、随分長く生きている。

いくら猫として育ったとはいえ、元々猫よりも何十倍、何百倍という寿命を持つ種族だ。

竜は、何匹もの猫の出産に立ち会ってきている。

そして、取り上げた子猫が、成猫から老猫となり、寿命を迎えるところも、何度となく見守ってきていた。

兄弟達にも、当然先に逝かれていた。

やはり、この兄であるグレーターデーモンも、同じ思いを味わってきたのだろう。

それが分かるからこそ、竜はどこか懐かしそうに空を見上げるグレーターデーモンを、そっと見守ることしかできなかった。

竜のそんな表情を見たグレーターデーモンは、怪訝そうに首を傾げる。

「なんだお前、その顔は。ん？　まさかお前、知らんのか？」

「何をですか？」

「おかぁちゃんが俺達以外の魔獣やらを育てたことがあるのは、知ってるよな？」

「聞いたことはあります」

竜とグレーターデーモンを育てた母猫は、よく言えば非常に大らかな性格だ。

森で見つけた親のいない子供などを、自分の子供のついでに育てたりしていた。

竜とグレーターデーモンも、そのおかげで育てられた口である。

ただ、子育ての方針は、かなり粗放なものであり、竜だろうがグレーターデーモンだろうが、猫の子供達とまったく変わらぬ扱いをしていたのである。

それは、いい面も勿論あったわけだが、困った部分も多かった。

たとえば竜は、自分が猫ではないことを、随分大人になるまで知らなかったのだ。

他の兄弟とまったく変わらぬ育てられ方をしたし、母猫は竜の出自も教えなかった。

後年、魔法の扱いに長けた竜は、精霊に指摘されて初めて自分の正体を知ったのだ。

最近になってそのことについて尋ねると、母猫は恐ろしいことを言った。

「あら、そのことはなしてなかったかしら！　ほかの子を産んでうずくまってたら、地面から出てきたのよ！　そぉー！　ずっと話したと思ってたわっ！　あら？　でもほんとに言ってなかったかしら？　あんた忘れてるんじゃない？」

子供が自分の出自について教えられたら、忘れるはずがない。

竜は母猫の態度にすさまじい理不尽さと怒りを感じたが、すぐに何を言ってもしょうがないと脱力した。

口では母猫には絶対に敵わないし、「まあ、うちのおかぁちゃんだからな」という気持ちがあることも、間違いなかったからだ。

「当時は、そんなこともあったのかと思って聞いていましたが、まさか自分もそういう例の一つだとは思ってもいませんでした」

「相変わらずすごいな、おかぁちゃんは。まあ、あれだ。そんな感じで育てられた中にはな、まだ生きてるのも何匹かいるんだよ。俺達の兄や姉に当たるのがな」

竜は最初、何を言われているかよく分からなかった。

時間をかけて意味を咀嚼していき、ようやく内容を理解する頃には、目を一杯に開き、あごが外れるほど大口を開けていた。

竜のそんな顔を見て、悪魔は複雑そうな表情で笑う。

「そうだよな。そんな顔になるよな。俺も初めて聞いたときは、びっくりしたもんだ」

あまりにも驚くと、言葉が出なくなることがある。

長く生きていると驚くことも少なくなってくるが、竜は久しぶりにそのことを思い出した。

「しかし、そうか。聞いたこともなかったか。なら、一度会いに行ってみるか?」

「それは、ぜひ！」

まだ見ぬ兄姉に会う。そんなに楽しみなことがあるだろうか。

さらに、グレーターデーモンは思いついたというように続ける。

「なら、ついでにモシャモシャ広場での祭りに誘うか。おかぁちゃんも来るだろうし、いい機会だろう」

思ってもいない、素晴らしい提案を、竜が断るはずもない。

兄と姉に会いに行く算段は、グレーターデーモンが付けることになった。

二匹とも一定の縄張りに留まっておらず、会うのが難しいらしいが、祭りまでには間に合うだろうという。

竜はしばらくの間、その知らせを一日千秋の想いで待つのであった。

🐾　🐾　🐾

グレーターデーモンからの知らせが来たのは、この数日後のことである。

竜の住む洞窟に、一匹の紙でできた鳥が飛び込んできた。

人間が使う、手紙を届ける魔法の一種だ。

便利な魔法なのだろうが、子猫を育てている場所には不向きな魔法だといえる。

子猫達にとっては、これ以上ないおもちゃになるからだ。

噛みついたり引っ掻いたりしようとする子猫達をいなしながら竜は何とか手紙を開いた。

同時に、グレーターデーモンの声が流れ出す。

兄のほうと連絡が付いたので、明日にでも会いに行きたい、という。

まったく異存はないし、何なら、今からでも飛び出していきたいぐらいである。

それをしないのは、子猫達の教育があるからだ。

洞窟にいる子猫達は、竜が目を離しても問題ない程度にはなってきている。

十日ほど離れていても平気なほどなのだが、心配性の羽のおじちゃんにそんなことができるわけがなかった。

「明日、少し出かけてくる。遠くへ行くが、何かあったらすぐに戻ってくるからな。必ず知らせるのだぞ。どんな魔法を使うか、覚えているか？」

「はーい。でも、それさっききいたよ？」

「おじちゃんはしんぱいしょーだなぁー」

「こういうことは何度確認してもよいのだ。特にお前達のようなきかん坊には、しっかりと覚えさせる必要がある」

何度も聞いた話に、子猫達はげんなりとし、親猫達はおかしそうに笑う。

羽のおじちゃんによる諸注意は、しばらくの間続いた。

待ち合わせの場所は、広い農作地帯であった。

一面にまだ青い穀物が広がっており、その間を縫うように細い川が流れている。

あるいは、川ではなく、水路なのかもしれない。

穀物というのは人間にとって重要な食物であり、川の流れを変える、などという大仕事をしてまで、沢山作りたいものなのだろう。

猫の姿であぜ道端にうずくまっていると、その近くに真っ黒な穴が開いた。

中から顔を出したのは、やはり猫の姿になっているグレーターデーモンだ。

「おお、待たせたな。どうやってきたんだ？」

「飛んできました。兄さんは魔法ですか」

「俺はお前よりも飛ぶのが遅いからなぁ。こっちのほうが楽なんだよ」

グレーターデーモンは穴から這い出ると、竜の横に並んだ。

黒い毛皮だからか、グレーターデーモンは暑さが苦手らしい。

直射日光を避け、穀物の影に入っている。

「こんなところで待ち合わせというのは。ヒレの兄さんというのはどんな方なんですか？」

竜は、会ったことのない兄や姉について、詳しいことを聞いていなかった。

あってみたほうが早い、というのが、グレーターデーモンの言い分だ。

母猫のことをとやかく言うグレーターデーモンだが、こういった所は実に似ていると、竜は思っている。

実践主義とか、やってみるのが一番と言いつつ、その実詳しく説明するのが面倒なのだ。

「どんな、と言われてもな。まぁ、会ってみるのが一番早い。実物を見れば嫌でもわかる」

こうなってしまうと、何を聞いても無駄だ。

竜はあきらめて、ヒレの兄さんというのが来るのを待つことにする。

二匹で寝転んで空を見上げていると、雲の隙間から何かが近づいているのが見えた。

離れているので小さな点にしか見えないが、実際は相当に大きいであろうことが分かる。

雲に紛れるような白い体に、大きな体の左右に広がるヒレ。

ソラクジラと呼ばれる、巨大な浮遊生物だ。竜の何十倍もの巨体を持っており、ヒレを使ってゆっくりと空を泳ぐ。回遊性の生物で、猫達が住む森の上を通り過ぎていくこともあった。

空中に漂う極々小さな生物を食べるのだそうで、基本的には穏やかな気性だという。

いつもはるか上空を泳いでいるので、森に住む猫とかかわることはほとんどない。

時折泳いでいくのを見上げては、巨大な生き物の到来に歓声を上げる程度だ。

「兄さん、ソラクジラが泳いでいますよ」

「ん？　どこだ？」

グレーターデーモンは目を細め、空を見渡した。

ソラクジラは雲に擬態しているので、離れた場所から見極めるのは、相当に難しい。

竜にそれができたのは、ひとえに空を飛ぶ生物故の目の良さからくるものだろう。

あるいは、普段から子猫達を見張ることで鍛えられた、注意力の賜物かもしれない。

「お、来た来た。案外早かったな」

グレーターデーモンも、ソラクジラを見つけたらしい。

体を起こすと、両後ろ足で立ち上がり、前足を手招きするように動かす。

まさかと思い、竜は前足を動かしているグレーターデーモンと、ソラクジラを見比べた。

「あのソラクジラが、兄さんですか？」

「そう、そう。デカいだろ」

でかいなどというものではない。

ソラクジラは、小さな島ほどの大きさがある生物だ。

猫を襲ったりすることはないが、その大きさそのものが脅威である。

ソラクジラが地上へと近づいてくると、大きな風が巻き起こった。

巨体に似合わず、むしろ巨体故か、ソラクジラの泳ぎは実に速い。

見る間に、グレーターデーモンと竜のところへと近づいてくる。

風は徐々に強くなり、まるで嵐のように畑の穀物を薙ぐ。

そんな中でも、グレーターデーモンと竜はまったく動じた様子がない。

並の猫ならば吹き飛ばされそうな暴風も、二匹にとってはそよ風のようなものである。

地表に近づいてくるにつれ、ソラクジラの輪郭が歪み始めた。

蜃気楼のように揺らぎながら、すぼまるように小さくなっていく。

グレーターデーモンと竜の前に降り立ったときには、一匹の獣の姿になっていた。

横にたれた兎のような長い耳と、幅の広いヒレのような尻尾を持つ白猫である。

白猫となったソラクジラは、嬉しそうに早足でグレーターデーモンのほうへと歩いてきた。

吹き荒れていた風は、すっかりおさまっている。

「おう！　角の！　なんでぇ、会いてぇだなんてよぉ！　おふくろの騒ぎのとき以来じゃねぇか！」

威勢のいい流れ猫弁である。昔気質の流れ猫や、粋と義理を好むような猫がよく使う言葉遣いだ。

すらりとしていながらも貫禄のある面構えに、実によくあっている。

グレーターデーモンの横に立っている竜を見ると、怪訝そうに首を傾げた。

「そちらさんは、どなた。いや、まてよ？　んん？」

ソラクジラは首を傾げながら竜に近づいてくると、顔や耳、首などの匂いを嗅ぎ始めた。

竜は邪魔をしないように、じっとしている。

匂いを嗅いでいるときには、邪魔をしてはならない。声をかけたりするのもダメだ。

森に棲む猫は、初対面のときは匂いを嗅ぎ合う。

それだけで、相手がどこで生まれ育った誰の子供なのか、だいたいのことが分かるのだ。

しばらく匂いを嗅いでいたソラクジラの動きが、急に止まった。

どうしたのだろうとソラクジラのほうを見た竜の体が、突然宙を舞う。

ソラクジラが竜の首に前足を回し、投げ技のように地面に押さえ込んだのだ。

何事だと固まる竜をよそに、ソラクジラは何と、大声を上げて泣き始めた。

「そうか、そうか！　竜の兄弟がいるたぁきいてたが、おめぇがそうかっ！　まさかこの年で下の弟に会えるなんてなぁ！　ありがてぇ話じゃぁねぇかっ！」

どうやら、兄弟の対面に感動しているらしい。

邪魔をするのも気が引けて、竜は困惑した顔をグレーターデーモンに向けた。

グレーターデーモンは、あきらめ顔で首を横に振っている。

兄のすることに、弟というのは逆らいにくいものなのだ。

まして喜んでいるところに水を差すというのは、そうそうできるものではない。

竜は何とも言えない顔のまま、しばらくの間されるがままになっていた。

ようやく落ち着いたソラクジラに、グレーターデーモンは竜についておおよその説明をした。

「そうかぁ、オメェがなぁ。いや竜の兄弟がいるって話は、この角のやらこないだ来たおふくろから聞いちゃぁいたんだけどよぉ。おふくろはろくすっぽ説明なんざぁしやしねぇし、角のもそういうとこおふくろに似てんだろぉ？　さっぱり事情が分からなくてよぉ！」

睨まれたグレーターデーモンは、きまり悪そうに後ろ足で首の辺りを掻いた。

自分では言えない類の文句なので、竜としてはどんどん言ってやってほしい文句である。

「おふくろが森からいなくなる直前ってこたぁ、おめぇは末っ子ってことになるのか？」

「末っ子。いや、そうなりますね」

驚き混じりながら、竜は頷いた。

この年になって、まさか自分が末っ子と呼ばれるとは思わなかったのだ。

森に棲む猫を見守る竜も、この場では一番下の弟である。

「おう、角の。おめぇはまだおふくろに言われて、ダンジョンの面倒見てんのか？」

「そうだよ。まあ、俺のほうもいろいろ義理やらなんやらできたし」

「それじゃぁ、暇だってあっただろ。そういう話ぐれぇつけに来いよ」

「そうは言うけどさ。おかぁちゃんと同居してるんだよ？　俺。なんやかんやこき使われて、意外と忙しいんだよ」

ソラクジラも竜も、ならしかたないか、と頷いた。

実際母猫の猫使いの荒さは相当で、自分の子供となれば驚くほどのことを平気でやらせる。

グレーターデーモンが、まさにその好例だろう。

「するてぇと、森に残ってるのは羽のが一匹だけかぁ。甲羅のあねきは海だしなぁ。何ともしまりのねぇ話だぜ」

「甲羅のねぇさんというのは、海にいるんですか」

驚いた声を上げる竜を見て、ソラクジラのほうも目を丸くした。

そして、再びグレーターデーモンを睨む。

「おめぇ、そのことも話してねぇのか！」

「いや、実物にあったほうが早いだろうと思ってさ！」

「そりゃそうだろうけどなぁ！　突然会わされたらびっくりするぞ、ありゃぁ！　まさか、俺のこともはなしてなかったんじゃぁねぇだろうなっ！」

どうなんだ、というように、ソラクジラは竜に顔を向けた。

グレーターデーモンはソラクジラの後ろで、拝むように前足を合わせて竜を見ている。

竜は、大きく頷いて見せた。

「ええ、まったく聞いていません。会えば分かるということでしたので」

ソラクジラは、グレーターデーモンよりも上の兄である。

そんな相手にウソをつくことなど、できるはずもない。

「やっぱりかてめぇ！　ほっとにてめぇは、どうでもいいところばっかりおふくろに似やがって！」

グレーターデーモンが縮こまりながら、竜のほうに恨みがましそうな視線を向けた。

だがこれは、しょうがないことなのだと思いながら、竜は僅かにほくそ笑んだ。

ひとしきりグレーターデーモンが叱られた後、三匹は竜のお土産を齧り始めた。

森で採れた、マタタビである。やはり、ソラクジラもこれが好物だった。

「っかぁーっ！　おれもいろんなとこのマタタビをやったけどよぉ！　やっぱり故郷のやつが一番だよなぁ！」

「だよなぁ。魔法学園の辺りの森にもあるけど、やっぱりこれが一番うまいよ」

「こいつぁ、どの辺りで取れたもんなんだ？」

「湖の近くです。あの辺りに詳しい猫がいまして。食べごろのやつを教えてもらいました」

「おお！　あの、ポムポラの木がおおい辺りのなぁ！　あの辺りは日当たりが良くてよぉ！　おふくろぁ、あのあすこらへんでとれるキイチゴが好きだったなぁ！」

初めて顔を合わせる兄弟だったが、お互いに気兼ねなどはまったくなかった。

ソラクジラのざっくばらんな性格もあるだろうが、何より共通の話題があるのが大きい。

生まれ育った森のこと、母猫のこと。

そこに、マタタビの力を僅かに借りれば、打ち解けるのなどあっという間だ。

話すうち、話題は竜の生まれの頃に移っていった。

ソラクジラも、末っ子がどんなふうに育てられたか、興味を持ったようだ。

あれこれと思い出話をすると、ソラクジラもグレーターデーモンもおかしそうに笑った。

「そうなんだよなぁ！　おふくろぁ、水にたたっこみゃぁ泳げるようになると思ってやがんのよ！　おれも、いやだっつってんのにぶん投げられてなぁ！」

「俺のときも似たようなもんだよ。溺れたときに泳げないと、溺れちゃうでしょ！　とかいって。言ってることがむちゃくちゃなんだよ」

やはり母猫は、昔から変わらなかったらしい。

竜が話すごとに、ソラクジラもグレーターデーモンも似たような思い出を語った。

同じ場所であっても、時代が違えば様子も僅かずつ異なっているようだった。

竜の頃にはなかった大木が生えていたり、最近になって崩れてしまった崖があったり。

そういった共通点と違いを話しているだけで、驚くほど楽しい。

自然と、話は三匹の共通点である、どんな風に母猫に拾われたのか、になっていった。

「あとから聞いた話なんだけどなぁ。大嵐の次の日に見つけたらしいんだ。どうも、その嵐で群れとはぐれたのがいて、それが俺だったみてぇでなぁ」

幼い頃すぎて記憶がないからか、ソラクジラは実にあっけらかんとした様子で言う。

生まれたばかりのソラクジラというのは、ごく小さい体をしているらしい。

だからこそ、他の子猫達に紛れて育ててもらうことができた。

「巣立ちした後はしばらく森んなかでくらしてたんだけどよぉ。何年かしたら、急に体がでかくなってきてなぁ。何事かとおもったぜ」

困惑しているソラクジラに、精霊が種族のことについて教えてくれたのだという。

「そりゃぁ魂消(たまげ)たね！　なにしろあの空に飛んでるやつだっつぅだろぉ？　確かにおれも

そんぐれぇはとべたけどよぉ！　大きさがちがわぁな。そいじゃぁ、しばらく空で暮らしてみるかってんで飛んでたらよぉ。いつの間にかこんなでっけぇからだになってたってぇわけよ！」

「ヒレの兄さんの場合、見た目から全然違うだろ。すぐに気が付くぞ普通」

「私もそう思いますが。足ではなく、ヒレなんですし」

グレーターデーモンも竜も呆れたように言うが、この二匹も似たようなものである。

どちらも、巣立ちしてしばらくしても、自分のことを猫だと思っていたのだ。

「まぁ、そうはいってもよぉ！　ずぅっと猫として暮らしてきてたからなぁ！　今でもおりゃぁ、種族はソラクジラでもよぉ！　中身は猫だと思ってるわけよぉ！」

豪快に笑うソラクジラの言葉に、竜は大いに感動した。

そう、猫なのだ。

たとえ姿形は違おうが、ヒレの兄さんは間違いなく猫なのである。

それは、自分も同じだ。

種族は火吹き竜でも、中身は猫である。

森で暮らす猫なのだ。

「そうです！　私達は猫に育てられ、猫として育った、森に棲む猫なのですとも！」

竜は大口で、マタタビの蔓に齧りついた。

こんなに美味いマタタビを齧ったのは、久しぶりだ。

「おお！　いける口だなぁ、兄弟！」

「お前、悪酔いするぞ」

「このぐらい何ともありません！」

こんなに気持ちよく醺っているのに悪酔いすることなどあるはずがないと、竜は思った。

何しろ、風も心地いいし、景色だってすこぶるいい。

緑色の穀物が揺れるさまなど、まるで猫じゃらしに囲まれているようではないか。

猫じゃらし？　そこで、竜は肝心なことを忘れているのに、ようやく気付いた。

「ヒレの兄さん、猫じゃらしはお好きですか」

「そりゃぁ、おめぇ、猫じゃらしが嫌れぇな猫ってなぁ、おれぁ聞いたこたぁねぇよ」

「実は、猫じゃらし畑を作っている猫がいまして」

竜は、モシャモシャ広場についてざっくりと説明をした。

始めは不思議そうな顔で聞いていたソラクジラだが、だんだんと前のめりになってくる。

聞き終える頃には、感心した様子で舌をしまい忘れていた。

「はぁー！　猫じゃらし畑を、猫がねぇ！　しかも、今で四代目ってかぁ！　しかも、師弟関係でってかぁ！　おめぇ、まるで流れ猫だねぇ！」

「確かに、あれに近いと思います」

モシャモシャもそうだが、流れ猫も弟子をとることがある。

縄張りがない分、生きるのに色々と普通の猫とは違うコツがあるのだ。

勿論竜にしたところで、流れ猫としての生き方など教えられなかった。

「おれも若い時分は、流れ猫にあこがれてなぁ。もう少ししたら、誰かに弟子入りしようってぇ思ってたんだが。このなりになっちまったからなぁ」

よほど流れ猫にあこがれがあったのだろう。

ソラクジラはしみじみとした様子で、空を見上げている。

「猫じゃらしの畑を作るなんてぇなぁ、よっぽどてぇへんなんだろうなぁ」

「そうですね。一年を通しての仕事になるようです。時々見に行きますが、実際とても大変そうですよ」

「俺が言うのもなんだけど、ダンジョンの維持管理なんかよりよっぽど気を使うと思うよ。なにせほら、猫じゃらしだから」

グレーターデーモンが言うことに、ソラクジラも竜も大げさに頷いた。

なにせ、猫じゃらしである。

猫の好みは十四十色だが、唯一猫じゃらしだけには、どんな猫でも目の色を変える。

「ただ、その猫じゃらし畑には、年に二度から三度ある、祭りのときにしか入れないんですよ。そうでもしないと、とんでもないケンカになりますからね」

「ちげぇねぇ。そりゃぁ、縄張り争いなんて目じゃねぇだろうなぁ。血を見るだろうぜ」

実際、森の中で猫じゃらしを見つけた猫同士が、喧嘩になることは少なくない。

縄張り争いのときならば、どちらのほうが実力が上か判断できれば、片方が引くというのが当たり前である。

だが、猫じゃらしに関しては、そういった理屈がすっ飛んでしまうことが多かった。なぜそこまで、ときかれたところで、そこまでする魅力が猫じゃらしにはあるのだ、と言うしかないだろう。

もっともそれは全ての猫が感じているものであるわけで、今更誰に説明する必要もない。

「いやぁ、だがよぉ。祭りのときしか入れねぇなんて決まりをよぉ、若けぇ猫までぜぇんぶまもってんのかい？」

「はい。縄張りを守る要領で、初代から今の四代目まで、どんな猫にも守らせています」

「はぁー！　そのモシャモシャってなぁ、よっぽど貫目があるんだぁねぇ。子分見習いがいるたぁいえ、猫じゃらし畑を育てて守るなんざぁ、並大抵の事じゃぁねぇやな。いやぁ、てぇしたもんだ」

ソラクジラはすっかり感心し切った様子で、何度も何度も頷いている。

「それで、そのモシャモシャ広場に入ることができる祭りが、近々開かれそうなんですよ」

「ホントかぁ!?　ってぇことは、入れるんだなぁ！　その、モシャモシャ広場ってぇのに！」

「ええ。それで、せっかくだから、おかぁちゃんやヒレの兄さん、甲羅の姉さんも呼んで、親子五匹で行ってみないか、と言う話を、角の兄さんとしていまして」

「わざわざそれで、おれんところに会いに来たってぇわけか」

ソラクジラは、上を見上げて黙ってしまった。

どうしたのだろうと心配して見守っていた竜の目の前で、ソラクジラは突然声を上げて泣き始めた。

そして、突然竜の視界がグルンとまわる。

どうやらまた、ソラクジラに放り投げて押さえ込まれたようだ。

この兄は感極まると、投げ技を仕掛ける癖があるらしい。

「見ず知らずの弟が、家族のことを考えて集まる場を持ってくれるなんてなぁ！　いつか顔をみてぇと思ってたが、難しいだろうなんてあきらめてたってぇのによぉ！　こんなうれしいこたぁ、ねぇじゃぁねえかっ！　なぁ、羽の兄弟！　おめぇはまったく、おれにゃぁできた弟だぜ！」

「ちょっと、ヒレの兄さん！　羽の、首が締まりすぎて返事できなくなってるぞ！」

竜ももがいているが、体格がいいだけあってソラクジラは脚力が強い。

まったくびくともせず、グレーターデーモンが押しても引いてもどうにもならなかった。

ソラクジラがようやく前足を離したのは、ひとしきり泣いた後である。

せき込む竜の背中をさするグレーターデーモンをよそにソラクジラはマタタビに齧りついた。

「いやぁ、めでてぇ！　今日は齧るぞぉ！　とことん齧ってやるからなぁ！　なぁ、兄弟！　うわっはっはっはっ‼」

兄にそう言われれば、弟としては付き合わないわけにはいかない。

グレーターデーモンと竜は、少し迷惑そうに、それでいて、どこか嬉しそうで、気恥ずかしげに笑い合った。

🐾 🐾 🐾

王都の噴水広場で新聞を読んでいたハイブチは、驚くような記事に思わず噴き出した。

巨大なソラクジラの背に乗った、火吹き竜とグレーターデーモンが目撃されたらしい。

まるで酒に酔ったかのように蛇行して空を飛んでいたのだそうで、人里近くを通りがかったときには、多くの人間が肝を冷やしたと書かれている。

それは当然で、何しろ三匹とも人間の手に負えるような相手ではないのだ。

どれか一匹だけが近くを通りがかっただけでも、騒ぎになるだろう。

ハイブチの頭に真っ先に浮かんだのは、羽のおじちゃんと角のおじちゃんの顔だ。

あの二匹は、前にもマタタビで酔っ払って騒ぎを起こしている。

だが、ハイブチが知る限り、羽のおじちゃんにソラクジラの知り合いなどいなかったはずだ。

勿論、羽のおじちゃんの交友関係を全て知っているわけではないが、羽のおじちゃんは森から出ることがほとんどない。

ソラクジラなどという目立つ知り合いがいれば、知られていないはずがないだろう。

いったいこれは、どういうことなのだろう？

普段は人間観察に向けられているハイブチの好奇心が、にわかに羽のおじちゃんのほうへと向き始めていた。

🐾 🐾 🐾

グレーターデーモンと竜が再び集まったのは、ソラクジラに会いに行った翌々日であった。

場所は、海辺の港町である。

今回竜のところに日時と場所を知らせに来たのは、いわゆる小悪魔だった。

ダンジョンで働いているそうで、グレーターデーモンからの知らせを持ってきたのだ。

子猫達に集られ、齧られたり登られたりしていたが、仕方ないだろう。

玩具にできそうな相手を、子猫達は驚くほど敏感に察知する。

帰る頃にはフラフラになっていたが、普段から魔法学校の生徒、つまり子供を相手しているのだ。きっとあの程度は慣れているはずなので、問題はないだろうと、竜は思っている。

「こんなに人の多いところで、大丈夫なんですか」

「甲羅の姉さんがここがいいって言ったんだよ。ヒレの兄さんにも分かりやすいだろうし」

二匹がいるのは、船着き場のわきであった。

人間が忙しそうに働いている場所からは少し離れており、のんびりとうずくまっている。

その二匹の元に、一匹の白猫が駆け寄ってきた。特徴的な外見をした白猫、ソラクジラである。

「おう、遅くなったかい？」

「いえ、私達が早めに来ていただけです」

「目印代わりだからね。猫の恰好でここまで来るの、大変だっただろ？」

「なぁに、てぇしたことねぇさ。こんだけ人間がいる場所に、あのなりで来るわけにもいかねぇしなぁ」

ソラクジラは、港町から離れたところで猫の姿に変わり、歩いてきたようだった。

人の少ない畑ならともかく、港町の中にソラクジラの姿のまま近づくわけにはいかない。とてつもない騒ぎになって、のんびり家族の対面どころではなくなってしまうだろう。

「ヒレの兄さんにもそんな細かな気遣いができたんだなぁ」

「あたりめぇだろうが。長く生きてりゃぁなぁ、それ相応にいろんなことを覚えてかにゃぁならねぇってなもんよ」

それは、その通りだろう。特に人間への対応は、しっかりと覚えなければならない。

何しろ人間というのは、そこら中にいて、恐ろしく厄介な生き物なのだ。極寒の雪原から、灼熱の砂漠、高い山の上、絶海の孤島。中には、海の上で暮らしている者までいる。

この世界で一番広く分布している生き物は、と問われれば、人間と答えざるを得ない。

そして、非常にしつこくて、恐るべき凶暴性も兼ね備えている。

一度狙われれば、文字通り地の果てまでも追いかけてくる執念深さ。

どんな手段も厭わない残忍さまで持ち合わせているのだ。

竜に言わせれば、決してかかわってはいけない生き物の筆頭である。

「人間に目ぇ付けられると、いろいろ面倒だからよぉ」

「まったくです。人間というのにはほとほと、碌な者がいない。それは、極々まれに、良い者がいることがある可能性も、僅かにはあるかもしれません。ですが、それは連中の数が多いが故に振れ幅として本当にたまたまそういうものが出てきたというだけであって」

「羽のはホントに人間が嫌いだな」

いつものように人間がいかに危険であるかといった話を始めた竜を見て、グレーターデーモンは呆れたように首を振る。

そして、何の気なしに、視線を海のほうへと向けた途端、その表情が驚愕の色に染まる。

それを見たソラクジラも、何事かと視線を追うように顔を動かした。

目を細めて海の上を見渡し、あんぐりと口を開ける。

人間の危険性について語っていた竜も、いくらか遅れて二匹の様子に気が付く。

どうしたのかと海へと顔を向け、やはり他の二匹と同じように驚きに目を見張った。

視線の先、海の上に、先ほどまでなかったはずのものが浮かんでいたのだ。

まるで小山、あるいは、小島のような大きさの何かが、海面を港に向かって進んでくる。

人間達も気が付いたようで、船着き場はかなりの騒ぎになっていた。

「あれは、一体」

そう呟いたところで、竜ははっとあることに思い至った。

ヒレの兄さんは、驚くほど体が大きい。もしや、甲羅の姉さんも、そのぐらい大きいのではあるまいか。

あの動いている島のようなものは、甲羅のように見えなくもない。ということは、まさか。

「甲羅の姉さんだな。間違いない」

「そういやぁ、こないだは結局、甲羅のあねきがどんななりしてるか説明してなかったなぁ。おれも角ののこといえねぇや」

「いえ、それはいいんですが。甲羅の姉さん、大丈夫なんでしょうか」

竜も、火吹き竜の姿のままで人間の国などに近づくことは、時折あった。

それでも、一応は距離を取ったり、猫の姿になったりして、竜なりに気を使ってはいる。

対して、甲羅の姉さんはまったくそういったことを気にしていないように見えた。

「あねきは、アイランドタートルとか、シマガメってぇ呼ばれてる種類でなぁ。めちゃくちゃでけぇ亀なんだが。おれらんなかで一等生まれがはえぇから、人間のこともよくよく知ってるはずなんだけどなぁ」

困り顔で前足を舐めるソラクジラをよそに、巨大な甲羅、アイランドタートルはどんどん船着き場に近づいてくる。

橋げたに接触しようかとなったその時、ふっと、その巨体が濃い霧に包まれた。

真っ白に包まれた次の瞬間には、その姿はどこにもなくなっている。

人間達は混乱しているが、三匹の猫達だけは、海上を進む緑色の毛並みを見据えていた。

海から飛び出して橋げたに上り、人間達の足元を縫うように三匹の元へ駆けてくる。

背中に小さな甲羅のような模様がある、緑色の毛並みの猫。

確かめなくても分かるそれは、アイランドタートルが猫に変じた姿だ。

「あらあらあらあら！　やだわもぉー！　ちょっと、角のもヒレのも！　まぁー！」

まだ相応に距離があるのに、思わず身構えてしまうような大音声が響き渡った。

勿論猫の言葉なので、騒いでいる人間達には何のことかまったく分からないだろう。

ただ猫が鳴いているとしか思っておらず、気にする者などだれもいない。

三匹の元へやってきたアイランドタートルは、嬉しそうにグレーターデーモンの背中を前足で叩き始めた。

「いやだもぉー！　久しぶりじゃないのアンタはぁー！　ぜんっぜん顔出さないんだから！　ヒレのほうは、この間ぶりかしら！　この間っていっても、あれいつだったかしらねぇ？　もう一年ぐらい？　やだ、全然ひさしぶりじゃない！　もぉー！　二匹して寄り付きもしないんだから！」

まるで速射魔法のようにグレーターデーモンとソラクジラの背中を叩きまくる。

グレーターデーモンもソラクジラも何か言おうとするが、まったく口をはさむ隙がない。

間違いなく、あのおかぁちゃんの子供だ。

唖然としながら、竜はそんな風に確信した。

そのうち、アイランドタートルは竜のほうに気が付き、鼻を近づけてきた。

「あら、こちらは？　まって！　やだ、この匂い！」

アイランドタートルは、竜の周りをぐるぐる回りながら匂いを嗅ぎ始めた。

居心地悪く、くすぐったかったが、竜はじっと我慢する。

兄二匹のほうは、やっと姉から解放されて、ホッと一息ついている様子だ。

しばらく匂いを嗅いでいたアイランドタートルは、竜の顔に自分の顔をこすり付けながら、毛並みを舐め始めた。竜も、返事代わりに同じことをする。

懐かしい、家族の匂いがした。

やはり、彼女は自分の姉なのだと、竜ははっきりと確信する。

「そぉ！　あなたが、羽の弟だったのねぇ！　おかぁちゃんや角の子から話は聞いてたけど、どっちもしっかり説明してくれないんだもの！　やになっちゃうわ！」

「らしいといえばらしいですけどね。二匹とも、細かな話は苦手ですから」

「いや、説明しなかったわけじゃないんだが。ねえさんもなんだかんだ言って、聞いてもすぐ忘れるじゃないか」

「しょうがないわよ！　私だってそれなりの歳なんだから！」

四匹の中で一番上となれば、なるほど確かにそれなりの歳である。

だがこの姉は、もう年なんだからと言われたら、若いと言い返すだろうと竜は思った。

勿論、口にはそんなこと一切出さない訳だが。

「それにしても、なんだか周りが騒がしいわねぇ。いやぁーねぇー！　せっかく家族が初めて顔を合わせたのに！　ゆっくりお話もできないわ！」

「そりゃぁ、あねきがあんななりででてくりゃぁ、人間はさわごうってぇもんだぜ」

「え？　ああ、そうよね！　やだ、私ったらはずかしい！　全然そのこと考えてなかったわ！　急いでくることしか頭になかったから！　あははははっ！　やだわもぉー！」

照れたように笑いながら、アイランドタートルは激しく竜の背中を前足で叩いた。

照れ隠しなのだろうが、もうちょっと手加減してもらえないかと思うような強さだ。

当然、文句など言わない。

むしろ、竜はなぜか少しだけ嬉しかった。

お母ちゃんの叩き方と似ていると思ったからだ。

「しかし、あねきよぉ。こりゃぁ、すこしうるさすぎらぁな。場所変えたほうがいいんじゃねぇか」

「そうねぇ！　やだわぁ、せっかくおいしい干物屋さんがあるからここに来てもらったのに！」

「集まる場所ここにしたのって、干物のためだったの⁉　そんなの、別の場所に集まったって、持ってくればいいだけだよ！」

「あら、ほんと！　そうよねぇ！　やだわぁー、もぉー！　そういう機転が利かなくなって！　歳ねぇー！　あっはっはっは！」

姉弟四匹は、結局場所を、船着き場近くに並ぶ、倉庫の裏手に移すことにした。

干物のほうは、グレーターデーモンが手に入れてくることになった。

人間に化けるのが一番上手いし、人間のお金を持っているというのも大きい。他の三匹はすっかり盗んでくるつもりでいたのだが、グレーターデーモンは驚いた顔をした。

「そんなことしたら、追っかけられたりして余計面倒だろ」

なるほど、やはり日頃人間の中にいるから、そういうことに機転が利くのだ。

感心したアイランドタートルとソラクジラ、竜は大いに褒めたのだが、グレーターデーモンはむしろげんなりとした顔になった。

「三匹とも、やっぱりおかぁちゃんの子供だ」

日頃からおかぁちゃんと一緒にいるグレーターデーモンには何か思うところがあるらしい。三匹はどういう意味か分からず、顔を見合わせて首を傾げ合った。

甲羅の姉さんが褒めるだけあって、干物は実においしかった。

魚のうまみが、ギュッと詰まっている気がする。

日頃海の魚を食べ付けない竜とソラクジラも、舌鼓を打った。

これに合わせるのは、言うまでもなく、生まれ育った森で採れたマタタビである。

「やっぱり森のマタタビはいいわねぇー！　切れ味が鋭いっていうのかしら！」

「だよなぁ。おれも久しぶりにかじったんだけどよぉ。やっぱり故郷のマタタビが一番よぉ。これも羽の兄弟がしっかり地元を守ってくれてるからかもなぁ」

竜にとっては、何よりも嬉しい言葉である。

思わず、尻尾がピンと立った。

「このマタタビって、どこで採ってきたの？　あの、大きな岩が二つに割れてるところかしら！　まぁるい形の！」

「ああ、そうです。どんぐりの木が茂っている」

「そうそう！　細長い形のどんぐりがたくさん生ってるのよねぇ！　あの辺りなの！　なつかしいわぁー！　あの辺りはたくさんネズミがいてねぇ！　人気の餌場だったのよ！」

「あねきのときもそうだったかい？　ありゃぁ、やっぱりどんぐりを食いに来てるのかねぇ」

「あの辺って、ネズミの作った穴がやたら多いだろ？　俺、昔前足突っ込んでえらい目にあったことがあるけど」

「毎年落ち葉の時期になると、同じような怪我をする猫がいますよね」

時代は少々違えども、同じ土地、同じ親に育てられた者同士。

少々マタタビの力を借りて話していれば、あっという間に打ち解ける。

「あたしがまだ巣立ちしてないときに、あそこにハチの巣ができたのよ。スカルホーネットの、大きいのが！　おかぁちゃんったら、見学しに行くわよ、なんて言って、あたし達を連れて行ってねぇ！」

「なんだか、嫌な予感のする話ですね」

「おかぁちゃんったら、そこでネズミを追いかけ始めてね！　あんたたち、ちょっとそこでまってなさいって！　もう、おかぁちゃんはちっとももどってこないし、ハチは集ってくるしでねぇ！　そのうち、ハチに見つかっちゃって！」

「おいおい、そりゃぁ、てぇへんだなぁ」

「ホントよ！　何が大変だったたって、おかぁちゃんったら！　戻ってきても、れんしゅうだーって言って、ぜんっぜん助けてくれないの！」

「いかにもおかぁちゃんのしそうなはなしだなぁ」

四匹は、声を上げて笑った。いかにも、おかぁちゃんらしい話である。

ソラクジラにしても、グレーターデーモンにしても、竜にしても、やはり似たような思い出があるのだ。

「そうそう、姉ちゃん、猫じゃらし好きだったよね？」

「そりゃぁ、そうよ！　ずぅっと海にいても、心は猫だもの！　猫じゃらしが嫌いな猫なんていないでしょう？」

なんて素晴らしいのだろう。竜は我知らず、喉をゴロゴロとならした。

猫である、ということは、竜にとっては特別なことなのだ。誇りであるといっていい。

自分の家族もまた、そう思ってくれていることが心底嬉しくて、たまらないのだ。

「その、猫じゃらしを作っている猫がいてね」

グレーターデーモンは、モシャモシャ広場の話を始めた。

時折、竜も補足を入れる。

頷きながら話を聞くアイランドタートルは、感心しきりといった様子だ。

「へぇー！　立派な猫がいるのねぇー！　猫じゃらし畑を！」

「その猫じゃらし畑での祭りが、そろそろあるんだよ。それに、家族五匹で行かないかって。羽のが言っててさ」

「まぁ！　すてきじゃない！　そうよ、お母ちゃんと姉弟四匹で、みんなでねぇ！　楽しそうだわぁ！」

「じゃあ、決まりだな。おかぁちゃんにも知らせないと」

四匹の姉弟は、嬉しそうに、楽しそうに笑った。

アイランドタートルとソラクジラは、これが初めての祭りになる。グレーターデーモン

と竜は何度も参加していたが、誰にとってもおいしいキイチゴが生るのよ！　おかぁちゃ
「そうだわ！　この近くの島にね、とっても特別なものになるだろう。

んへのお土産に、少し持って行ってもらおうかしら！」

「そりゃぁいいや！　おふくろぁ、キイチゴが好きだったからなぁ！」

「この間も、森に行ったときにキイチゴを食べててなぁ。前足が真っ赤になって」

「そうそう！　右前足だけ真っ赤にするのよねぇ！」

「食べ方が下手なわけじゃないと思うんですが、あれは何なんですかね」

母猫に関する話題は、なかなか尽きない。

しばらくの間、倉庫の裏手からは猫四匹の鳴き声が、響き続けていた。

🐾 🐾 🐾

街はずれにある塀の上で、ハイブチは新聞を読んでいた。
とある港町で、巨大なアイランドタートルが目撃された、という記事だ。
しかもその背中には、火吹き竜とグレーターデーモンが乗っていて、上空にはソラクジ
ラが泳いでいたという。
何とも、できの悪い作り話めいた記事である。
本当にそんなことが起きれば、軍隊が動くような騒ぎになっていただろう。

だが、幸か不幸か、ハイブチはこの記事が事実であることを知っていた。

王城で暮らしている顔見知りの猫が、教えてくれたのだ。

教えてくれた、というより、愚痴を聞かされたというほうが正確だろうか。

状況確認で寝る暇もなかった、とこぼしていた。猫が寝る暇もない、というのは、異常事態である。

「あら！　たしか、ハイブチさんだったかしらっ！　お久しぶりねぇー！」

聞き覚えのある鳴き声の猫語に、ハイブチは顔を上げる。

そこにいたのは、予想通りの猫だった。

羽のおじちゃんと角のおじちゃんの、おかあちゃん猫である。

「やぁ、これはお久しぶりです！　今日はいい猫じゃらし日和で、何よりですな」

昨晩、夜空に光の猫じゃらしが描かれた。

つまり、今日はモシャモシャ広場が開放される、お祭りの日だ。

この日に猫がこの近くにやってくるということは、目的は一つしかない。

「ほんとねぇ！　天気も風も気持ちよくてねぇ！　ほんと、猫じゃらし日和だわっ！」

「これから、お祭りへお出かけですか？」

「そうなのよぉー！　うちの子たちが誘ってくれてっ！　角の子も先に来てるから、一匹で来たんだけどね？　ついでだから、先に王城へ挨拶しようと思ってこっちに来たのっ！」

魔法学校で暮らしている母猫は、途轍もなく顔が広い。

王城だけでなく、街のほうにも顔を見せたい知り合いはいるのだろう。

「そうでしたか。それにしても、大荷物ですな」

「あらやだっ！　今日は久しぶりに会う子もいるから、たくさんお土産持ってきたのよっ！　なにせほら、四匹もいるでしょ？」

おや、っと、ハイブチは心の中で首をひねった。

羽のおじちゃんと、角のおじちゃんは分かるが、母猫は今しがた、四匹と言った。

あとの二匹は、一体誰だろう。

僅かに考えただけで、ハイブチはすぐにピンと閃いた。

ここで母猫に確認してもいいが、それでは面白くない。

「これから、すぐにモシャモシャ広場へ？」

「ええ！　あの子たちも待ってるだろうし」

「では、私もご一緒してかまいませんか？　お荷物を運ぶお手伝いをさせてください」

「あらぁー！　いいの？　重いけど」

「なに、一匹でとぼとぼ歩いていくのは寂しいですからな。話し相手がいてくださったほうが、ずっと楽しいというものです」

「あっはっはっは！　それもそうねぇ！　じゃあ、おねがいしちゃおうかしらっ！」

母猫が運んでいた四つの袋のうち二つを受け取り、魔法で浮かせて運ぶ。

ハイブチは街中で魔法を使うのは避けていたが、ここならば人目もないし、問題ない。

「では、ご案内しましょう。いや、私なんかよりずっと森の中は詳しいでしょうが」

「そうでもないのよぉ！　ほら、知らないうちに木が生え替わったりして、景色が違っちゃうでしょ？　そうなるとすぅーぐまよっちゃってっ！　歳ねぇー！」

あれこれとおしゃべりをしながら、森へ向かって歩く。

周りを見れば、多くの猫が森へ向かって歩いているのが分かる。

母猫とハイブチは、魔法で袋だけを隠して、茂みの中を歩く。

相手が猫であっても、おいしい食べ物の匂いに釣られれば襲ってくる者は少なくない。

万が一の用心、というやつである。

森の中に入ると、まずは竜が住む洞窟へと向かった。そこで、待ち合わせているのだという。

この日の森の中は、猫の声でにぎやかだ。

そこかしこで、鳴き声が聞こえてくる。

普段はひっそりと隠れている猫が多いのだが、お祭りである今日は、特別だ。

アレコレと話しながら歩くうち、洞窟へと近づいてくる。

ここで、母猫が前足の爪を口の前で立てた。

茂みの間に体を隠すようにしている。

洞窟のほうからは、大人の猫数匹の話し声が響いてきていた。

聞き覚えのある二匹の声に、初めて聞く鳴き声が二つ。

ハイブチは母猫の意図を察して、声を潜めて笑いながら、後に続いた。

抜き足差し足で、気が付かれないように進む。

こちらに気が付いていないらしい四匹の話し声が、聞こえてきた。

「そうだよ。おれが聞いた話じゃぁ、アネキを拾ったなぁ海沿いだってぇ話よ。おふくろぁ、案外あっちこっち動き回ってんのさ」

「はじめてきくわぁ、そんな話！　ほんとぉー！」

この二つの声は、ハイブチには聞き覚えがない。

流れ猫弁と、年配の雌猫の声だ。

「ってことは、姉さんが覚えてる、泳ぎを覚えさせるために投げ込まれたしょっぱい水って、ホントに海だったってことか。すごいな」

これは、角のおじちゃんの声だ。

ハイブチも随分聞き馴染んだ気がする。

「俺の場合は、はじめのころぁ、山にも行ったりしてなぁ。そこで川にぶち込まれたり、鳥を狩りの練習台にさせられたわけよぉ」

「それで、攫われたんですか。酷いですね」

羽のおじちゃんの声だ。

今森に住む猫の中では、最も古い猫である。

だが、この四匹の中では、末っ子なのだと、道々母猫から教えてもらった。

「そんな話を聞くと、俺が蜘蛛の巣に引っかかって、食われそうになりながら魔法の練習させられたのは、まだましな気がしてくるな」

「いや、十分酷いと思いますが。私のときは精々、クマを見学に行って、木の上から落とされた程度でしたし」

「そりゃおめぇ、一番シャレにならねぇじゃねぇか」

「クマなんて、大変じゃない！」

「今にして思えば、随分距離はありましたし。まぁ、危険ではあったと思いますが」

「何にしても、無茶苦茶なんだよおかぁちゃんは。文句言ってやろうかなぁ、今度」

「聞きゃぁしねぇだろう。近くに住んでるおめぇが一番分かってんじゃねぇのかい？」

「そうよねぇ、言って聞くような猫じゃないわねぇ」

「まったくです。大体、やることも突拍子がないんですよ」

「ちょっとっ！　あんたたちっ‼」

突然の声に、四匹は一様に体を跳ね上げさせた。

その動きが皆一緒で、ハイブチは思わず噴き出しそうになる。

「黙って聞いてれば、おかぁちゃんの悪口ばっかり言ってっ！」

「いや、誤解だっておかぁちゃん！　そんなこと言ってないってば！」

「そうよぉ！　あ、ほら、おかぁちゃんの好きなキイチゴがあるのよ！　新鮮なうちに食べましょ！」

「それがいいですね！　さぁ、おかぁちゃん！　こっちで！」

「そうそう！　これがなかなかうめぇんだよ！　なぁ、アネキ！」

不機嫌そうな顔の母猫を、四匹の子供達が何とかして宥めようとしている。

久しぶりに会う子供もいると言っていたが、ハイブチにはまるでそうは思えなかった。

毎日顔を合わせている者同士のような様子に見える。

しんみりした空気になるのが嫌なのかもしれないと、ハイブチは思った。

涙で再会を喜び合うより、少々やり合ったほうが、すんなり顔を合わせられるのだろう。

ふと、ハイブチは森の中で暮らす兄妹の顔を思い出した。

モシャモシャ広場に行けば、きっと会えるはずである。

何しろ今日は、お祭りなのだ。

普段は見られない羽のおじちゃんの話を手土産に、楽しく過ごすのもまた一興。

「この荷物は、どこに置きましょう？」

「その声は、ハイブチか⁉　まてっ！　このことは他言無用にだなっ！」

慌てる羽のおじちゃんを、どうごまかして逃げ切ろうか。

ハイブチは猫の悪そうな顔をして、心底楽しそうに笑った。

母猫とアンネロッサのお見合い大作戦

The Cat & The Dragon

その魔法学校には、不思議な猫が暮らしていた。二つの尻尾を持ち、驚くほどの長い時を生きる。

歴代の校長に寄り添い、多くの先生や生徒達を助け、時に騒動に巻き込んでいく。

何代も前の校長の使い魔であり、友人であるこの猫は、魔法学校の名物にもなっている。

さて、この猫の友人。

何代も何代も前の校長であり、歴史書にも載るような、偉人であるところのその人物は、実は、未だに健在であり、魔法学校の中で、元気に働いていた。

猫と同じように、その人物もまた、強い魔法の力を持っていた。

そのためか、やはり猫と同じように、永い時を生きるようになっていたのである。

誰よりも永く生徒や教師を見守ってきたこの人物は、今は魔法学校の売店で働いていた。

永遠にも見える寿命というのは、良からぬものに目を付けられやすい。

それを避けるため、この人物は姿や名前を変え、過ごしているのだ。

学校から離れればよいのだが、彼女にとって学校とは人生の一部である。

離れるなどというのは、論外だ。

本当は生徒達を教えたいが、もうしばらくは、正体を隠して過ごす必要がある。

歯がゆくはあったが、もっとも、最近ではこの生活も悪くはない、と思い始めている。

今は売店のおばちゃんとして生徒達と接しているが、これが実に新鮮で、面白い。

彼女、アンネロッサは、毎日楽しみながら、売店にいる。

このことを知っているのは、彼女の子孫である校長と、一部の先生達。

そして、友人である母猫だけであった。

🐾　🐾　🐾

学校の売店というのは、おおむね昼の時間が最も混み合うことになる。

食堂もあるのだが、どうしても混み合うし、軽いものを食べたいという者もいる。

それに、売店で売られているサンドイッチは、おいしいと評判でもあった。

城下町の大人気パン屋が特別に作っているとうわさのそれには、多くの愛好家が付いている。

この日も、昼時の売店は大盛況だった。

終業の合図と同時に、サンドイッチを求める生徒達が駆け込んでくる。

待ち構えていたアンネロッサは、焦らず、的確に注文をさばいていく。

おばちゃんの前ではどの生徒も行儀良くなるので、校長よりも権力がある、などと囁かれてもいた。

まさか本当にその通りだとは、誰も夢にも思わないだろう。

食べ物の売れ行きが落ち着いてくると、今度は文房具を求める生徒が増えてくる。

今日は、描画のための上質紙を買い求める生徒が多い。

どうやら、専門課程の授業で試験があるらしい。魔法とはあまり関係ないように思うかもしれないが、人間の魔法には作図が欠かせない。

道具を作るときも、薬を作るときも、普段の魔法を作るときにだって必要だ。これができるかできないかで、魔法の効果は驚くほど違ってくる。

アンネロッサも在学中は、嫌というほど描かされたものだった。

勿論、母猫にである。

魔法の図形を思い浮かべるのが苦手だったアンネロッサだが、反復練習というのは実に恐ろしく、卒業する頃には、むしろ得意な分野になっていた。

上質紙以外にも、様々なものが売れていく。

忙しく対応しているうちに、もう少しで授業が始まる時間になることを知らせる、予鈴の音が聞こえた。

これが鳴ったら、売店は店じまいだ。

慌てたように走っていく生徒達に、廊下は走らないようにと声をかける。

必死な表情で急ぎ足をする姿を見て、苦笑を漏らす。

学生時代、アンネロッサは食べるのがあまり早いほうではなかった。

中庭でのんびり食事をしていたら、予鈴がなって慌てふためいたのは、一度や二度ではない。

生徒達が教室に向かうのを見送りながら、用意していた品数と、在庫の数を合わせていると、授業開始の鐘が鳴る。

後に聞こえてくるのは、先生の授業の声だけだ。

邪魔をしないように、静かに作業を進めていく。

用意した数、なくなっている数、売った記録の数を確認し、誤差がないか確認。

売れた数から売上金額を計算して、実際にあるお金と合っているかを計算。

小銭数枚分、実際にあるお金と誤差があるが、許容の範囲だ。

お釣り銭と売り上げの分のお金を分けて、手提げ金庫に収める。

最後に、納品業者へ送るための発注書を作れば、仕事は終わりである。

授業はまだ、半分も終わっていない。

アンネロッサは大きな音を出さないように売店を出ると、扉に鍵をかける。

あとは、帰りがけに納品業者に、発注書を渡すだけだ。

でも、その前に大切な日課を済ませなければならない。

アンネロッサは軽い足取りで、食堂へと向かった。

ている。

昼休みの過ぎた食堂では、担当する授業のない教員や、混雑を避けた職員が食事をとっている。

食堂を切り盛りしているおばちゃん達も、今は休憩の時間だ。

夕食の準備が始まるまでの短いひと時ではあるが、彼女達にとって大切な、食事とおしゃべりの時間である。

アンネロッサは最近、その中に混ぜてもらっていた。

年代は少々離れているが、同じ学校で働いている者同士であり、仲間である。

何より、「おばちゃん」であり「おかぁちゃん」だという共通点があるのが、大きかった。

アンネロッサは額に浮いた汗をぬぐいながら、小走りに近づいていった。

食堂に着くと、いつものテーブルにみんなが集まっている姿が見える。

「どーもー、こんにちわー！　今日も暑いわねぇー！」

声をかけると、食堂のおばちゃん達も嬉しそうに「こんにちわ」と挨拶を返してくれる。

すっかり、おばちゃん達の輪の中に溶け込んでいるのだ。

「ちょうどよかった！　今お茶入ったところだったのよっ！」

「汗かいてるから、冷たいお茶のほうがいいかしら？」

「でも私、最近冷たいものを食べるとすぐにお腹壊しちゃうのよ」

「私も！　うちの旦那なんて、暑い暑いって冷たいもの飲んでお腹抱えてるんだからっ！」

「どこも一緒よっ！　もう歳なんだから」

「そんなことといってっ！　私よりも一つも年下なのにっ！」

「あってないようなもんじゃない、一つ差なんてっ！」

「ほんとよっ！　十ぐらいだって変わんないんだからっ！」

「あら、じゃあ、私達みんな同い年ねっ！」

皆、一斉に笑い声を上げる。

とりとめもない話ではあるが、今はこれがアンネロッサの一番の楽しみだった。

話をしているうちに、食事を終えてきたらしい母猫も顔を出す。

生徒や先生の使い魔達を教え、時に生徒の相談などにも乗ったりする母猫は、意外にも忙しい毎日を送っている。

もっとも、母猫の場合それを自分から楽しみでやっているのだが。

「あら、ままにゃん！　今日も森で狩りをしてきたの？」

「そうなのよ。でも、蚊に食われちゃって！　もうそんな時期なのかしらねぇ」

「まだ蚊に食われるなんて、若い証拠よっ！」

「あら、そうなの？　じゃあ、私もまだ行けるかしら！」

どうも、「おばちゃん」という共通性は、種族の垣根も超えるものらしく、母猫も交えて、おしゃべりはにぎやかに続く。

勿論、食事も忘れてはいない。

テーブルには、食堂の残り物に手を加えた、賄が並んでいる。

アンネロッサも、取り置きしておいたサンドイッチを持ってきていた。

町の人気の名物店で、実は魔法学校の卒業生が営んでおり、母猫の伝手で、特別に卸してもらっているのだ。

「ここのサンドイッチってホントにおいしいわよねぇー！」

「あんまり並んでるから、自分じゃ買えないわよ私っ！」

「並んでるだけでくらくらしてくるもの！　やんなっちゃってねっ！」

そんなことを話しながらも、おばちゃん達はかなりの勢いで料理を食べていく。

アンネロッサ自身も、気が付くと驚くほど食べてしまったりする。

話していると元気が出て、元気が出ると食欲が増すらしい。

何より、料理がおいしい。アンネロッサが校長をしていた頃、食堂の料理には随分力を入れていた。

おいしい食事は元気の源であり、体づくりの基本だ。

少しでも生徒のためにと思ってのことだったが、今になって自分もその恩恵にあずかれるとは、人生というのは不思議なものである。

「もう、準備だけで大変よっ！　結婚式は盛大なほうがいいっていうし！」

「機会がないとなかなかみんな集まらないものねぇ」

「ほんとっ！　あーあー、うちのも早くいってくれないかしら！」

この日は、子供達の結婚のことが話題に上っていた。

やはり、親にとって子供の結婚というのは関心事の一つなのだ。

母猫にとってもやはり同じらしく、熱心に聞き入っていた。

勿論、アンネロッサも同様である。

「最近は恋愛結婚も多いじゃない？　うちの子もあこがれてるみたいでねぇー」

「気持ちは分かるわぁー。私も若い頃はあこがれたもの。でも結局お見合いになったわよ」

「あら、アンタんところってお見合いだったの!?　あんなにアツアツだからてっきりっ！」

「やぁーだぁー！　もぉーー！」

「でも、うらやましいわぁー。うちのもまだ決まってないのよぉー」

「あら、おたくの娘さんはまだ大丈夫でしょ？」

「なにいってるのっ！　あたしがあのぐらいの頃は男の二人や三人もういたわよっ！」

「もぉー！　よくいうわよっ！　あら、そういえば、ダンジョンの悪魔先生って、ご結婚まだだったわよね？」

「そうなのよ！」

母猫は我が意を得たりとばかりに、大声で頷いた。

悪魔先生というのは、母猫の息子であり、魔法学校の地下ダンジョンを治めているグレーターデーモンのことだ。

「あの子もいい年だから、いい加減に見つけてほしいんだけどねぇー。探す気配すらないんだから！」

母猫から散々聞かされて来た愚痴だが、その気持ちはよく分かった。

アンネロッサも、昔は随分気をもんだものである。

「これぱっかりはねぇ。いっくらせっついてもしょうがないとは思ってるんだけど」

「もういっそ、お見合いさせちゃえばいいんじゃないかしら」

「おみあい？　あの子を？」

きょとんとした顔になる母猫の横で、アンネロッサも目を丸くしていた。

確かに、結婚相手が見つからないときにお見合いをするというのは、珍しいことではない。

ただ、グレーターデーモンにお見合いをさせるという、発想がなかったのだ。

「そういえば、ままにゃんのところ、ドラゴンの息子さんもいたのよねっ！」

「その子もお見合いさせちゃえばいいのよっ！」

「すごい話してるわね私たちっ！　あははははっ！」

食堂のおばちゃん達が大笑いする中、母猫とアンネロッサは揃って放心していた。

母猫にとって、なかなか番を見つけない息子二匹のことは、心配の種だった。

どうにかならないかとずっと頭を悩ませてきたが、まさかそんな解決方法があるとは。

アンネロッサにとっても、おばちゃんの言葉は衝撃だった。

魔法使いにとって、使い魔とは半身も同然だ。

それだけでなく、母猫はずっと一緒にいた友人でもある。

母猫の悩みはアンネロッサにとっても悩みであり、ずっと一緒になって番を見つけてこない息子二人のことに頭を悩ませていた。

にもかかわらず、今の今までお見合いという手段にたどり着きすらしなかったのだ。

昔から機転が利かないと言われてきたが、アンネロッサは改めて自分が情けなくなった。

しかし、解決策が見つかったのなら、前に進むのみである。

アンネロッサは、母猫のほうに顔を向けると、母猫も同じ考えなのか、目が合う。

お互いに長い付き合いである。言わんとすることは、顔を見合わせればおおよそ伝わるのだ。

アンネロッサと母猫は、やる気に満ち満ちた顔で頷き合った。

🐾　🐾　🐾

勢い込んだものの、アンネロッサと母猫はさっそく壁にぶち当たっていた。

「竜と悪魔のお見合いって、どうすればいいのかしら。お相手の心当たりなんてないし」

「私も全然思いつかない」

そう、見合いというのは、相手がいて、初めて成立するものなのだ。

だが、残念ながらアンネロッサにも母猫にも、その相手が思いつかない。

「考えてみたら私、ドラゴンや悪魔のお嬢さんに知り合いなんていないのよねぇ」

「私もいないよ。ここ最近ずーっと売店にいたし」

そもそも、アンネロッサにしても母猫にしても、生活圏は魔法学校に限られている。

どちらもあまり外に出ないので、増えるのは人間の知り合いばかりだ。

アレコレと話し合ううち、とりあえず調べてみようという話になった。

何しろ、ここは指折りの魔法学校で、世界中から様々な情報が集まって来ている。

調べようと思えば、竜や悪魔の居場所というのも、分かるかもしれない。

さっそくアンネロッサと母猫が向かったのは、冒険者ギルドと共同で運営している研究室だ。

実はこれも、アンネロッサが校長時代に行った事業の一つである。

突然現れたアンネロッサに、研究室の室長を任されていた先生は、目を剥いて驚いた。

年配で古参であるこの教師は、アンネロッサが今もこっそり生きていることを知る数少ない一人である。

「これは、名誉理事長先生！　どうなすったんですか、こんな夜更けに」

「ごめんなさいね、ちょっと聞きたいことがあって」

アンネロッサと母猫は、おおよその事情を説明した。

なかなか番を見つけようとしない母猫の息子二匹のために、年頃のドラゴンと悪魔を探している。

話を聞いた年配教師は、考え込むように首をひねった。

「年頃の火吹き竜とグレーターデーモンですか。ううむ。難しい問題ですな。そもそも、年頃というのがいくつぐらいなのか。いっそ息子さん達に好みの年頃をお聞きになるとか」

「そうねっ！　その手があったわっ！」

前足を叩いた母猫に、アンネロッサは首を横に振った。

「ダメだよ。年頃の息子が、母親にそういう話すると思う？」

「それもそうねぇ。ヤダわぁ、オスの子って扱いにくいのよねぇ」

お互いに子供を育てた経験のある母親同士、こういった話は合うらしい。

近くで聞いている年配の教師は何とも言えない顔をしているが、お構いなしである。

しばらく考えていたアンネロッサだったが、突然閃いたというように手を叩いた。

「いくつぐらいかは分からなくても、とりあえずどこにいるかは分かってるんですよね。なら、実際にいって見ちゃうのもいいかも」

「と、おっしゃいますと？」

「ちょうどいい年頃の女の子なら、お見合いを申し込む。もし違ったら、年頃のお嬢さんを知らないか聞くの。事情を話せば、教えてくれるかもしれないでしょう？」

年配の教師にはいささか強引な手法に思われたが、母猫はそうは思わなかったらしい。

いかにも名案だとばかりに、両前足を合わせている。

「そうよねっ！　お知り合いやご家族にちょうどいい年頃の方がいれば、教えてくださるかもしれないわっ！」

「先方だって探してるかもしれないしねっ！」

どうやら、アンネロッサと母猫の間では、結論が出たらしい。

こうなったら、年配の教師の言うことなど聞きはしない。

後のことを考えると頭が痛いが、仕方がない。何しろこの魔法学校に、アンネロッサと母猫に逆らえる者など、いないのである。

火吹き竜やグレーターデーモンの居場所を年配の教師から聞き出すと、アンネロッサと母猫は飛び出すように部屋を後にする。

嵐が過ぎ去った後というのは、こういうことを言うのだろう。

巻き込まれた年配の教師は、あっけにとられることしかできなかった。

🐾 🐾 🐾

アンネロッサと母猫は、年配の教師の部屋を出たその足で、魔法学校の校長の元へと向かった。

寝ようとしていた校長だったが、寝巻のまま引っ張り出され、訳も分からないまま話をさせられることとなった。

いったい何事かと身構えていた校長だったが、理由を説明されて唖然とする。

「つまり、皇竜殿とグレーターデーモン殿の嫁を探すため旅に出たい。ということですか」

校長は頭を抱えた。

何とかして止めなければならない。

アンネロッサも母猫も、種族としての枠から外れた、特別な存在である。

そんな並外れた力を欲するものは多く、得てしてそういう輩は手段を選ばない。

アンネロッサと母猫ならばめったなことはないと思うのだが、校長としてはあまり無理はさせたくなかった。

何しろ、生まれる前から世話になっている相手である。

何とかやめさせたいが、表現には気を付けなければならなかった。

この友人同士は、迂闊にへそを曲げさせてしまうと、絶対に言うことを聞いてくれなくなる。

校長自身、既に孫もいる歳なのだが、アンネロッサと母猫には頭が上がらないのだ。

「ですが、学校のほうはどうするつもりですか。使い魔や生徒達の指導もあるでしょうし、売店だって急に休んだら生徒達が困りますよ」

「まぁ、なぁに！　年寄りをこき使ってっ！」

アンネロッサはいかにも立腹したという様子で、頬を膨らませる。

理不尽だと思うが、年寄りというのは都合がいいときだけ年寄りになるものなのだ。

まあ、校長も同じようなことをするので、人のことばかりは言えない。

「その辺は大丈夫。代わってくれる人は手配するから。それに、ままにゃんだってたまにはお休みも必要なんだし」

「そうそうっ！　私だって何日か前から準備すれば休んだって大丈夫なんだしねっ！」

母猫の言葉に、アンネロッサは何度も頷いている。

少し前は、自分達が休んだら誰が代わりをするのか、といったようなことを言っていたはずなのだが、忘れてしまったのだろうか。

「では、その件はいいとしてもですね。お二方が行こうとしているのは、危険な土地なのですよ。一つ間違えれば大怪我では済まないこともあろうかと。その、お歳なわけですし」

「平気よ、ちょっとぐらいっ！　まったくすぐに年寄り扱いするんだからっ！」

母猫が不満げに言う横で、アンネロッサがその通りだというように頷いている。

つい今しがたと言っていることが違うが、指摘したりはしない。

そんなことをすれば、余計にややこしくなることが目に見えているからだ。

とはいえ、アンネロッサと母猫が向かおうとしているのが危険な場所なのは、間違いなかった。

「国が管理している大ダンジョンに、魔獣が多く生息する山。どちらもとても危険な場所であることは、間違いありません。あまり不用意に近づかないほうが良いのでは」

「なに言ってるのっ！　私達どっちもまだまだ若いんだからっ！」

「亀の甲より年の功、っていうでしょっ！　若い子達とは踏んだ場数が違うのっ！」

一度に主張するのは、若さか老猾さか、どちらかにしてほしい。

こうなっては、校長にできることなど限られている。

「わかりました。相応に準備をしておきますので」

「あら、悪いわねぇ！　まったく、きかん坊だった子が立派になってっ！　よく尻尾をつかまれてねぇ！　離させようとすると泣いちゃってっ！」

「そうそう！　おしめを替えてあげてたのなんて、ついこの間なのに！」

校長の孫は、そろそろ字を習い始めようかという歳である。

すっかりおじいちゃんと呼ばれるのにも慣れてしまったが、アンネロッサと母猫にかかるとまったくの形無しだ。

しばらくの間、校長は自分が幼い頃いかに手のかかる子供だったのか、聞かされることとなった。

🐾　🐾　🐾

血相を変えて洞窟に飛び込んできたグレーターデーモンを、竜は驚きの表情で迎えた。

グレーターデーモンは挨拶もそこそこに、「えらいことになった」と告げる。

竜は背中を登っている子猫達を地面に下ろしながら、一体何があったのかと尋ねた。

「おかぁちゃんとアンネロッサが、出かけて行ったんだよ！」

「はぁ」

気のない返事である。

別に出かけることもあるだろう。

「場所が問題なんだ、場所が！　危険度が高いダンジョンと、やたらと狂暴な魔獣ばかりいる山に向かったんだよ！」

「はぁ。はぁ!?　何だってそんなところに!?」

驚いて立ち上がる竜の背中から、子猫達が転げ落ちる。

子猫達は面白がって笑い転げているが、竜はそれどころではない。

「一体どういうことですか！」

「いや、それがどうにも、俺にも何と言っていいか分からん状況でな。お前、見合いという人間の文化を知っているか」

「みあい？　聞いたことがありませんが」

「そうだろうな。簡単に言うと、他猫に番う相手を紹介してもらうことでな。どうも、おかぁちゃんはそれに目を付けたらしくて、アンネロッサが付き合ってるようなんだが」

竜は困惑した顔で、グレーターデーモンを見つめている。

何を言っているのか分からないといった様子だ。

グレーターデーモンはため息を吐き、さらに説明を噛み砕いた。

「要するにおかぁちゃんは、俺とお前の番を見つけようとしてるんだよ」

「なんっ⁉」

あごが外れたように口を開け、竜は言葉を失ったように固まっている。

対照的に、話を聞いていた子育て中の母猫父猫達は嬉しそうに盛り上がっていた。

「ついに羽のおじちゃんも、番を見つけるのかぁ」

「角のおじちゃんもだね。こりゃいいことだ」

「いいわけがあるかっ！　兄さん、どういうことですかっ！　どうせ人間に入れ知恵されたのでしょう！　まったく人間というのはろくなことをしない！　そもそも、なぜおかぁちゃんは未だに人間のところにいるのか！　件のアンネロッサとかいう人間は、おかぁちゃんを召喚した人間でしょう！　そういったことを平気でやるような者のところに、おかあちゃんをいさせて良いものなのかどうか！」

グレーターデーモンは、しまったというように顔をしかめた。

こうなると、竜の話は長い。

文句の言い方や説教の仕方が、段々おかぁちゃんに似てきたのではなかろうか。

グレーターデーモンは額に前足を当て、小さくため息を吐いた。

そのダンジョンは、世界に空いた穴の上にできているという。魔界と呼ばれる場所とつながっており、そこから様々なものが流入してきている。

なぜそんなことが起こるのか、流入してくるものが何なのか。未だにほとんどのことが分かっていない、謎に包まれた領域だ。

ただ、そこで手に入る品々は、有益なものが多い。

となれば、何とかして手に入れようとする者が現れるのが、自然の流れである。

当然、危険な領域へ足を踏み入れるのは、冒険者達の役目だ。

地下へとつながる洞窟のような姿のそのダンジョンには、多くの冒険者が集まっていた。

ただ、ダンジョンを管理するギルドが認めた実力者でなければ、入ることは許されていなかった。

経験を積み、確かな力のある冒険者でなければ、容易く命を落とすことになる。

そんなダンジョンに、一人の少女がやってきた。

尻尾が二股に分かれたケットシーを連れている。

ダンジョンの入り口にいたギルド職員は、困ったような苦笑を浮かべている。

少女はあどけなさを残す顔立ちで、良くて、魔法学校を卒業したて、といったところだろうか。

一応でも登録書を確認しようとしているのは、ギルド職員が気を使ったからだろう。

新人冒険者をきちんと指導するのも、仕事のうちだと考えたのだ。

もしこの時、ギルド職員が周りの冒険者の様子を見ていたら、首を傾げていただろう。

一部の実力のある冒険者は、何か恐ろしいものを見るような、あるいは敬意の籠った顔で、少女を眺めていたのである。

少女が鞄(かばん)から引っ張り出した登録書を見て、ギルド職員はぎょっとして目を剥いた。

それは、ごく限られた、ギルドに実力を認められた者だけが持つものだったからだ。

偽造できる種類のものではない。

ということは、この少女は間違いなく実力者だということになる。

ギルド職員は慌てて、このギルドの最高責任者を呼びに走った。

一介のギルド職員では、判断のしにくいことだと思ったからだ。

そして、それは実に的確な行動であったといえる。

呼び出されたギルドの責任者は、少女が連れているケットシーを見て素っ頓狂な声を出した。

「ままにゃん。え？　なんでこんなところに？」

ギルドの責任者は、魔法学校の卒業生だったのだ。

そして、まだ現役で校長をしていた頃の、アンネロッサの教え子でもあった。

アンネロッサが魔法で姿を変えてみせると、あんぐりと口を開けて固まってしまう。

若い姿のままでは障りがあったので、当時のアンネロッサは魔法で老女のように見た目を変えていたのだ。

「校長先生に、ままにゃん？　何がどうなっているんですか」

「ちょっと、用事あって。それよりも、まぁー、立派になって！　今はギルド長さんをしてるの？」

「そうよねぇ！　毎回学科試験ではあんなに苦労してたのに！」

「そうそう！　実技の成績はよかったのにね。卒業試験でようやく及第点をとって、すごくホッとしたもの」

こうなっては、ギルドの責任者も形無しである。

それでも何とか立て直し、ここに来た目的を聞き出したのは流石といったところだろう。

「ほら、ここってグレーターデーモンを見た、っていう話があるんでしょう？　うちの息子とお見合いしてもらおうかと思って！」

「勿論、女の子だったらだけどね。もし違ったとしても、誰か丁度いい年頃の方を紹介していただけるかもしれないでしょう？」

魔法学校のグレーターデーモンのことは、ギルドの責任者もよく覚えていた。

きっとこのことを聞いたら、頭を抱えて苦しむことだろう。

アンネロッサと母猫の実力は確かなものであり、入るのにまったく問題ない。

悪魔先生恨まんでください、これも仕事なんです。

ギルドの責任者はそんな風に心の中で詫びながら、アンネロッサと母猫がダンジョンに入る許可をおろしたのであった。

🐾🐾🐾

ダンジョンは、入り組んだ構造の洞窟のようになっていた。

極端に狭い場所などはなく、自然にできた風穴というよりも、何かの生物が掘ったもの、というような印象だ。

天井は人一人が立って歩ける高さがほとんどで、狭くても二人が横に並んで歩くことができる。

多くの冒険者は、二人から五人のパーティを組んで探索をしていた。

なので、いくら使い魔連れとはいえ、一人で潜ろうとしているアンネロッサは大いに目立った。

ギルド職員に止められ、登録証を出しているところを見た者もいるらしい。

既に一部では、とんでもない実力者らしい、と知れ渡っていた。

それでなくとも、ある程度経験のある冒険者であれば、アンネロッサが相当な力を持っていると気が付く。

すぐにパーティへ勧誘しようとする者が現れたが、残念ながら成功した者はいなかった。

アンネロッサも母猫も慌ただしく走り回っており、近づこうにも近づけないのだ。

「洞窟の中に持っていく食べ物って、何がいいかな」

「あら、そうねぇ。固焼きパンと保存食だけだと栄養偏っちゃうものねぇ！　なにかお弁当でも持って行ったほうがいいかしら」

「かびちゃうのも嫌だし、いっそのこと食材を持ち込んじゃったほうがいいかな。中でお料理するの！」

「いいわねぇー！　なんだかそういうのも久しぶりだわっ！　ネズミでもいれば、狩りもできるかしらっ！」

「ままにゃん、ホントにネズミ好きだよね。そうだ！　途中の雑貨店でお鍋安売りしてたのっ！　アレを買って行こうかなっ！」

速射魔法のような勢いで話しながら、アンネロッサと母猫は慌ただしく動き回った。

ダンジョン近くにできた町の商店街へ繰り出して、買い物をし始める。

鍋や食材などを買い込むと、魔法で浮かせていると思しき箱にどんどん詰め込んでいく。

大きな氷を作り出し、生鮮食品なども買い込んでいる。

「お買い物も大体済んだし、茶店で休憩していこうか。甘いものもありそうだし」

「あら、そうねぇ！　ずっと歩き通しで、尻尾が棒みたいになっちゃったわっ！　じゃあ、あそこがいいかしら！」

「おいしそうなのがおいてあるっ！　そうしよっかっ！」

言葉とは裏腹に、アンネロッサと母猫は勢いよく茶店に向かっていった。

甘いものとお茶を注文して座り込むと、とても入り込む隙が見つけられないような、怒涛の勢いで話し始める。

何とか話しかけるきっかけを見つけようと、何人かの冒険者達がその様子を見ていたのだが、まったく隙がない。

そうこうしているうちに、アンネロッサと母猫は会計をすまし、茶店を出ていく。

今度こそはと多くの冒険者が身構えたが、時は既に遅かった。

アンネロッサと母猫は、茶店を出たその足で、ダンジョンへと潜っていったのである。

まさに、嵐のよう。

冒険者達は、ただただその背中を見送ることしかできないのであった。

🐾 🐾 🐾

アンネロッサと母猫がやってきたことを確認したギルドは、大慌てで魔法学校へ連絡を取ろうとしていた。

ギルド職員の持つ長距離飛行が得意な使い魔を飛ばし、魔法学校側が状況を把握しているか確認しようとしたのだ。

あの魔女と使い魔のことである。

もしかしたら誰にも何も言わずに出てきたのかもしれないと、ギルドの責任者は考えたのだ。

そうだとしたら、悪魔先生に何を言われるか分からない。

学生時代の感覚というのは、そう簡単に抜けるものではないようだ。

そんなギルドの責任者の心労など知る由もなく、アンネロッサと母猫は快調にダンジョン内を突き進んでいた。

「こんなに動くの、久しぶりだね」

「そぉーよねぇー！　あなたがまだ宮廷魔術師をしてたぐらいの頃かしらっ！」

「そんなに昔？　最近になって運動しなかったかな？」

「した覚えある？　ダメだわ、最近全然記憶に自信ないの」

「私もっ！　お釣り銭間違えそうになって、生徒に注意されるのなんてしょっちゅうなの」

「いやぁーねぇー！　お互いっ！　気を付けないと」

「頭って使ってないとかたくなっていくっていうものね」

戦い始めてから、話し始めたわけではない。

ダンジョンに入る前から、ずっと喋り通しなのだ。

同じような内容を何度も話していたりもするが、まったく気にしない。

話をすること自体が目的といった風情だ。

三人寄ればかしましい、という言葉があるが、一人と一匹だけで十分ににぎやかである。

それだけ喋ったりしながら戦えるものか、と、普通ならば思うだろう。

だが、かつて「氷嵐（ひょうらん）の魔女」と呼ばれた元宮廷魔術師と、多くの子猫を立派に育て上げた肝っ玉かぁちゃんである。

相手が悪いとはこのことで、ダンジョンの魔物達は散々にやられていた。

そもそも、察しのいいものは、アンネロッサと母猫に近づこうともしない。

厄介な相手というのは、種族が違っても察することができるもののようだった。

🐾　🐾　🐾

アンネロッサと母猫の快進撃に巻き込まれたのは、魔獣や魔物だけではない。

ダンジョンを探索していた冒険者達も、その勢いに飲み込まれていたのだ。

たとえば、ダンジョンの中を進んでいたあるパーティは、アンネロッサと母猫につかまり、お叱りを受けた。

連携があまりにも悪いし、魔法の使い方が荒っぽすぎるというのだ。

洞窟の中は狭いので、武器を持った冒険者が前で戦い、その後ろから魔法で攻撃をする、というのが主流である。

暗く、曲がり角が多い洞窟の中では、どうしてもそういった戦い方になってしまいがちなのだが、それにしたってやり方がまずい、というのがアンネロッサの言い分だった。

そのパーティの魔法使いは、あろうことか洞窟の中で炎の魔法を使っていたのである。

威力はあるし使い勝手のいい魔法ではあるが、換気の悪い場所で使えば窒息してしまう。

まして、戦っているところにそんなものを放り込めば、仲間にだって被害が及ぶ。

こういう場所では、もっと他の魔法を使うべきなのだ。

前衛の魔法使いの動きも、いかにも不器用すぎると言い出したのは、母猫である。

狩りというのは、場所に合わせて変えるもの。

まして、他の仲間と一緒に動くのであれば尚更だ、というのが、母猫の言い分だ。

始めは胡乱げな顔をしていた冒険者達だったが、アンネロッサと母猫の勢いに負け、言う通りに動いてみた。

すると、それまでよりもずっと簡単に、戦いに勝つことができたのだ。

都度アンネロッサと母猫の指摘を受けながら、戦い方を修正していく。

すると、どうだろう。何の危なげもなく、それでいてあっさりと勝ってしまった。

呆然とするパーティをよそに、アンネロッサと母猫は満足そうに笑いながら、さっさとどこかへ行ってしまう。

パーティのほうは追いかけようとするが、あの魔女と使い魔に追いつけるものではない。

ダンジョンから出てきてみれば、ギルドはちょっとした騒ぎになっている様子だ。

事情を聴いてみれば、伝説級の魔法使いが出たという話を聞かされる。

そんなパーティが五つほどもあったものだから、ギルドの責任者は頭を抱えるしかなかった。

アンネロッサと母猫は、他にも色々な冒険者達にちょっかいをかけていた。

ダンジョンの中で保存食を齧っているパーティを見つけ、それでは栄養が偏るとお説教をし始めたのだ。

ぽかんとする冒険者達を、アンネロッサと母猫は開けた場所へと引っ張っていった。

そして、何とそこで料理をし始めたのである。

猫の魔法で作った火は、窒息を引き起こさない。

料理にも十分に使うことができる。

作ったのは、野菜や肉をたっぷりと使った、鍋料理だ。匂いに釣られ、冒険者達がちらほらと集まってきた。

勿論、アンネロッサと母猫は、彼らにも料理を振る舞う。ダンジョン内の開けた場所は、ちょっとした炊き出し場になってしまった。

人が集まれば、自然と交流も生まれるものだ。冒険者達は食事をしながら、情報の交換なども始めた。

アンネロッサも母猫も、その様子を満足気に眺めている。

鍋が空っぽになると、手早く片付けを済ませてしまう。

いくらかの冒険者が手伝ってくれたのは、嬉しい誤算だ。

アンネロッサと母猫は大げさに感激すると、手伝ってくれた冒険者の肩や背中をバシバシと叩いた。

おばちゃん特有のスキンシップである。

片付けが終わると、アンネロッサと母猫は再びすさまじい勢いで進み始めた。

グレーターデーモンの目撃情報があるのは、ダンジョンのかなり深くである。

大急ぎで潜らなければ、日が暮れてしまう。

どんどん前に進みながらも、アンネロッサと母猫は会う先々で冒険者達に世話を焼くことを止めなかった。

もっとも、当のアンネロッサ達には、世話を焼いているという感覚はない。

目についたら手を出すというのは、もはや当たり前になっているのだ。

怒涛の勢いで突き進み、アンネロッサと母猫は、ついに目当てのものを発見した。

ダンジョンの最深部に潜んでいた、グレーターデーモンだ。

グレーターデーモンは、早くからアンネロッサと母猫のことを感知していた。

自分のことを探しているらしいことも、おおよそは把握している。

わざわざダンジョンでグレーターデーモンを探す者のほとんどは、倒すのが目的である。

しかし、アンネロッサと母猫は、どうもそうではないらしい。

いつもならば隠れて出てこないのだが、今回はどういうわけか気になっていた。

姿を見せたとき、一体どんな反応を見せるだろう。

いささか緊張したグレーターデーモンが姿を現すと、アンネロッサと母猫はいかにも嬉しそうな声を上げた。

「あらぁー！　やっだ、よかったわぁー！　見つかってっ！」

「本当だねっ！　隠れられちゃうかなぁーって思ったけど！　でも、立派な角ーっ！」

「ねぇー！　やだ、見てっ！　すっごくおっきいっ！　いやだわぁー、うちの息子もこんなだったかしらっ！」

「どうだろう、悪魔先生も随分おっきいから」

「もぉー、あの子はほんっと、身体ばっかり大きくなってねぇー！」

「またそんなこと言ってぇ。立派にお仕事してるのに！　って、そんなこと話してる場合じゃないよままにゃん」

「あらほんとっ！　やだ、ごめんなさいねぇっ！　つい夢中になっちゃって！」

恥ずかしそうに笑うアンネロッサと母猫を見て、グレーターデーモンはおおよそのことを理解した。

彼女らの目的を、ではない。

アンネロッサと母猫が、「おばちゃん」と呼ばれるような種類の存在だと理解したのだ。

どこの世界にも、おばちゃんというのはいるものである。

一体、自分にどんな用件なのだろう。

聞いてみたいような、聞かないほうがいいような、複雑な心境である。

そんな心情を知ってか知らずか、アンネロッサと母猫は手早く自己紹介を済ませると、さっそくと言わんばかりに本題に切り込んだ。

母猫の息子に、お見合い相手を探しに来た、というものである。

グレーターデーモンは、自分が何を聞いているのか分からなくなった。

まず、猫がグレーターデーモンの母親だ、というのがよく分からない。

いくら一人でいる子供を見つけたからといって、グレーターデーモンを育てるものだろうか。

あり得ないと思いつつも、事実なのだろうということも分かる。

グレーターデーモンという種族は心の動きに敏感で、嘘をつかれればすぐに分かるのだ。

だが、アンネロッサと母猫からは、そんな気配は一切しない。

ということは、母猫は間違いなくグレーターデーモンの息子がいて、アンネロッサと連れ立って見合い相手を探しに来た、ということになる。

何もない虚空に投げ出されたような不思議な浮遊感を味わうグレーターデーモンだったが、頭を振って気持ちを切り替えた。

「いや、私は何というか、そういうのは。オスですし」

グレーターデーモンは我知らず、丁寧な言葉遣いになっていた。

超越者であるグレーターデーモンが、人間やケットシーにそんな言葉を使うなどあり得ない。

それでも思わず出てしまったのは、アンネロッサと母猫の勢いに押されたからだ。

「あらやだっ！　そうよねぇー！　貴方イケメンだものっ！　じゃあ、お見合いできないわねぇー！」

「それなら、ちょうどいい年頃の娘さんとか知らないかな？」

「そうそう！　妹さんとかいらっしゃらない？」

グレーターデーモンは、何だかその息子というのに同情的な気持ちになってきていた。

これだけ押しの強い母親を持つというのは、さぞかし大変だろう。

そういえば、そんなことをぼやいていた仲間がいたな、と、グレーターデーモンは唐突に思い出した。

「まさか、その息子さんというのは、魔法学校の地下ダンジョンを管理している？」

「あらやだっ！　お知り合い!?」

グレーターデーモンというのは、そう数が多くない。

魔界から出てきている者となればなおさらで、自然顔見知りにもなってくる。

そのグレーターデーモンは以前あった時、「おかぁちゃんが強烈すぎて疲れる」と言っていたのだが、まさかこんな形で出くわすことになろうとは。

確かに、このおかぁちゃんなら、疲れるだろう。グレーターデーモンは知り合いに深く同情した。

「お友達同士で、番を見つける話とかしない？　ちょっとうちの息子のこと、せっついてやってっ！」

「悪魔先生もかっこいいし、探そうと思えばすぐに見つかりそうなのにねぇ」

「そうなのよっ！　私に似て狩りの腕もいいし、見た目だっていいんだから、すぐに見つかりそうなもんなのにねぇ！」

「やっぱりお見合いって大事なのかもね」

グレーターデーモンは、ただただ唖然とすることしかできない。

恐ろしい勢いで喋るアンネロッサと母猫に、グレーターデーモンは良さそうな娘さんを見つけたら報告することを約束させられてしまう。

ついでに、近いうちに遊びにいらっしゃいとも誘われる。

アンネロッサと母猫は、しばらく捲し立てるようにしゃべると、突風のような勢いで帰って行った。

呆然と立ち竦むグレーターデーモンの手には、煮物の入った器が載っている。

来る途中で作ったから、良かったら食べて、と言われたのだ。

ダンジョンの中で煮物を作るというのがどういう状況なのか、まったく分からない。

ただ、とりあえず美味そうではあった。

そういえば、最近は親にあっていない。たまには顔を見に戻ってみようか。

そんな風に、グレーターデーモンは思った。

アンネロッサと母猫は、次の目的地へと向かった。魔獣が多く生息する山岳地帯で、かなり危険な場所だという。

そんな場所の近くにも、人の暮らす町はある。アンネロッサと母猫は、一先ずそこへやってきていた。

既に夕方近くということで、一泊することにする。

「私、外泊するなんて久しぶりかも」

「そういえばそうねぇ！　私も息子のところに行くぐらいだわっ！」

「昔はあちこち飛び回ってたのにね！　なんだか懐かしい感じ！」

とりあえず、宿を決めなければならない。

町の中を歩いていると、冒険者ギルドがあった。

それ自体は珍しくもないのだが、何やら騒がしい様子だ。

何事かと尋ねてみると、思いがけない答えが返ってきた。

街はずれで飼育されていた家畜が、火吹き竜に襲われたというのだ。

これはまずい、と、アンネロッサと母猫は顔を見合わせた。

冒険者ギルドが慌ただしくなっているところを見ると、討伐に向けて動いているのだろう。

普段なら、それも自然の流れの中で仕方ないことだ、と思ったかもしれない。

実際、アンネロッサと母猫はよそ者であって、その土地に暮らす人々が身を守るために行うことに口を出す立場にはないのだ。

しかしながら今は息子の嫁を探していて、ようやく手掛かりが見つかったところなのだ。

グレーターデーモンにしてもそうだが、何しろ火吹き竜を探すというのは、容易なことではないのだ。

できるなら、この機会は逃したくない。

アンネロッサと母猫は、とりあえず件の火吹き竜を探すことにする。

火吹き竜というのは会話ができる種族なので、とりあえず話を聞きたい。

その後どうするかは、事情を聞いた後に考えればいいのだ。

大慌てで街を飛び出し、山へと向かいながら、アンネロッサは笑った。

「なんだか、宮廷魔術師の頃に戻ったみたい！　忙しく飛び回って！」

「そういえばそうねぇ！　あなた休む暇もなかったぐらいだったもの！」

「あの頃は若かったからできたのかなぁ」

「何言ってるのよっ！　まだまだ若いわよっ！」

「そうだよね！　まだまだ現役で働いてるんだし！」

「そうよっ！　若い子達になんてまだまだ負けないわっ！」

アンネロッサと母猫は、そんな風に言い合いながら走る。

魔法を駆使して走る姿はなかなかに強烈で、それを見た町人が腰を抜かしたり、化け物が出たと騒ぎになっていた。

とはいえ、それはアンネロッサと母猫のあずかり知らぬ話である。

🐾 🐾 🐾

雨あられのような勢いでしゃべり倒す人間と猫を前に、火吹き竜はどうしていいか分からず、困惑していた。

この二匹が縄張りに入ってきたことは、すぐに分かった。

見た目は小さいが、どちらも恐るべき力を持っている。

火吹き竜はまだ若い個体で、本来なら逃げ出してしまいたいところであった。

年を経れば生半の者には劣らぬ力を持つ火吹き竜だが、若い時分にはそうもいかない。

さらに、この火吹き竜には逃げることができない理由があったのだ。

「まぁー！　まさか卵を温めてる最中だったなんてねぇー！」

「それじゃぁ、ここから離れられないよね」

「ほんとよぉ！　ここら辺り、火吹き竜にはちょうどいい餌場でしょうしっ！」

「大きい動物いっぱいだもんね！」

そう、火吹き竜は、ここで卵を温めていたのだ。

地面に穴を掘り、卵を埋めて、火を吹きかけるというのが、火吹き竜の卵の温め方だ。

卵が冷えないように定期的に火を吹きかけなければならないのだが、これには思いのほか力を使うため、普段より多く餌をとらなければならない。

人間にとっては危険な魔獣も、火吹き竜にとっては格好の獲物である。

いわゆる危険地帯を選んで巣作りをするというのは、珍しいことではない。

「じゃあ、子育ては初めてなのねぇ！」

「え？　あ、はい。そうです」

突然に聞かれ、火吹き竜は思わず丁寧に返した。

「でも、この辺りは危ないわよっ！　ほら、人間がいるから！」

「うかつでした。調べたつもりだったんですが」

この火吹き竜は、初めて産卵をする雌であった。

餌場があるかなど一通り確認していたのだが、初めての産卵で慌てていたのだろう。

人間の町が近くにあることに、気が付かなかったのだ。

強者として敵の少ない火吹き竜は、その辺りは実に鷹揚なのである。

とはいえ、人間がとても危険な存在だというのは、火吹き竜も心得ていた。

「なので、人間を食べないようにすれば、問題はないかな、と思っていたのですが」

「それが、そうでもないのよぉ！」

「火吹き竜さんが食べたの、人間の家畜だったんですよ」

家畜という言葉に、火吹き竜は首を傾げる。

人間は危険だという知識はあった火吹き竜だが、その生態を詳しく知っているわけではなく、家畜というものについて聞いたのも、この時が初めてだ。

アンネロッサと母猫から説明を受けた火吹き竜は、大いに驚いた。

「人間というのは、そんなことをするのですか」

他の種類の生き物を育て、餌にするというものは、いくらかいる。

火吹き竜はそういった生き物を知っていたので、理解は早かった。

「ということは、人間は相当怒っているでしょうね。あの手の動物は、自分の育てたものに手を出されるのを嫌いますし」

「そうねぇ。討伐隊を作ろうかみたいな話になってるみたいなの」

「困ります。巣も離れられないし」

火吹き竜は、心底困ったという顔をしている。

人間と事を構えるつもりはないし、人間の手にかかった火吹き竜がいるという話も、少なからず聞いていた。

火吹き竜は、自分のうかつさを悔やんだ。

困惑する火吹き竜に、アンネロッサと母猫は胸を叩いた。

「じゃあ、私達が話つけてくるわっ！」

「そうだね。火吹き竜さんも、人間の家畜はもう襲うつもりないでしょう？　人間を食べるつもりもないだろうし」

「それは、もう！」

人間なんかと関われば、命がいくつあっても足りない。

もう近づきたくもないというのが、火吹き竜の本心だ。

「なら、そういう事情をお話しして、討伐しに来るのを止めてもらいましょう！」

「それがいいわっ！　町の人達だって火吹き竜となんて戦いたくないでしょうしっ！」

「なつかしいねぇ。宮廷魔術師の頃って、そういうことばっかりやってた気がする」

「そうよねぇー！　あっち行ったりこっち行ったりして、大変だったわぁー！　若かったからできたのかしらねぇ！」

「何言ってるのっ！　まだまだ頑張らないといけないんだから！　若い子達にばっかり任せてたら、大変なことになっちゃうし！」

「それもそうだわっ！　きちんと話し合えばわかることだっていうのに、乱暴しようとするなんて許せないわっ！」

「こういうときは、年寄りが出て行って説得しないと！」

若いのか年寄りなのかはっきりとしないが、何とかしてくれるならこれほどありがたいことはない。

ひとまず安心した火吹き竜の頭上に、影が差した。

何事かと見上げれば、翼を持つ巨体が二つ浮いている。

ネジくれた角と黒い翼を持つグレーターデーモン。そして、通常の二回りは大きな体を持つ、竜だ。

火吹き竜は、言葉を失った。

一目見て、どちらも自分ではとても敵わないような力を持っていると分かる。

恐怖に固まっていると、二匹はゆっくりと地面に降りてきて、姿を魔法で変化させた。

角の生えた猫と、翼の付いた猫。その顔立ちは、どことなく目の前の猫に似ているようだった。

「おかぁちゃん、こんなとこで何してるの！」

「あらやだ、あんた達二匹して、どうしたのっ！」

「どうしたのじゃないよ！　まったく何考えてるんだかっ！　なんだよお見合いって！」

羽の生えた猫が、くどくどと文句を言っている。

もっとも、彼女はまったく聞いているそぶりもない。

「なに、アンタ羽の子にしゃべったの」

「喋ったのも何も。言わなかったら後で何言われるか分かんないし。ていうか、ホントになんでこんなところにいるんだよ。地元の火吹き竜にまで迷惑かけて。すみませんね、どうも」

「本当だよ！　うちの母親が迷惑をかけて申し訳ない、すぐに連れ帰りますから」

羽のある猫に頭を下げられ、火吹き竜は混乱しながらも頭を下げ返した。

もはや、何が起こっているのか訳が分からない。

「ああ、あなたがままにゃんの息子さんのっ！　初めまして！」

「貴様かっ！　おかあちゃんを召喚した人間はっ！　貴様のせいで私の兄弟はっ、ちょっと、おかぁちゃん！」

「はいはいはい！　その話は後でいいからっ！　それよりもちょっとアンタ達、お手伝いしていきなさいっ！」

「そうだねっ！　ままにゃんの息子さん達がいたほうが、話が早いかも！」

「いや、話が見えないんだけど！　一体どういうことだよおかぁちゃん！」

「どうもこうもないわよっ！　そこのお嬢さんの卵を守らなくちゃいけないんだからっ！　いいからお手伝いしなさいっ！」

母猫は、猫竜を引きずって歩き始めた。

その後ろを、アンネロッサとグレーターデーモンがついていく。

「じゃあ、町で話をつけてくるから！　卵のところに戻ってあげてねっ！」

言われて、火吹き竜は卵のことを思い出した。

今は何よりも、卵のことが優先だ。

火吹き竜はいささか混乱しながらも、羽を広げ、卵の元へと戻って行った。

町のギルドは、ひっくり返したような騒ぎになっていた。

大急ぎで人が集められる中、魔女とケットシーが現れる。

彼女らは、話があってやってきたと告げた。町の家畜を襲った、火吹き竜についてだとか。

まさに討伐に向かおうとしていたところだったので、冒険者ギルドは騒然となった。

火吹き竜に人間を襲う意思はなく、もう近づいてこない。

そのことは、魔女とケットシーが保証する、という。

何か問題があれば、必ず自分達が責任を持つ、とも。

訝しむギルド職員と冒険者達だったが、すぐ魔女とケットシーの正体に気が付いた。

魔法学校の校長も務めた、伝説の魔女と、その使い魔。

居並ぶグレーターデーモンと火吹き竜は、その息子達だ。

彼女らが保証すると言うのならば、是非もない。

この出来事は、多く残る「氷嵐の魔女」の逸話の一つとして、語り継がれることとなる。

魔法学校に戻ったアンネロッサと母猫は、食堂で昼食を楽しんでいた。

食堂のおばちゃん達との今日の話題は、息子達の見合い相手を探すために行った旅行の話だ。

「やっぱりなかなかいいお相手って見つからないわねぇー！　一匹はオスだったし、もう一匹はまさに子育ての真っ最中でしょっ！　うまくいかないものよねぇー！」

「なぁーにいってるのよっ！　お見合いなんて一回や二回でうまく行くわけないじゃないっ！」

「そうよっ！　私なんて十回はやったんだからっ！　おかげで今のダンナ捕まえたんだからっ！」

「あんたんところラブラブですもんねぇー！」

「そうよぉっ！　未だにラブラブでアツアツなんだからっ！　あっはっはっは！」

「そういうもんなのねぇー！　じゃあ、一回であきらめちゃダメねっ！　また今度探しに行かなくっちゃっ！」

「その意気、その意気っ！　勢いで行かなくっちゃっ！」

「まだまだ若いもんには負けてられないものっ！」

「ちょっと、あんまり興奮すると心臓止まっちゃうわよっ！」

「そうよねぇ、うちの近所の八百屋の旦那さんも、止まりかけてお医者にかかってたぐらいだしっ！」

「いやぁーねぇー！　もう若くないってことかしらっ！」

「もう、どっちなのよっ！」

恐らくこんな会話をグレーターデーモンと竜が聞いたら、頭を抱えることだろう。

勿論、アンネロッサも母猫も、そんなことは気にしない。

食堂にはこの日も、おばちゃん達のにぎやかな笑い声が響いていた。

騎士道猫生を振り返る

猫達が暮らす森近くにある、王城が建つ街。その街に住むハイブチは、いつものように散歩に出ていた。

暖かな陽気で、天気もいい。

日差しは強すぎず、風も穏やかに吹いていた。

上機嫌で散歩を楽しんでいたハイブチだったが、前から歩いてくる一匹と一人の姿を見つけ、ぎょっと目を見開いた。

慌てて、近くの生け垣の中に飛び込み、身をひそめる。

小さな氷のかけらを作り、それを生け垣の外へとそっと突き出す。

光の反射を利用して、相手のことをうかがうためだ。

やはり、思った通りの猫であった。

森に住む猫同士というのは、ほとんど敵対することはないが、苦手な相手がいないかといえば、そうでもない。

ハイブチの場合は、この猫がまさにそうだった。

相性が悪いということではなく、話をしていても面白いし、尊敬できる猫だと思う。

しかしながら、ハイブチにとって、実に困った癖のようなものがあった。

話し声が恐ろしく大きく、当猫にとって重要だと思うこと以外はすぐに忘れてしまうのだ。

街では普通の猫として暮らしているハイブチに、人通りの多い道のど真ん中で、人間の言葉を使い大音声で声をかけてくるのである。

なので、人の多いところでは、なるべく会いたくない猫なわけである。

「申し訳ない、トルクラルス老。不義理とは思いますが、これもお互いが気持ちよく暮らしていくためなのです」

心の中で詫びながら、ハイブチはトルクラルスが通り過ぎるのを待つことにした。

もっとも、トルクラルスとその友人は、驚くほど足が速い。

きっとすぐに通り過ぎてしまうだろう。

何しろこの一匹と一人は、引退したとはいえ、騎士であったのだ。

あの種の仕事をしている者は、どういうわけか大股で歩き、そのうえ異様に早い。

何かそういう訓練でも受けているのではないかと、ハイブチは思っている。

ここでハイブチは、不思議なことに気が付き、首を傾げた。

いつもならば、とっくに歩き去っていてもおかしくないのに、今日はまだ近づく気配がない。

恐る恐る警戒しながら様子をうかがって見て、ハイブチは愕然とした。

あの、常に胸を張って歩くトルクラルスとその友人が、とぼとぼ歩いていたのである。

もしこれが自分の目で見たことでなかったら、ハイブチは絶対に信じなかっただろう。

トルクラルスとその友人に元気がない姿よりも、ザリガニが空を飛んだとか、王城が巨大な人型ゴーレムに変わったとかいうほうが、まだ真実味がある。

ハイブチは驚きのあまり、ようやく自分の前に差し掛かった一匹と一人の姿を、見送ることしかできなかった。

🐾 🐾 🐾

トルクラルスの友人の名は、ゼバスタフという。

一般兵士の家の三男坊として生まれ、子供の頃から軍の訓練に明け暮れてきたような人物だ。

物心つく前から、見よう見まねで棒きれを振っていたというのだから、生粋といっていいだろう。

一人と一匹が出会ったのは、その頃だっただろうか。

ゼバスタフが棒きれを振る横で、トルクラルスは爪と尻尾を振っていた。

毎日毎日、くたくたになるまで体を動かしたものである。

軍に入隊してからは、盗賊退治や国境沿いでのいざこざなど、常に最前線に身を置いた。

戦いの中で頭角を現したトルクラルスとゼバスタフに、国王は騎士の称号を贈る。

歴史上、猫とその友人が共に騎士称号を賜ったのは、それが初めてであった。

というより、騎士称号を持つ猫というのは、トルクラルス以外にいない。

そして、この一人と一匹の名を国内外に知らしめたのは、魔王軍を名乗る輩との戦争であるだろう。

猫が住む森近くにある国は、直接魔王軍と戦うことはなかったが、魔王軍と戦う国に、物資を支援したのである。

軍隊などの行き来を制限するため、国と国の間には大きな道などなく、細い道ばかりというのが普通である。

なので、大量の荷物を運ぶ必要がある物資支援というのは、簡単ではない。

しかも途中に縄張りを張る盗賊などは勿論、魔王軍だって喉から手が出るほど物資を欲している。

大量の物資を抱え、細い道を進みながら、敵の襲撃に備える。

トルクラルスとゼバスタフは、志願してこの困難な任務に就き、何十回となく、物資を運び続けたのだ。

驚くべきは、襲撃を受けながらも、ただの一度も敵に荷物を奪われることもなく、破壊されることもなかったということだ。

この一人と一匹が守る荷物は、必ず王都から出たのと同じ数が、予定の日時通りに味方の陣地に到着する。

何より驚くのは、襲ってきた敵の大半をせん滅するか捕らえるかしてしまった、というところだろう。

奪えないどころかやられてしまうわけだから、敵にとってみれば踏んだり蹴ったりであり、味方にとって、これほど頼もしいことはない。

魔王軍が壊滅してから後、彼らは国王から特別な勲章を授けられる。

これは、魔王を討伐した英雄達が受けたものと、同じものであった。

一人と一匹の名は、英雄として、多くの人の心に残ることになったのだ。

既に隠居して久しいが、その名声は未だ様々な国にとどろいている。

そんな英雄であるところの一人と一匹が、まったく力のない様子でベンチに座っていた。

「やはり、引退してよかったのかもしれんのぉ」

「そうかもしれんなぁ」

ぽつりと呟いたトルクラルスの言葉に、ゼバスタフが頷いた。

普段の彼らを知る者が聞けば、他人の空似を疑うような言葉である。

隠居してから随分経つ一人と一匹だが、こんなに気を落としたのは初めてだった。

いや、兵士として働き始めてからのことを考えても、初めてだったかもしれない。

私生活は、実に順風満帆であり、不満はまったくない。

ゼバスタフの息子達は騎士として、あるいは兵士として、民と国のために頑張っている。

年長の孫の中には、もう兵士として働き始めている者もいた。

トルクラルスの子供達も、森や街で元気に過ごしている。

一人と一匹が気落ちしているのは、ほんの少し前にあったことが原因であった。

🐾 🐾 🐾

トルクラルスとゼバスタフは、大いに張り切ってこの日を迎えた。

引退してから月に一度か二度行っている、兵学校での訓練の日だったからだ。

騎士として名の知れたトルクラルスとセバスタフであったが、用兵家としても相当の実力を持っていた。

その実力を買われ、引退してからは、新兵教育のための講義を依頼されているのである。

語り草となっている一人と一匹の話を聞けるとあって、新兵だけでなく、現役の兵士が聞きに来ることもあった。

講義そのものも人気だが、多くの人がこぞって集まる理由は、その後に待っているものにある。

新兵を相手に、トルクラルスとゼバスタフが直々に手合わせをするのだ。

森に住む猫の英雄であるクロバネほどとは言わないまでも、それに近い実力を持つトルクラルスと戦うことができる機会というのは、大変に貴重だ。

騎士として円熟したゼバスタフの戦い方は、兵士のお手本である。

城壁のように強固な防御と、烈火のような激しい攻撃は、まさに練達の技といっていいだろう。

しかし、一人と一匹が気落ちしている原因は、まさにその手合わせにこそあったのだ。

「まさか、あれほど衰えておるとは思わなかった」

ゼバスタフが言うと、トルクラルスはため息交じりに前足の上にあごを置いた。

新兵との、手合わせのときのことである。

まずはゼバスタフが、新兵五人を剣と盾で叩きのめす。

ここでゼバスタフは、違和感を感じた。

ついで、同じくトルクラルスが、新兵五人を相手に、一方的に打ち負かす。

トルクラルスは、浮かない顔でゼバスタフを見た。

どちらも、同じようなものを感じていたのだ。

それを確かめるため、ゼバスタフとトルクラルスで、十人の新兵を同時に相手した。

あっという間に倒した後で、一人と一匹は愕然とした表情を浮かべる。

僅かに疲れを感じたからだ。

引退する前までは、重石を背負って練兵場を何週も走り、重量挙げや腕立て伏せ、その他にもいくつもの訓練を終えた後でも、ケロッとしていたものである。

それが、ほんの僅かな手合わせで疲れが出るとは。

いくら老いたとはいえ、そんなバカなことがあるだろうか。

一人と一匹はその事実を振り払わんと、何度も手合わせを行った。

途中から面倒になり、一度に二十人ほどと戦うことにする。

そのうち、新兵が全員動けなくなった。まあ、強かに全身を打ち据えたので、無理もなかろう。

仕方がないので、見学に来ていた現役の騎士や兵士を集めて戦うことにした。

流石に新兵よりは歯ごたえがあるが、少々鍛え方が足りないような気がする。

当然一度も負けずに全員を地に叩き伏せたのだが、問題はトルクラルスとゼバスタフのほうだ。

息が上がっていたのだ。

昔ならば、いや、少し前ならば、こんなことは絶対になかったはずなのだ。

トルクラルスとゼバスタフは、自分達がどっと老け込んでしまったような気がした。

「あの新兵達は、確か訓練課程で二年目だったか。座学も熱心だったし、やる気にも満ちあふれていたな」

「そうじゃのぉ。それに引き換え、ワシらと来たら」

「老いるというのは、こういうことなのかもしれん。我ながら、情けなくなってくる」

「ほんとうじゃのぉ」

一人と一匹は、がっくりと肩を落とした。

今日手合わせをした新兵や現役の騎士兵士達が聞いたら、言葉を失うだろう。

実際、王国中を見回しても、こんなことができるのは、両手の指で足りる数だけだ。

引退してなおその力を保っているのだから、むしろ誇るべきである。

だが、当の本人、本猫から見れば、まったく別だ。

全盛期の頃から比べれば、やはり衰えているといわざるを得ない。

当然トルクラルスもゼバスタフも、ある程度は覚悟していた。

しかしながら、それがここまで顕著だとは。

もはや自分も、老猫なのか。何だかがっかりした気持ちで、トルクラルスはため息を吐いた。

「月並みなセリフじゃが、歳は取りたくないものじゃのぉ」

「まったくだ。どうにもならないことだと分かってはいるんだが」

そんな風にぼやき合っている二人を、通りかかる人達は何事かと振り返る。

何方(いずかた)も小声で話しているつもりだが、思わず振り返ってしまうほどの大声なのだ。

それも、どちらも響き渡るような低く良い声である。

良い指揮官というのは、戦いの中でもよく聞こえ、なおかつ味方を安心させる声を持っているという。

その点、この一人と一匹は間違いなく才能に恵まれているといって良い。

ただ、そのせいか地声が少々大きく、内緒話などができない性質になっているのだが、その辺はご愛嬌といったところか。

「気のせいか、食欲もわかない気がするのだ」

「なんじゃ、ゼバスタフもか。わしもこう、アレが食べたい、これが食べたいという気分にならんのじゃよ」

「いかんな、トルクラルスよ。実にいかん」

「そうじゃのぉ。どうにかせんとのぉ」

どちらともなく、ため息が漏れる。

一人と一匹はしばらく愚痴り合った後、とぼとぼと自宅へと帰って行った。

🐾 🐾 🐾

ゼバスタフは、長男夫婦と同居していた。

孫も暮らしており、なかなかにぎやかだ。

帰ると、ゼバスタフの息子の嫁に、湯あみを勧められた。

別に汗などかいていないのだが、言葉に甘えることにした。

水場に行くと、人間用の大桶と猫用の桶に、乾いた清潔なタオルも二つ用意してあった。

非常によくできた嫁で、ゼバスタフだけでなくトルクラルスも大切に扱ってくれる。

桶に魔法で水をはり、温めるのはゼバスタフがやるのだが、慣れたものだ。

当人は魔法の扱いは苦手だと言っているが、トルクラルスの目から見てもなかなかのものである。

もっとも、トルクラルス自身、猫としては魔法が得意なほうではない。

尻尾よりは、爪と毛皮を鍛えてきていた。そのおかげか、歳は取ったが、体はしっかりしている。

勿論全盛期に比べれば随分落ちてしまったが、それでもこの歳にしてはましなほうだろうと自負している。

実際には、猫全体から見ても指折りの体格なのだが、若かった頃のトルクラルスは、小型のクマと間違われるほど隆々とした体格をしていた。

それはゼバスタフも同じで、並んで歩いているとさぞ往来の邪魔だっただろうと、トルクラルスは思っている。

お湯で体を流し、湯につかった。

毛皮からじわじわとしみ込んでくる温かさが気持ちよく、トルクラルスは思わず「にゃぁぁぁ」と鳴き声を漏らす。

となりでは、ゼバスタフも同じような野太い声で「はぁぁぁ」と目を細めていた。

猫にしては珍しく、ゼバスタフもトルクラルスは風呂を好んだ。

訓練をするための運動場というのは、得てして埃っぽいものである。

毛が短いトルクラルスでも、動き回れば埃まみれになってしまう。

家に入るとき、汚れたままではよろしくない。

始めはどうにも苦手だったのだが、慣れというのは恐ろしいものである。

お湯につかることの気持ちよさに気が付いてからは、こうして毎日湯につかっている。

しばらく温まって、湯から上がる。

タオルを魔法で浮かせ、毛皮の水気をとっていくのも、もはや、慣れたものである。

ゼバスタフのほうは、タオルの下に下着や部屋着も置いてあった。

人間というのは、服を脱ぎ着する必要がある。

面倒臭そうだとは思うが、良いところも多いとトルクラルスは思っていた。

何より良いのは、鎧だ。

騎士が着込む鎧というのは、人間特有のものである。

アレがどうにも羨ましくてたまらなかった。

ある程度稼ぎが増えてきて、ようやっとの思いで猫用の鎧を作ってもらったときには、しばらく抱きかかえて眠ったものである。

風呂から上がるのを見計らってか、食事の用意ができたと声がかかった。

さっそく、居間へと向かう。

待っていたのは、ゼバスタフの長男夫婦と、孫が二人。

テーブルの上には、食事が並んでいて、美味そうな匂いが漂っていた。

ゼバスタフの妻は、既にあちらに行ってしまっている。

トルクラルスの妻も、先に黄金の猫じゃらし畑へ向かってしまった。

つまるところ、どちらも、先立たれているわけである。

妻同士は、非常に仲が良かった。

出掛けるときや芝居を見に行くときなど、よく連れ立って行っていたものだ。

ゼバスタフもトルクラルスも、よく仕事で家を留守にしていた。

その分、妻同士でいることが多くなり、仲良くなったのだろう。

ただ、なにもあちらに行く時期まで近いというのは、少々仲が良すぎやしないだろうか。

どちらも、流行り病だった。

幸いだったのは、あまり苦しまずに行ったことだろうか。

ゼバスタフの長男夫婦には、子供が三人いる。

今いない一番上の子は、既に一人立ちしていた。

猫の友人を得て宮廷魔術師をしているのだが、騎士になりたいと直談判しているらしい。

次男のところの子供が騎士をしており、うらやましくて仕方ないと歯ぎしりしていた。

普通に考えれば、宮廷魔術師のほうがよほどなるのが難しいものなのだが、やはりゼバスタフの血のせいだろうか。

あるいは、騎士の素晴らしさを、トルクラルスが小さいころから散々語って聞かせたからかもしれない。

「おじいちゃん達、どうしたの？」

ぼんやりとしていたら、ゼバスタフの孫が心配した様子で声をかけてきた。

どうやら、食事の量が少ないのに気が付かれたらしい。

「まだ、二回しかおかわりしてないよ。いつもはもう一、二回はするのに」

「そうだな。まあ、こんな日もある」

「そうじゃのぉ。あまり食べすぎるのも、体に良くないというしのぉ」

らしからぬトルクラルスとゼバスタフの言葉に、家族は驚いているようだ。

いつもは、ゼバスタフは人の三倍、トルクラルスは猫の三倍食べるのだが、今日は精々二倍ずつ程度である。

ゼバスタフの長男が、不思議そうに首を傾げる。

「なんだ父さん達、具合でも悪いのか？　また練兵場で無茶苦茶してきたって聞いたけど」

「なに、無茶苦茶って」

一番下の孫が、期待に満ちた顔をしている。

「なんでも、生徒を全員叩きのめした後、それでも飽き足らずに現役連中までしばらく立ち上がれなくなるまで扱いたらしい。知り合いがその場に居合わせたんだが、生きた心地がしなかったと言っていたぞ」

「すごぉーい！　流石おじいちゃん達だぁー！」

孫にキラキラとした目を向けられ、トルクラルスもゼバスタフも、苦笑を浮かべる。

随分と大げさな言われようだと、どちらも思っているのだ。

ただ、実際のところその知人は「殺されるかと思った」と言っており、息子は随分覆い隠した言い方をしていた。

本当のことを言えば、「あの程度でそんなことを言うとは、たるんでいる」とお説教が始まりそうだと思ってのことだったのだが、どうも今日はそういった様子がまったく見えない。

どうやら息子の妻もそう思っていたらしく、二人で顔を見合わせる。

「なに、大したことはしていない。大体、私達が若い頃は、もっと厳しくしごかれたものだ。なぁ、トルクラルス」

「まったくじゃ。あれで音を上げるようではとても騎士や兵士なんぞつとまらんじゃろう」

この老人と老猫についていけるのは、国の中でも一握りだろうと思ったが、息子は黙っておいた。

そういうお前も鍛え方が足りないなどと目を付けられた日には、たまったものではない。

何にしても、この友人同士に元気がないのは、明らかである。

いい機会かもしれない。

息子は前々から妻と話していたことを、勧めてみることにした。

「そういえば父さん達、保養地に行ったことって、なかったよな」

王都から程近い、温泉地のことである。

怪我をした兵士などが休むための施設があるのだが、最近では観光地としても売り出しているそうだ。

トルクラルスもゼバスタフも、体はずば抜けて丈夫だったので、そこへは一度も行ったことがない。

「まあ、そうだな。そもそも、私用で遠出などしなかったものだし」

「騎士じゃったからのぉ。王都からも離れられんものじゃし」

万が一敵が現れれば、真っ先に駆け付けなければならないのが騎士や兵士である。

いざという時に、旅行へ行って来られないでは、目も当てられない。

なるだけ遠くへは行かず、いつあるか分からない召集のために待機するのも、仕事の一つというわけだ。

「実は、魔法研究所に行っている知人が、この間そこに旅行に行ってきたらしくてな。なかなかよかったらしいよ」

「旅行か」

「旅行のぉ」

「湖の近くだから景色もいいし、新鮮な魚やなんかも美味いそうでな。温泉も気持ちよかったらしいよ」

「魚な」

「温泉のぉ」

どうも、気のない返事である。

少し元気がなさそうだとは思ったが、これは思ったよりも悪いのかもしれない。

ゼバスタフの長男とその妻は、少し心配した面持ちで顔を見合わせた。

🐾 🐾 🐾

保養地へ向かう道を、トルクラルスとゼバスタフは意気揚々と歩いていた。

ゼバスタフの背中には、大荷物が。トルクラルスも、魔法で浮かせた同じぐらいの荷物を運んでいる。

空には雲も少なく、適度な風も吹いていて、心地よい。

絶好の旅日和という奴だろう。

ゼバスタフの息子から保養地のことを聞いたのは、昨日のことである。

その後すぐに旅支度を始めて、翌朝の夜明けを待って出発した。

決定から行動へ移す速さは、訓練の賜物である。

気のない風の返事はしたものの、保養地というのにトルクラルスもゼバスタフも興味津々であったのだ。

そもそも、いつか旅などもしてみたい、という話をしたこともあった。

任務では様々な場所をめぐったもので、ほぼ国中に行ったことがあるかもしれない。

思い出したのだが、そういえば件の保養地にも行ったことがあった。

任務で行っただけであったから、場所の印象がほとんど残っていなかったのだ。

確か、当時の王女様の護衛だったはずである。

簡単な任務かと思いきや、王女様を攫おうとするとんでもない愚か者集団が現れて、大変な騒ぎになった。

実行に移される前に、トルクラルスとゼバスタフが連中のねぐらに乗り込み、一網打尽にしたのだ。

あの時は景色を楽しむ余裕などなかったが、記憶をたどれば、風光明媚な場所だったような気が、しないでもない。

改めて遊びに行ってみたいものだ、と任務の帰り道に話していたのを、息子の話を聞いて思い出した。

ならば早いほうがいいと、こうして旅だったわけである。

「なぁ、トルクラルス！　風が、花の香りを運んでくれているぞ！　実に気分がいいな！」

「ほんにのぉ！　しかし、何度も通った道じゃが、行軍をしておるときとは気持ちが違うものじゃな！」

「装束を着て歩くというのも気が引き締まる思いがしたものだが、こうして遊びに行こうと歩くというのもなかなか乙ではないか！」

「こんなことならば、もっと早くこういうことをしてもよかったかもしれんのぉ！」

「違いない！　はっはっは！」

「ぬぅわっはっはっは！」

トルクラルスもゼバスタフも、すっかりいつもの調子を取り戻していた。

保養地へは、健脚な若者が歩いて、三日ほどかかるらしい。

途中に村などもあるので、そこで宿をとればいいだろう。

もしなかったとしても、野宿をすればいい。

騎士稼業が長かったトルクラルスとゼバスタフは、野宿もお手の物だ。

息子夫婦は、乗合馬車を勧めてきたが、トルクラルスもゼバスタフも、そんなものは必要ないと突っぱねた。

トルクラルスもゼバスタフも、若い頃は歩き走り、時に這いずって体を鍛えた。

そんなことを続けてきたのだから、足腰はまだまだ衰えてなどいない。

実際、並足で進んでいる馬車なども、追い越してきていた。

これが存外、気分がいい。

疲れなどはまったく感じなかった。

むしろ、歩くごとに元気が湧いてくる気がする。

トルクラルスとゼバスタフは、保養地へ向け勢い良く歩き続けた。

🐾 🐾 🐾

保養地へは三日後の夕方少し前頃につく予定だったのだが、到着したのは旅立って二日目の昼頃であった。

乗合馬車で来るのと、ほとんど変わらない速さである。

途中、野宿をしたのだが、これが存外楽しかった。

お互いの子供の頃の話などもして、何やら若返った気分である。

さて、保養地は、元々は湖の近くにできた小さな漁村だったという。

近くに温泉が湧いていたのだが、当時の領主がそれに目を付け、開発を進めた。

最初の頃は、傷病者を受け入れるばかりだったらしいが、景色の良さなどを利用して、徐々に観光客なども増やしていったのだそうだ。

王都から比較的近いのも、良かったのだろう。

馬車を使って一日程度の移動ならば、行楽旅行にはちょうどいい。

さっそく、保養地となっている村に入ることにする。

入口に関所が作られていて、そこで通行税を払った。

それなりの規模の街では、こういったものを作るのは珍しくなく、金額は、かなり良心的なものであった。

勿論トルクラルスも、人間と同じ税を納める。

兵士は「猫には必要ない」などと言っていたが、そこは老いさらばえたとはいえ、元騎士としての矜持が許さないので、無理矢理受け取らせて、村の中へ入っていく。

さっそく観光を、としゃれ込みたいが、まずはゼバスタフの息子が紹介してくれた宿に向かうことにする。

村は、湖と山に挟まれている。

平地は少ないが、すぐにある山の斜面を少し登れば、湖が一望できる。

青々とした植物と、美しい湖面が、実に良い景色を作っていた。

紹介された宿は、村の中央から離れた、山の中にある。

といっても、坂をちょっと上ったぐらいの場所で、軽い散歩程度の距離である。

歩いていると、そこかしこから温泉の湯気が上がっているのが見えた。

いくつも宿が立っていて、比較的新しく見えるものも多い。

観光客と思われる人出も多く、驚くことに子供や年寄りの姿まで見受けられた。

乗合馬車などを使えば、そういった人達でも旅行が楽しめるのだろう。

そんなことを考えながら歩いていると、目当ての宿が見えてきた。

古い建物のようだが、一目見て隅々まで手入れが行き届いていることが分かる。

この場合、古いことは悪い点にはならず、むしろ趣となって旅情をわき起こさせる。

中を訪ねると、すぐに従業員が出てきた。

実に丁寧な態度で、愛想もいい。

ここに泊まることにして、受付をすることにした。

トルクラルスとゼバスタフの名前を告げ、身分の証になるメダルを提示する。魔王軍が滅んだときに、当時の国王陛下から頂いた特別な品だ。

それを見た従業員は、大変に驚いた様子だった。この一人と一匹のことを、聞き及んでいたようである。

だが、すぐに落ち着きを取り戻し、それまで通りの恭しい態度に戻った。

なかなかできることではないと、トルクラルスは感心する。

王城で従者として働いていても、おかしくないのではなかろうか。

トルクラルスに対する態度も、立派なものである。

王都から離れると、森に住む猫を見かけることはほとんどない。

にもかかわらず、トルクラルスがしゃべっているのを見ても、驚いた表情一つ浮かべなかった。

しゃべる猫よりも、トルクラルスとゼバスタフの素性を知ったときのほうが驚いたわけだが、なぜだったのだろう。

不思議に思ったトルクラルスだったが、わざわざ聞くようなことでもない。

さっそく、部屋へ案内されることになった。

用意されたのは、離れの建物である。

周囲は木々で巧みに目隠しをされており、まるで森の中にぽつんと一軒だけ立っているように見えた。

実際、他の建物とはそれなりに離れているようで、周りは静寂に包まれている。

何とも贅沢(ぜいたく)なことに、この建物一軒が、そのまま一つの客室になっているという。

どうやらこの宿は、こういった趣向の部屋を売りにした宿らしい。

部屋の中は凝った造りになっている。

豪華すぎず、日常から離れたような、それでいながらゆったりとした不思議な雰囲気だ。

従業員に促されて、部屋の大窓を開け、外へ出る。

何とそこには、石造りの湯舟があるではないか。大人三人はゆったりとつかれるだろう程に広い。

乳白色のお湯は、温泉だという。

宿の部屋には、それぞれ温泉がひいてあるらしい。

何と贅沢なことだろう。

周りを見回して、さらに驚いた。

木々の目隠しで見通せなくなっているのが、一箇所だけ開けた場所がある。

そこから広がるのは、村と湖を眼下に見下ろす景色だったのだ。

まさに、絶景である。

従業員が言うには、この宿には大浴場がない代わり、部屋一つ一つに温泉を設置しており、それぞれにこの眺望が望めるのだとか。

温泉につかりながら、景色と冷えたハチミツ酒を楽しむのが、おすすめだとのことだ。

そこで、従業員が、トルクラルス様には、タルタの実のジュースなどいかがでしょうか、と聞いてきた。

タルタの実という言葉に、トルクラルスは大いに驚いた。

それは、マタタビの仲間の植物で、人間にとってもおいしい果実の生る植物なのだ。

王都よりも暖かい地域でしか育たず、王城でも僅かに温室で栽培している程度の貴重な植物である。

なぜ、ここでそんなものが作れるのか。

聞いてみると、実はこの村には、領主の指示で作られた温泉を利用した特別な温室があり、そこで栽培された果物は、周辺の宿に優先して卸されるらしい。

温室を作る際には、王城の植物研究者と、その友人である猫も協力しており、その猫が、「もし猫が来ることがあれば、実をジュースにして出すと喜ぶはずだ」と言い残したのだという。

恐らくその猫は、王城に勤めるトキツゲソウという猫だろう。

トルクラルスも、よく知った猫である。

これで、従業員がしゃべる猫に驚かなかった理由が分かった。

しかし、そのタルタの実のジュースというのは、興味をそそられる。

食べたことがあるのだが、実に瑞々しく、甘く、ほのかに酸味があり、驚くほど美味かった。

それでいて、マタタビを齧ったときのような気分を味わえる、不思議な果実なのだ。

すぐにでも温泉とジュースを楽しみたいところだが、ぐっと堪える。

まずは荷物を置いて、村の中を散策するのが先。

然る後、夕方ごろ戻って温泉につかり、その後ゆっくりと宿の料理を頂く。

ここの宿は、料理も自慢だという。

目の前の湖で取れたものに、後ろにある山で取れたもののどちらもをふんだんに使い、お抱えの料理人が作り上げる。

考えただけで、よだれが出てきそうだ。

どうやらそれはゼバスタフも同じようで、口をもごもごさせている。

そういえば、まだ昼食を食べていなかった。来たばかりだから、宿に用意してもらうのも難しいだろう。

どこかおすすめの店はあるか、と従業員に尋ねると、少し考えるしぐさを見せた。

返ってきたのは、意外な答えである。

この村には、観光客相手の食べ歩きしやすい料理を売る店や屋台が多い。

そういったものを買い求め、景色を見ながら食べ歩いてみてはどうか、というのだ。

なかなか面白そうな提案である。

トルクラルスとゼバスタフは、その提案を採用することにした。

🐾🐾🐾

丁度盛りの時期らしく、村の中でもそこかしこに花が咲いている。

美しい色合いで、目にも鮮やかだ。

トルクラルスもゼバスタフも、花の名前などまったく分からないが、花を見ること自体は、嫌いではなかった。

甘い香りが、一面に立ち込めているようだ。

トルクラルスが歩いていると、ちょうど顔か、その上辺りに花が来る。

「景色もいいが、良い香りだな」

一度深呼吸をして、ゼバスタフがしみじみと言う。

どうやら、人間の顔の高さでも感じられるほど、匂いが強いらしい。

開けた通りにやってくると、沢山の屋台が出ていた。

どんなものがあるのかと、歩きながら一通り見てみることにした。

驚いたことに、甘い菓子を売っている店が多かった。砂糖が高価なので、甘いものというのは、大抵高級なものである。

なので、甘い菓子というのはしっかりとした店を構えていることが多いのだが、どういうことだろうと首を傾げていると、ゼバスタフが声をかけてきた。

「これが理由か」

ゼバスタフが指さした方向にあったのは、看板である。

観光客向けに作られたようで、絵なども織り交ぜ、かわいらしい見た目になっていた。

猫であるトルクラルスだが、同時に元騎士でもある。

当然の教養として、人間の文字を読むことができた。

それを読んで、なるほどそれで甘いものが多いのか、と納得する。

屋台で売っている菓子に使われているのは、この村で作られるハチミツであるという。

村の山側に、ハチ飼い用の巣箱がいくつも設置してあり、ハチ達が、湖沿いや村の中にある花から蜜を集める。

村の名産である果物などの受粉にも、ハチ達は役立っているようだ。

甘い菓子に使うものといえば、トルクラルスが思い浮かぶのは砂糖程度しかなかった。

だが、考えてみれば、ハチミツや果物を使っても、十二分に甘いものは作れるのだ。

「水が豊富だからこそ、多くの花が育てられるのだろうな」

「そうじゃのぉ。植物を育てるのに、水場は必須じゃて」

「湖に花を植えれば、観光の名所にもなる。それを利用してハチミツを作り、集まってきた観光客に売る、か」

「果樹も作っておるようじゃし、そっちもよく育つじゃろ。人間というのはまったく賢いものじゃのぉ」

トルクラルスもゼバスタフも、感心しきりである。

そこかしこに見られる植物は、どれもさわやかな香りが匂い立つほどに元気がいい。水もあり、土地も健康、そのうえ温泉まで湧いている。

なるほどこの村をただの漁村のままにしておくというのは、いかにももったいない。あるいはそれを見出した領主が、慧眼の持ち主だったのだろう。

折角なので、屋台で売られている菓子を食べることにした。

幸い、トルクラルスは甘いものが嫌いではない。

ゼバスタフも、甘いものは好きだった。

任務の途中などに木の実などを見つけると、美味そうに食べていたものである。

とりあえず、目についた店の菓子を食べてみることにした。

袋状になったパンに、何かを詰めて、火であぶり、温めているようだ。

中に詰めているのは、何とはちみつ漬けにした果物だという。

香ばしいパンの焼ける匂い。

そのパンに包まれて温まり、はちみつ漬けからふわりと甘い匂いが漂ってくる。

作っている匂いに誘われたのか、歩いていた観光客達が振り返っていた。

匂いで客を釣っているわけだ。

出来上がったものを、魔法で浮かせて受け取る。

ゼバスタフに渡されたほうには持ちやすいよう紙が添えられているが、トルクラルスには不要だ。

少々行儀が悪いが、歩きながら食べることにした。

トルクラルスは猫ではあるが、猫舌ではない。

出来立てのところに、かぶりつく。

ちょっと固めのパンに、ハチミツがしっかりとしみている。

ハチミツは、ほのかに果実のような香りがする。漬け込んだ果物の香りが付いているのだろう。

柑橘類と思われるものや、とろけるような甘さまで、様々な種類の甘みが舌の上で踊る。

果物の果肉は濃厚で、まとわりつくような甘さを、パンがぬぐい取って喉に落としていってくれる。

このパンは、食べやすくするためだけのものではないのだ。

気が付くと、すっかり食べ終えてしまっていた。

あっという間である。

ゼバスタフのほうも、同じようだった。

もう少し、甘いものが食べたい。

考えてみれば、こうして看板まで用意しているということは、この土地の者達はハチミツを使った菓子を名物にしようとしているに違いない。

その土地に来て名物を食べないというのは、礼儀正しいとは言えないだろう。

元とはいえ、トルクラルスは騎士である。

そんな礼儀に反することをして、良いわけがない。

無論、それは友人であるゼバスタフとて同じ気持ちなはずだ。

一人と一匹は、お互いの顔を見て頷き合った。

もう永く一緒にいる仲である。

言葉に出さずとも、この程度のことは通じ合えるのだ。

🐾 🐾 🐾

結局、あの後さらに五つほど菓子を食べたところで、トルクラルスは、はたと気が付いた。

まだ昼食らしいものを、食べていない。

すっかりハチミツを使った菓子だけで、腹がくちくなってしまった。

甘いものは、満足感を強く感じられる。

合計で六つも食べれば、腹にも溜まろうというものだ。

今から昼食を食べる気にはならず、それはゼバスタフも同じようで、昼食は菓子だけということにする。

体によろしいとは言えないだろうが、どうせ旅に来たのだ。

少々いつもと違うことをしてもいい。

歩いていると、村の案内地図があるのを見つけた。

観光客が多そうなところにいくつも立てられており、現在地などの印も付けられていて、自分の居場所を確認するのにも都合がいい。

地図を見ると、今いる場所の近くに港があるようだ。

上手くすれば、魚の水揚げでも見られるかもしれない。

トルクラルスとゼバスタフは、さっそく行ってみることにした。

🐾 🐾 🐾

残念ながら、港には漁の道具を直している漁師の姿などがあるだけで、すっかり片付けがされていた。

それでも、知らない土地の港というのは、見ているだけでも面白い。

あちこち見て歩いていると、隅で酒盛りをしている人を見つけた。

どうやら、漁を終えた漁師達が、ここで一杯やっているらしい。

驚いたことに、その中に一人見知った顔があった。

まだ現役の頃、部下だった男だ。

当時はまだ兵士になったばかりの若者だったが、今はすっかり貫禄が出ている。

「将軍！　隊長も！　なんでここに！　まさか、観光ですか？」

そうだと答えると、ぽかんと口を開けて驚いている。

まるで、猫竜が人間好きになった、とでも聞いたような顔だ。

自分達が観光旅行をするのは、そんなに仰天するようなことなのか。

いささか釈然としないが、仕方ないかもしれない。

何しろ観光目的の旅行をするなど、これが初めてなのだ。

ちなみに、将軍というのはゼバスタフで、隊長というのは、トルクラルスのことである。

魔王軍と戦う国へ物資を移送する任務には部隊がいくつか用意されており、ゼバスタフは全体の指揮をするために、名目上、将軍という扱いになっていたのだ。

トルクラルスは、その筆頭補佐役であり、部隊の一つを任されていた。

随分無茶もしたし、部下もこき使ったものである。

部下には嫌われていると思っていたが、一応会えば嬉しそうな顔はしてくれるらしい。

「アイザックか！　懐かしいな」

「なんじゃね、お前、漁師になったのかのぉ」

部下だった男、アイザックは、髪の毛を短く刈り込み、がっしりとした体格をしている。顔も角ばっていて、新兵時代からよく日に焼けていたので、「漁師だ」と言われれば、そう見えなくもない。

この男が転職先として選ぶのは正解といえるだろう。

だが、どうもそういうことではないらしい。

漁師達に、聞き込みをしていたのだという。

仕事終わりの彼らは丁度酒を飲んでいたところで、流れで一緒に飲むことになったのだそうだ。

まだ仕事中だろうに何てことを、とは思わない。

村の中を歩いて情報を集めるといったことも、兵士の仕事には必要な場合もある。

勿論トルクラルスも、やったことがあった。猫であるというのは、そういう仕事をするときは非常に有利だ。

少なくともこの国では、ケットシーを無下に扱う人間はいない。聞き込みなどをするとき、最初は驚かれても、必ず協力的な態度をとってくれた。

対してゼバスタフのほうはといえば、そういった仕事は苦手だったものである。

何しろ、若い頃からガタイが良く、顔も非常に厳めしかった。

子供には泣かれるし、女には怖がられる。

そういった仕事を言い渡されると、よくトルクラルスが手伝ったものだった。

とにかく、聞き込みというのはいかに相手の懐に飛び込むかが重要であり、多少酒に付き合うだけで円滑に行えるのであれば、呑まない理由はないだろう。

それにしても、ここにいるということは、今はこの土地で兵士か何かとして働いている、ということだろうか。

聞いてみると、やはり今は領主のもとで治安維持のための隊を率いる隊長になっているという。

平和な時期には、国の兵士が領主に引き抜かれることが、時たまある。

よほど優秀でなければそうそうある話ではないが、アイザックは当時から優秀な男であったので、納得もできる話である。

それにしても、一体何の聞き込みをしているのか。

とりあえず聞いてみると、特に機密でもなかったようで、あっさり教えてくれた。

最近、村の中を、観光客に紛れて怪しい連中が歩き回っているらしい。

どうも随分前から目撃情報があったようで、妙なことになる前に調べてみたほうがいいだろう、というようなことらしい。

自分達も村の中を歩いてきたから、もしかしたら目撃しているかもしれない。

男の特徴を聞いてみると、やはり心当たりがあった。

菓子を食べ歩いているときに、見かけた男だ。

観光客の多い中を歩いていたが、人ごみに紛れて、目立たないように歩いている、という印象で、一人ではなく、他にも何人か連れているようだった。

どうにも気になったので後をつけようかとも思ったのだが、既に引退した身の上である。

それに、貴族が管理する領地の中で、勝手に動くこともできない。

まあ、何か問題を起こせば、すぐに捕まるだろう。

そんなことを考えながら男のほうを見ていたら、ふと目が合う。

すると、男はさっと眼をそらし、人ごみの中に消えてしまった。

話を聞いたアイザックは、それもしょうがないだろう、と失礼なことを言う。

そんな物騒なものを持った強面と猫に睨まれたら、誰だって逃げ出す、と言うのだ。

ゼバスタフは、腰に剣を下げており、トルクラルスは、楕円形のボールのような、一見奇妙な形のものを魔法で浮かせて持ち歩いていた。

元とはいえ、トルクラルスもゼバスタフも、騎士である。

それが戦うためのものを持ち歩いているさまを見て、物騒とは何事か。

騎士とは民と国を守る存在であり、物騒などという言葉とは対極にいなければならないのだ。

ゼバスタフも、憮然(ぶぜん)とした様子である。

一つ説教でもしてやろうかと勢い込んだが、アイザックは慌てた様子で言いつくろった。

「見ただけでは、一般人に騎士かどうかなんて見分けはつかないですよ」

言われてみれば、その通りである。

トルクラルスの外見は、極々普通の猫であった。

同じ猫や、あるいは人間で戦いに慣れ親しんだ者でもなければ、トルクラルスの武威を見抜くことは難しいだろう。

ゼバスタフのほうは、いかにも迫力のある顔立ちと上背のあるがっしりとした体格であるから、恐ろしさは振りまいている。

ただ騎士というよりかは、冒険者や盗賊など荒くれモノと呼ばれる部類に近いかもしれない。

なるほど確かに、荒事に縁のない人間から見れば、物騒な連中にしか見えないだろう。

それにしても、街の治安組織間で動いているというのは、いかにも穏やかではない。

何かその男について、気になることでもあるのだろうか。

「いえ、特に根拠があるわけではないんですが。言ってみれば、勘と言うやつでしょうか」

この勘というやつは、案外バカにできないとトルクラルスは思っている。

経験からくる、言語化できない違和感が、勘という形で表れることは、意外に多い。

トルクラルスも、勘というやつに随分助けられた口である。

アイザックと話し込んでいると、漁師達が興味を持ったらしい。

「なんだい、隊長さんの知り合いかい？」

「その人はなぁ！　すごいんだぞぉ、爺さん！　王都からご領主様に引き抜かれてきたんだ！」

どうやらアイザックは、随分慕われているらしい。

慌てた様子で、元上司だとアイザックが説明している。

なかなか面白い光景だが、あまり仕事の邪魔をするのも悪いだろう。

トルクラルスとゼバスタフは、宿に戻ることにした。

日のあるうちに温泉につかり、夕食を食べなければならない。

宿に戻ると伝えると、アイザックと漁師達が良いことを教えてくれた。

今は、この湖の名物になっている魚の漁期なのだそうだ。

夜明け前から漁が始まり、日が昇って少し経つ頃には、港に漁船が戻ってくる。

人の身の丈の半分ほどもある大きな魚だそうで、水揚げの様子は壮観だという。

また、観光客相手に、その場でその魚を料理するような屋台も出ているのだそうだ。

これはいいことを聞いた。

そんな大きな魚の水揚げというのは、なかなか見ごたえがありそうである。明日は少し早起きして、港へ来ることにしよう。

そう決めると、トルクラルスとゼバスタフは、軽い足取りで港を後にした。

🐾 🐾 🐾

宿に戻ると、夕食はいつ頃がいいかと聞かれたので、とりあえず温泉につかりたいので、その後にしたいと頼む。

それならば、上がってくるまでに料理を用意しておきます、と返ってきた。

料理は、部屋に持ってきてくれるらしい。

温泉につかり、出てきたらすぐに食事ができる。

何とも贅沢な話ではないか。

いや、考えてみれば、自宅でも似たようなことはしているのだ。

出かけて夕食前頃に帰ってくれれば、まず風呂に入る支度がしてある。

上がってくれれば、食事の準備は万全ということがほとんどだ。

他のことにつけても、ゼバスタフの息子の嫁は本当に大切に扱ってくれている。

少々息子にはもったいなかったのではないか、という気がしてくるほどだ。

そんなことを考えていて、はたとある考えが頭に浮かぶ。

「のぉ、ゼバスタフよ。エリティアさんと孫に土産の一つも買って帰らんとなるまいのぉ」

「土産？　土産か！　そうか、観光なのだから、そういったものも買って帰らなければな」

任務であちこち飛び回っていた頃には、考えもしなかったことである。

そういえば、屋台の菓子を食べ歩いているとき、土産物を扱っている店も多く見かけた。

明日の昼間は、そういったものを見て回るのも悪くない。

あれこれと一人と一匹で話しながら、温泉に入る支度をする。

支度といっても、用意するものはほとんどない。宿側が、タオルなどを用意してくれている。

ゼバスタフには、寝間着まで準備されていた。

驚いたことに、これがしっかりとゼバスタフの体型にあっている。

上背もあり、ガタイもいいので、吊るしの服で丁度いい大きさのものは、めったにない。

しっかりと、様々な大きさのものを用意してあるのだろう。

実に行き届いたことである。

脱衣所をくぐり、風呂場へ出た。変わった造りで、地面に穴を掘り、周りと底に岩を並べて固めている。

岩風呂というのだそうで、この辺りでは一般的な造りらしい。

普通、風呂というのは一般的な家庭ではめったに作れるものではないので、大桶などに水を張って風呂代わりにすることがほとんどだ。

ゼバスタフの家でも、そういったものを使っている。

そもそも、たっぷりとお湯を使うというのは、それだけで贅沢なのだ。

魔法で用意するのならばともかく、湯を沸かすには普通、薪が大量に必要になる。

裕福な貴族か王族、あるいは金のある商人か、自前で湯を用意できる魔法使いでもない限り、毎日湯船につかることなどできるものではない。

天然の石がむき出しになったような浴槽を感心しながら眺めていると、脱衣を終えたゼバスタフが後ろからやってきた。

人間というのは、服の脱ぎ着に時間がかかるのだ。

さっそく湯に飛び込んでしまいたいが、まずは我慢である。

温泉を楽しむにはそれなりの流儀があるのだと、例の従業員がそれとなく教えてくれていた。

なるほど、頷ける話である。湯の上に毛などが浮いていたら、せっかく温泉を楽しんでいる気分が台無しだ。

なので、まず体を洗う。

洗い場というのが温泉のわきに用意してあって、そこに清潔な桶が置いてあった。

桶で岩風呂から温泉の湯を掬い、体にかける。

ほどよく、実に気持ちの良い温かさだ。

ついで、石鹸で体をこする。

何と驚いたことに、この宿では石鹸まで用意してくれてあった。

しかも、村で作ったハチミツを使ったものだという。恐ろしいほどの贅沢品である。

きちんと一度に使う分量の、小さなものを用意してくれているのも嬉しい。

しっかりと体になじませてから、魔法で浮かせたブラシで体をこする。

これも宿が用意してくれたもので、木製で毛皮触りが優しく、心地よい。

トルクラルスは、あまり人間にわしゃわしゃと触られるのが好きではなかった。

若い時分からそうで、特に人間のオスに撫でられたりすると、何とも複雑な気持ちになったものである。

ならメスは、といえば、こちらもこそばゆいような恥ずかしさで、何とも落ち着かなくなるのだ。

ただ、撫でられている感触自体は、嫌いではなかった。このブラシは、何となくそれに近い気がする。

先が丸めた木で作られているからか、毛皮の上からぐいぐいと押し込まれるような刺激があるのが、またいい。

ゼバスタフのほうは、タオルで体を力強くこすっている。

人間は身体に毛がなく、皮だけなので、布などで体をこするわけだ。

しっかりと汚れを落としたところで、湯で身体を流す。

先ほどと同じお湯のはずなのだが、「おや?」っと思うほど心地よさが違う。

まるで、毛皮から何かしら身体に良いものが、流れ込んでくるような気分だ。

体の汚れを落としたからだろうか。

驚いて前足を上げてじっと見てみると、甘やかな香りに驚く。

ハチミツ石鹸の良い匂いが、毛皮から漂ってくるのだ。

オス猫と年寄り特有の臭さのようなものがあったはずだが、見事に隠してくれている。

ゼバスタフも気が付いたようで、腕やら肩やらの匂いを嗅いでいた。

「詰所の兵士や騎士をまとめてこれで洗えば、少しは居心地が良くなるかもしれん」

「ほんにのぉ。アイツら驚くぐらい臭いもののぉ」

騎士や兵士の詰所というのは、驚くぐらい臭い。

ずっとそこにいたときは鼻が慣れるせいか気にもならなかったが、引退してからたまに顔を出すと、建物ごと風呂に入ってこい、と言いたくなってしまう。

すっきりときれいになったところで、いよいよ湯を楽しむ。

ここで慌てて、飛び込むような真似をしてはいけない。

前足から、じっくりと湯に入っていく。

人間が首までお湯につかれるほど深いのだが、一部だけ四角い岩を置いて、浅くしている場所があった。

本来は人間が腰を掛け、上半身を湯から出して涼むための場所なのだそうだが、トルクラルスにとっては丁度いい深さだ。

前足、後ろ足と湯に入り、ゆっくりと体を湯に沈めていく。

トルクラルスは一瞬、自分は死んだのではないかと思った。

天にも昇るような、などという言い回しをすることがあるが、これがまさにそれだ。

これが温泉というものの力だというのだろうか。

「にゃぁあああ」

誰か他の猫が妙な声を出していると思ったが、それはトルクラルス自身の声であった。

快感で、我知らず声が出たのだ。

「おあぁあああ」

ゼバスタフのほうも同じような気分らしい。地響きのような、奇怪な声を漏らしている。

無理からぬことだろう。

何しろ、これほど気持ちがいいのだ。

しばらくは何も考えられず、ぼんやりと湯につかることにする。

いくらか時間がたってから、トルクラルスははっと大切なことを思い出した。

宿の従業員が用意してくれた、飲み物の存在を忘れていたのだ。

脱衣所との出入り口わきにある、机の上に置いてある。

湯から出難いので、魔法を使って引き寄せ、ゼバスタフのほうにも、渡してやる。

トルクラルスの飲み物は、タルタの実で作ったジュース。

人間の手のひら程度の大きさの深皿に注がれており、何と氷が一欠けら浮いていた。

ゼバスタスのほうは、ハチミツ酒である。

木製のコップに入っていて、こちらにもやはり氷が浮いている。

氷のために、魔法使いでも雇っているのだろうか。

まずは、一舐め。

温泉につかりながら冷たいものを飲むというのを初めて思いついた者は、天才である。

後退しながら戦い相手を包囲に誘い込む、というかの名将が考案したという戦術に、勝

ると も劣らない発明だ。
少し少なめに感じるこの飲み物の量は、計算されたものなのだろう。
これ以上あると、湯の中でゆっくりしすぎてしまい、湯あたりを起こすはずだ。
ちらりとゼバスタフのほうを見れば、もう顔が赤くなっていた。
酒には強い部類に入るゼバスタフでも、温まりながらだと回りが早いらしい。
これは、早く上がったほうがいいだろうか。
そう思いはするものの、これはあまりに心地よすぎる。
「早くあがらんと、のぼせるかもしれんのぉ」
「そうだな。あまり体にはよくないかもしれん」
どちらもそんなことを言いながらも、体は一向に動く気配がない。
一人と一匹は、しばし無言で湯を楽しんだ。

湯につかる贅沢を覚えたのは、引退をしてからだった気がする。
何しろそれまで常に気を張り続けていたから、何かをゆっくりと楽しむという心のゆとりがなかった。
こんな話を王城や森で暮らす猫達にすると、猫らしくないと笑われる。

だが、そんな猫が一匹いたっていいではないかと、トルクラルスは思っていた。

おかげで、この歳になっても、新たな発見ができるのだ。

温泉につかりながら、よく冷えたタルタの実のジュースを飲むのは、至福である。

こんな新鮮な驚きがあるのだから、世界というのはやはり驚くほど広い。

湯から上がると、食事の準備がしてあった。

床の上にクッションが並べられ、足の付いた皿に料理が盛られている。

これは王城などで見られる食事の形式で、猫と食事をするときに使われるものであった。

皇竜、羽のおじちゃんと王様が、初めて会談した際、お互いに床に座って話をしたことに起因しているという。

床に座ることで、人間は猫の高さに近づく。足の付いた高い皿を使うことで、猫は人の高さに近づく。

お互いに歩み寄るという姿勢を示した形式なのだ、と、トルクラルスは王城に暮らす猫達から聞いたことがある。

もっともトルクラルス自身はそういう細かいことがよく分からない。

単に、この形式だと離れた食べ物をとるのも楽だな、程度にしか思っていなかった。

その辺りは、ゼバスタフも同じようである。

文字通り武骨者である一人と一匹であるから、飯を食うのは楽な姿勢がいいのだ。

宿に帰ってきたとき、従業員から食事の形式について聞かれた。

テーブルと床で召し上がるの、どちらもご用意できますが、どういたしますか。

そう聞かれたときは、実にたまげたものである。

なぜそんな用意をしているのか、と思わず聞いてしまうと、「時折、ケットシーのお客様もいらっしゃいますので」と返ってくる。

なるほど、そういえばここには王女様がいらっしゃるぐらいだから、国の高官などもやってくるのだろう。

そういった人物は、猫の友人であることも少なくないとはいえ、常に準備をしておくのは、手間なはずだ。

本当に、実に行き届いた宿である。

クッションの上に腰を下ろすと、従業員が入ってきた。

手には、土で作ったバケツのようなものがある。

何かと思ってよく見ると、蓋の代わりに網が載せてあるのが分かった。

伸び上がって中を覗き込んでみると、赤く焼けた炭が入っている。

何と、いくつかの料理はこれを使って、目の前で焼き上げるという。

食材は、一緒に運んできた木の箱の中に入っているらしい。

驚いたことに、中は氷で冷やされているようだ。この宿では、魔法使いでも雇って氷を作っているのか、と聞くと、意外な答えが返ってくる。

宿の跡取りが、魔法学校の出身者だというのだ。

今は魔法を使って宿の仕事を手伝いつつ、自警団などにも参加しているらしい。

一つ疑問が解けたところで、食事に取り掛かることにする。

🐾 🐾 🐾

従業員が、焼き台の上に野菜を並べ始めた。

この辺りの農家が作った、今朝収穫したばかりのものだという。

それが焼けるのを待つ間に、まずは、定番のサラダから手を付けることにした。

葉物を中心にいくつかの野菜が盛られていて、蒸して裂いた鶏肉も載っている。

ソースは、件の温泉を利用した温室で育てた果物を利用したもの。

そんな解説を、従業員がさらりとしてくれた。

説明っぽくなく、嫌味に聞こえない、聞いていて感心させられるような話し方だ。

世の中には、特に何もしなくても口が上手い人種というのが存在する。

だが、この従業員の立ち居振る舞いや話し方は、訓練によって確立されたものであるようにトルクラルスには感じられた。

そういったものは、見ていて気持ちがよいものだ。

給仕の達人に世話をされながら食事をするというのも、また、楽しいものである。

まずは、サラダを食べるため、さらに顔を突っ込む。

え、っと思わず驚いた。

野菜というのは、どうしても少しのえぐみや、それぞれ特有の臭さのようなものがあるが、このサラダに使われている野菜には、ほとんど感じられない。

さらに驚くことに、鶏肉が野菜を引き立てている。

普通、肉が主役で野菜が引き立て役だ。

なのにこのサラダは、それがまるで逆になっている。

ゼバスタフも驚いているようで、目を丸くしながら黙々とサラダを食べていた。

トルクラルス自身、さらに突っ込んだ顔を離すことができない。

瞬く間に全て食べ終えてしまってから、ゼバスタフが思わずといった様子で従業員に「これは特別な野菜なのか」と尋ねた。

従業員は焼き台に載った野菜を丁寧に返しながら、首を横に振る。

曰く、ごく普通に仕入れたもので、特別な品種ではない。

ただ、料理人が、これは生で、これは煮て、こちらは焼いて、とより分ける。

自分にもまったく違いは分からないのだが、どんなものにも目利きというのはいて、当宿の料理長はそういったものに特別鋭い目を持っているようだ、という。

つまりこのサラダは、生で食べるのに適した野菜だったということだろう。

ということは、焼き台で調理しているものは、焼くのに適した野菜ということだ。

どうやら焼き上がったらしく、野菜が皿に盛りつけられていく。

仕上げにソースをかけて、出来上がりらしい。

今の話を聞く前であれば何とも首を傾げたくなるような一皿だが、こうなっては涎が出てくるようなごちそうに見えるから不思議だ。

さっそく、齧りつく。

若い時分は、肉こそが正義だと思っていた。脂ののった血の滴る肉こそが、美味いものの王様であると思っていたのだ。

だがたった今、別の頂があることを知った。国がいくつもあるように、王というのも無数に存在するのだ。

しかもこの国の王はなかなか強かで、肉の国土を虎視眈々と狙っているのではないかと思われた。

つまるところ、素晴らしくうまい。

ソースのおかげも勿論あるが、それだけでないのは明らかだ。

野菜の底力というのを、初めて知った思いである。

従業員が、そっと解説をつけてくれた。

この辺りは肥沃な土地であり、何より水が美味い。日当たりもよく、野菜を育てるのには絶好の土地なのだという。

反面、平地が少ないので小麦などを育てるのはとても難しい。

当然のことだが、作物にも育つのに都合がいい土地というのがある。

この野菜は、この土地にあったものだということだろう。

それにしてもここまで味が違うのかと、トルクラルスは驚くばかりだ。

次いで、焼き台の上には大きな骨付きの塊肉が載せられた。

近隣の山の中で獲れたもので、冒険者ギルドから買い付けたのだという。

それが焼けている間に、スープを頂く。

肉の焼ける匂いに気がとられるかと思ったが、炭火で焼いているためかあまり気にならない。

窓から入ってくる、風の影響もあるのだろう。

あるいは、そこまで計算してこの部屋は作られているのか。

いや、むしろそう見るのが妥当だろう。

この部屋は、いや、この宿全体が、巧妙に作られた一つの陣形であるに違いない。

何も知らずに飛び込んだトルクラルス達は、間抜けな将軍に指揮された哀れな兵卒だ。

完敗というほかない。

だが、悔しさはまるでなく、むしろ楽しさすら感じる。

肉が焼けるのを楽しみにしつつ、スープに舌をつけた。

これもまた、うかつに罠に飛び込んでしまったようだ。

まるで、うまみの塊のようなスープである。

琥珀色で、さっぱりとしているように見えたが、その実はまるで違う。

生臭さなどはまるでないのに、声を上げてしまいそうに濃厚な魚のうまみを感じる。

具材に魚の身があることに気が付き、かじりつく。

しっかりとしていながら、舌で押し潰しただけでほどけるような身だ。

白身の魚のようだが、意外なほど肉厚である。

従業員から聞いて、驚いた。

これは昼間に見た湖であがった、件の漁期中である魚の身なのだという。

さらにスープの作り方を聞いて、二度驚いた。

一度じっくりと焼いた魚のアラを、香草や野菜などと一緒に寸胴で煮込むのだそうだ。

そうすることで、嫌な生臭さがすっかりなくなった、極上のスープが出来上がる。

具材である魚の身は、スープに入れる前に焼くことで香ばしさがまし、ふっくらとした味わいになる。

恐ろしく手間のかかったスープなのだ。

ただ、対してパンは少々味が負けている気がする。

いや、恐らくこれはそれを狙ったのだ。

料理のほうを楽しむためのパンであって、パンを楽しむためのパンではないのである。

具材を味わい、スープを飲む。

じっくりと味わった後にこのパンを食べると、舌がさっぱりとする。

すると、また新鮮な気持ちでスープを楽しむことができるのだ。

これがもし、すごくおいしいパンであったなら、パンの味が舌に残ったり、パンのほうをもっと食べたくなったりするかもしれない。

ふと思い立って、パンをスープに浸して食べてみる。

美味い！

このパンは、スープが存分に力をふるうのを手助けする、名副将だ。

ただ美味いパンを焼くより、こういったパンを焼くほうが難しいのではないだろうか。

それにしても、件の魚だ。

明日の朝、ぜひその姿を拝みたい。

そんなことを考えながら食べ進めるうち、いつの間にか、スープがなくなっている。

未練がましくスープ皿を見ていると、ゼバスタフが声をかけてきた。

「野菜もそうだが、魚のスープがこんなに美味いとはな」

「まったくじゃのぉ。この歳になるまでしらんかったわい」

「あるいは、今の年齢だからこそ美味いのかもしれんぞ。体が肉ばかりを求めなくなってきて、野菜や魚を素直に楽しめるようになったのだ」

「なるほどのぉ！　それはあるかもしれん！　いや、じゃとしたら、引退してからここに来たのは正解だったわけじゃな！」

話をしているうちに、肉が焼き上がった。

一体どんなソースをかけるのかと思ったが、これにはソースは要らないという。

既に肉をタレに付け込んであって、味がしみ込んでいるというのだ。
確かに、肉だけではなく、何か食欲をそそる香りも漂ってくる。
矢も盾もたまらず、かぶりつく。
やはり、王者は健在であった。
タレというのは肉の味を覆い隠しがちだが、これはまったく違った。
お互いに引き立て合い、極上の味を作り出している。
王と文官、それに騎士達。
まさに国の成り立ちのような肉の塊である。
見た目はごくシンプルな焼いただけの肉なのだが、いやいや。
その実は、空恐ろしいほど巧みに計算しつくされた、完成された料理なのだ。
ちらりとゼバスタフのほうを見ると、肉に付いた骨を持ってかぶりついている。
人間にとっては、あの骨が取っ手代わりになるようだ。
肉は動物のあばら骨の辺りらしく、まるで小さな斧のような形になっている。
柄の部分が、ちょうど骨にあたる形だ。
食べやすい工夫が、そこにもなされているらしい。もはや、唸るしかない。
この宿の料理を作った料理人は、かなりの強者である。
まったく、敵でなくてよかった。
いや、料理人が敵というのもよく分からないが、とにかくよかったという思いが湧いてくる。

トルクラルスは、夢中で肉にかじりつき続けた。

部屋の外に置かれた椅子の上にうずくまり、空を見上げる。

隣にあるテーブルには、タルタの実のジュースと、つまみが載っている。

宿の料理人が用意してくれたもので、茹でた卵とチーズ、何がしかのソースを混ぜたものを、一口大のパンの上に載せたものだが、これがまた、実に美味い。

隣では、ゼバスタフが酒を飲みながら、それを口に放り込んでいる。

近くでは、ランプが淡く光を発していた。

こういうときは、なぜか昔の話がしたくなるものだ。

トルクラルスとゼバスタフが出会ったのは、トルクラルスが二歳で巣立ってすぐの頃である。
当時縄張りにしていたのは、王城の兵舎近くであった。

食堂や食糧庫なども併設しているため、ネズミが多い。これを狙って、住み着いたわけである。

他の猫も狙いそうな縄張りではあったが、競争率は驚くほど低かった。

何しろ、兵士というのはやたらとうるさい。

猫には静かな場所を好む者が多いが、トルクラルスはそういったものに頓着しない質であったから、好都合だったわけである。

その頃、ゼバスタフはまだ子供ながら、兵士の見習いを始めていた。

見習いといっても、ゼバスタフの父が勤めている先の掃除などがほとんどで、言ってみれば雑用の類である。

もっとも、雑用をこなすのも立派な訓練であり、それをとおして、兵士や騎士の仕事というものを覚えていくのである。

あちこち動き回って掃除や荷物運びをしている子供がいれば、近くに住んでいる猫と親しくなるのは当然といえるだろう。

一人と一匹で、駆けずり回るようにして遊んだものである。

様々な悪さもした。トルクラルスも若かったし、ゼバスタフに至っては子供である。

それが集まって、悪戯などをするなというほうが無茶だ。

今となってはどちらもジジィだが、幼い頃というのは一応あったのだ。

🐾🐾🐾

一人と一匹が騎士に憧れを持つようになったのは、辻芝居がきっかけであった。

年に一度開かれる大きな祭りでは、皇竜の劇が上演される。

猫竜、こと羽のおじちゃんも森を出て王都にやってくる、一大行事だ。この時の人出は、大変なものであり、辻芝居なども多くなった。

国で一番有名な芝居が上演される祭りである。

もはや、祭りがあるからかの芝居が上演されるのか、かの芝居が上演されるから祭りがあるのか、分からない。

となれば、自然、辻芝居などをやれば、人の入りもよくなるので、普段では考えられないほどの辻芝居小屋が、王都に立ち並ぶ。

あの祭りは、「芝居の祭り」と言っても過言ではないのだ。

数が多くなれば、中には変わったものも出てくる。

トルクラルスとゼバスタフが見たのは、まさにそういう変わった芝居であった。

その小屋が建っていたのは、王都の端である倉庫街近くだ。三十人も入ればいっぱいという客席は、ほどほどに埋まっていたように覚えている。

トルクラルスとゼバスタフは、互いに小銭を持って祭りを楽しんでいた。

ゼバスタフのほうは、両親にもらった小遣いを、トルクラルスはといえば、道端などに落ちているのを拾い集めたものである。

その辻芝居小屋を見つけたのは、お菓子などを買い食いして、そろそろ何か面白いものはないかと、探していたときであった。

看板は出ておらず、演目は見てのお楽しみ、と呼び込みが声を張り上げている。

面白そうだと思ったトルクラルスとゼバスタフは、見料を払って中に入った。

ほどなく始まったのが、一人と一匹にとっての、人生と猫生の起点となる劇だったのである。

🐾 🐾 🐾

小さな農村に、盗賊が現れた。

盗賊達は収穫期を狙っては、何度も襲撃を繰り返す。

農村に請われて何度も討伐隊が派遣されるが、一向に捕まる気配はない。

そのうち、大した被害もないのだからと、隊が出されることもなくなってしまった。

確かに、農村が壊滅するほどの被害はないのが、盗賊の狡猾なところだった。

村人が飢えなければ、ずっと同じ村から搾り取ることができる。

税が納められるのであれば、討伐隊も本気では追ってこない。

実はこういったことは、よくあることであった。

見習い兵士のゼバスタフも、兵舎に出入りするトルクラルスも、聞いたことのある話である。

いくら懸命に働き努力しても、手元に残るのは生きていくのに最低限必要なものだけ。

悔しくて悔しくてたまらない。

だが、ただの農民達に、抵抗する術などあるはずがなかった。

そんな時だ。

一人の流しの騎士を名乗る男が、村を訪れた。

流しの騎士というのは、おかしな言葉である。

武力を売って食い扶持を稼いでいる者は、もっぱら冒険者と呼ばれるのが普通であるのだが、男はあくまで自分は騎士だと言い張った。

いったい何をしに来たのかと問えば、盗賊を退治しに来たという。

たった一人で、何ができるというのか。

農民達は笑ったのだが、男の話を聞くうちだんだんと考えが変わってきた。

確かに盗賊の数は多いし、武器も持っているが、農民はもっと数が多いのだ。

農具などの他に、簡単に作ることができる武器を手に戦えば、勝てない相手ではない。

これを聞いた農民達は、一致団結して戦うことにしたのだ。

戦い方は、男が教えてくれた。

収穫期が来て、また、盗賊が現れる。

しかし、武器を携えた農民達は、見事に盗賊を追い返した。
農民達が喜びに沸く中に、男の姿はない。
盗賊達の後を追っていたのだ。
住処に逃げ帰った盗賊達は、腹の虫がおさまらない。
人手を集めて、農村を焼き払ってやろう。
そんな相談をしているところに、騎士と名乗った男が飛び込んだ。
数々の村で働いてきた悪行、もはや許すまじ。
叩きのめして、兵士に突き出してくれる。
言うや、男はあっという間に盗賊達を全て倒し、捕らえてしまう。
男はそれを農民達に引き渡すと、あとの始末を頼んだ。
何かお礼をと言う農民達に、ならば、いくばくか金子をと男は言う。
よし来たと金を集めてきた農民達だったが、そこに男の姿はなかった。
何も受け取らずに、消えてしまったのだ。
おそらく男は、初めからそのつもりだったのだろう。
せめて声でも届けばと、農民達は声を張り上げて男への礼を口にした。
遠くからかすかに聞こえるそれを耳にして、騎士を名乗った男は嬉しそうに笑う。
騎士や兵士というのは、民と土地を守るという建前はあるが、上の命令に従って戦うものである。

それがトルクラルスとゼバスタフにとっての、常識であった。

何しろ、自分の命を懸けるのだから、見返りを求めて何が悪いと思う。

だが、この騎士を名乗る男はどうだろう。

縁もゆかりもない農民達のために命を張り、見返りも受け取らずに去っていく。

芝居を観終わったトルクラルスとゼバスタフは、ただただ放心していた。

一人と一匹にとって、兵士や騎士の仕事というのはあまりにも身近である。

多くの人が騎士に持つ清廉潔白さや高貴さといった幻想にも近いものを知るよりも先に、その実情のところを受け入れてしまっていたのだ。

それだけにこの劇に登場する騎士の姿は、あまりにも強烈であった。

勿論多くの人はこれはお話の中の「架空の英雄像」だと分かるし、本気にしたりしない。

だが、トルクラルスとゼバスタフは、根の単純さと幼さからくる正しいものへの憧れで、すっかりそれを信じ込んでしまったのだ。

確かに、生活のため生きるために、兵士や騎士をする者もいる。

そういった者達も理想や建前を掲げているが、やはり根っこにあるのは別のものだ。

しかし。

しかしである。

そういった理想や建前を大真面目に掲げ、そのために命を懸ける者も、確かに存在するのだ。

世のため人のため、敢然と悪に立ち向かう正義の騎士が、この世界にはいる。

なんてかっこいいんだろう。

自分もそんな騎士になって、誰かのために戦うのだ。

トルクラルスとゼバスタフは、心底からそう決意したのである。

まあ、有体に言ってバカだったのだ。

そこらに転がっていそうなお話に、まんまと感化されたのだから。

何が恐ろしいかといえば、それをめざし、そうなりたいと努力して、本当に騎士になってしまったところだろう。

幼い頃の憧れというやつは厄介である。

様々な書物を読み知識を蓄え、現実に尊敬できる人物に出会ったり、歴史上の偉人のことを知った後でも、一人と一匹にとっての最大の憧れは、やはりあの流しの騎士であった。

何か悩むとき、選択を迫られたとき、頭に浮かぶのは、あの騎士の姿であったのだ。

ここで一旦ひけば、態勢を立て直せるだろうが、それでは部下を見捨てることになる。

もしあの騎士ならば、どうするだろう。

通りがかった村で、長雨で被害が出ている。部下を置いていって手伝いをさせたいところだが、行動予定が狂う。

あの騎士ならば、どんな判断を下すだろうか。

トルクラルスとゼバスタフを指して、清廉潔白な騎士の鑑(かがみ)だ、などと言った者もいる。

だが、実際のところは何てことはない。

幼い頃、自分達がかっこいいと思った人物の、マネをしていただけなのだ。

「なぁ、トルクラルス。私達は、あの騎士のように成れたのだろうか」

「さぁのぉ。こればっかりは、自分達では分からんのじゃなかろうかのぉ」

「違いない。しかし、トルクラルスよ。私達の姿を見て、ひとりでもガキの時分の私達のようなあこがれの気持ちを持ってくれる者がいればよいと、思わないか」

「まさに理想じゃな。そうなるよう、やってきたつもりじゃが。現役の頃のわしらは、どう見えておったのかのぉ」

「それなりに精悍に見えていたのではないか。少なくとも、今のような老いぼれで頼りなくは映っていなかっただろう」

一人と一匹は、声を上げて笑った。

その憧れが、あの幼い頃に流しの騎士へ自分達が向けたものと同じ種類のものであったなら、どんなに嬉しいだろう。

若い頃の自分達は、どのぐらいやれていたのか。

今となっては、振り返るばかりであるが、それもまたよいではないか。

歳を取るというのは、あるいはこういうものではないかと、トルクラルスは漠然と思うのである。

朝起きると、さっそく温泉につかった。

寝汗を流しがてら、朝日に包まれる景色は、思わずうっとりするほどの絶景だ。

村の向こうには、朝日を反射してきらめく湖面。

素晴らしい一日の始まりを予感させる景色である。

温泉から上がると、食事が用意されていた。

本当に行き届いた宿だ。

港に行くついでに買い食いをするつもりでいるから、朝食は軽いものをと頼んでいた。

用意されていたのは、茹で卵、焼き立てと思われるパン、チーズとハチミツである。

ハチミツは茶にでも入れるのかと思えば、パンに塗るのだという。

試してみると、これがまた絶品であった。

茹で卵は、当然ながら美味い。

卵というのは高級品だが、この村では穀物が育てにくいので、多くの農家が副収入源として鳥を飼っていて、比較的手に入りやすいのだという。

この卵も、今朝がた採れたばかりのものだという。

軽いものをと頼んだはずなのに、随分豪華なものが出てきたものである。

すっかり食べ終えてしまうと、最低限の荷物だけを持って宿を出た。

財布と、戦うための武具のみだ。

元とはいえ騎士である以上、武器を持たずに出歩くことなど論外である。

そういう意味では、財布だけを持って出てきたといっていいだろう。

村の中を歩くが、昨日ほど観光客らしき姿は見えない代わりに、村の住民と思しき人々が、忙しそうに動き回っているのが見られた。

恐らく、何らかの形で観光を生活の糧にしている人達だろう。

たとえば菓子の屋台の仕込などは、もう既に始めているはずだ。

観光客相手に昼飯を売る店などもあるだろう。

土産物店などは、客足が出始める前に支度を終えてしまわなければならない。

見れば、幼い子供達の姿もあり、荷物を運んだり、土産物を並べたりしている。

「感心じゃのぉ。懸命に働いておるではないか」

「まったくだな。私があのくらいの頃、あんなに働いていたかな」

「どうじゃったかのぉ。遊び歩いておったことしか覚えておらん」

港のほうへと向かっていくと、活気のある声が聞こえてきた。

どうやら、水揚げが始まっているようである。はやる気持ちを抑え、気を付けながら近づいていく。

まず、漁師の邪魔になってはいけない。

彼らも食い扶持を稼ぐために魚を捕っているわけだから、観光目的で遊びに来ている者が妨げてはならないのだ。

港から出ている長い桟橋のわきに、いくつもの船が留まっていた。

どれも四、五人も乗ればいっぱいになるような小型船だ。

湖で使うには、そう大きなものでないほうがいいのだろう。

丁度今しがた桟橋に着いた船に、台車を押した人が駆け寄っていき、船に乗った漁師が、船の上から何かを持ち上げ、その台車に載せる。

それは、大きな魚であった。

大人の男の、頭一つから二つぶん下回る大きさだろうか。

湖に住んでいるものとしては、恐ろしい大きさだろう。

漁師から魚を受け取ると、男は素早く何かを渡し、一目散に市が行われていると思しき場所に向かって駆け出した。

あれだけ大きなものを運んでいるのに、よろけるような様子が一切ないのは、相当に運びなれているのだろう。

市が開かれているところに、近づいてみると、昨日に続き、アイザックにあった。

何でも、この港の辺りで件の怪しい男が見かけられたとかで警戒に当たっており、しばらく見張っていたのだが、どうもそれらしき人物は見かけられなかったらしい。

無駄骨だったかもしれないが、それならそれで精々見回りでもします、と苦笑した。

よい心がけである。

兵士が見ている前で悪さをしようなどというやつは、そうそういないものなのだ。もしいるとすれば、それは相当に居直った馬鹿か、途轍もない悪行を為そうとしている手合いである。

「ところで、今水揚げをしておる魚は、どんな魚なのかのぉ」

「あれですか。あれは、水草や木の葉を食う草食の魚で、グーラーというんです。まぁ、とにかくデカイ魚で美味いんですが、如何せんとりすぎるといなくなってしまいますから」

そういうことは、確かにある。

美味いからと食べつくしてしまった、などという動植物の例は、いくつもあるのだ。

「そこで、漁師ごとに取る量を決めているそうです。仲買人が船から魚を受け取り、代わりに鑑札を渡します。この数で、水揚げの量を管理します。グーラーは許可を得た仲買人から買わないとならない決まりになっていますから、これで量が制限できるわけです」

実によくできた仕組みである。

聞けば、先代の領主が作ったものだという。どうやら、この土地の領主は、代々やり手のようだ。

アイザックと別れ、市場の中を見て回ることにする。

漁師や仲買人の邪魔をしないようにしながら、なるだけ端のほうを歩いた。

市場といっても、村の規模がそれほどでもないので大仰なものではなく、石床の上にムシロや木製の台などを置き、その上に魚を並べてある。

意外に、様々な種類の魚が並んでいた。小魚などはザルに入れられているが、やはり一番目立つのは、件の大魚グーラーだろう。

それが並んでいる辺りには、多くの人が集まっている。どうやら、買い付けをしているようだ。

売買のときに使う専門用語のようなものでやり取りしているからか、はたから聞いていると何を言っているかよく分からない。

ただ、何となくの金額位は伝わってくる。意外といい金額だが、大きさを考えると、そうでもないのだろうか。

昨日の夕食で出たスープは相当に美味かったが、他にはどんな食べ方があるのだろう。

歩いていると、いつの間にか市場を抜けていた。

流し見だったのでいくつか見逃してしまったところもあるだろう、もう一度戻って見直そうか、などと話していると、何やらいい香りが漂ってくる。

小走りに近づいていくと、いくつか屋台がたっている。

観光客やら、市場で働いていると思しき人達やらが集まって食べていた。

色々なものが並ぶ中に、気になるものがあった。

白身魚に粉を打ち、それを鉄板で焼く。

それと野菜と味噌のようなものを薄く焼いた生地に、一緒にして包む。

粉を打った面が焦げ、麦の穂のように輝いている。

思わず、のどが鳴った。ゼバスタフも同じものが気になったようで、一人と一匹でいそいそと買いに行くことにする。

二つ頼むと、店主は元気よく返事をし、てきぱきと料理を作り始めた。

威勢がよくて、実に気持ちがいい。

いったい何の魚なのか聞いてみると、グーラーだという答えが返ってきた。

あの巨大な魚をいくつかの屋台で共同で買い付け、それぞれ使う部位を決めて切り分けているのだという。

この店では腹の辺りを、他の店では頭など別の部位を使った料理を出しているというわけだ。

隣で売っているスープは頭やら尻尾を使っているのだが、うまみがたっぷりとしみ出して絶品ですよ、などと言われる。

言われてみれば、確かに素晴らしくうまそうな香りが漂ってくる。

こんな風に言われては、食べざるを得ないだろう。

二つ頼むと、木の器に入れて出してくれる。

食べ終えた器を店に返すと、いくらか返金してもらえるらしい。

さっそく、出来立てを食べることにする。

まずは、薄い生地で包まれたほうへ齧りつく。

野菜と味噌、魚の脂が、実によく合う。

魚の表面がザクザクとした歯ごたえになっており、これがまた楽しい。

白身魚特有の淡白さに、塩辛い味噌がよく合う。

匂いがまた、何とも言えない。

油で揚げた魚の匂いに、発酵食品らしい味噌が温められて立つ香りが合わさると、どんどん腹がすいてくる。

スープのほうに舌をつける。顔を近づけると、それだけでうまみの塊といったような香りが鼻に抜けていく。

いくつか、慣れ親しんだ野菜の匂いもする。

それらを舌で巻き込んで、スープと一緒に舐めとると、これがまた、実に美味い。

王都には川などが多く、魚はよく食べられたが、日持ちするように乾物にしたものが多く、こういった魚の脂が浮いたようなスープというのは珍しい。

これだけで、珍しいものを食べているという気分が大いにそそられる。

「なぁ、トルクラルス。この汁や生地で巻いたのが目の前の湖で採れたと思うと、美味さもひとしおだな」

言われて、湖のほうを見る。

大分昇ってきた朝日に照らされ、波打った湖面が輝いていた。

「ほんにのぉ。森の中の湖を思い出すわい」

トルクラルスは街生まれなので、あまり森のほうへは行かなかった。

だが、モシャモシャ広場が開放される祭りの日などは喜び勇んで出かけていったものである。

その帰りに、森の中を駆け回ったことなどもあった。

特に湖の光景はうつくしく、しばし見惚れていたものである。

一人と一匹で湖を眺めながら、並んで料理を口に運ぶ。

少し離れたところから、漁師や仲買人、買い出しに来た人々の声がにぎやかに聞こえてくる。

のんびりとしているような、どこかうきうきとするような、不思議な時間だ。

その時だ。

トルクラルスの目が、鋭く細められた。

耳が気になるものをとらえたのだ。

何食わぬ顔で振り向き、辺りをうかがう。

ゼバスタフのほうも何かに気が付いたのか、いかにも次に食べるものを物色している、というような顔で周囲を見回していた。

ほどなく、気になる人物を見つける。

動きがぎこちなく、地元の人間とは思えない。観光客にしては表情が暗く、周りを見て楽しんでいるという風がなかった。

顔を確かめてみると、先日見かけた怪しい男のようである。

今も一人ではなく、何人かと連れ立っていた。

そのどれも同じような様子であり、服装こそ目立たないようにしているようだが、トルクラルスやゼバスタフのような者から見れば、行動の不信さだけで十二分に浮いて見える。

おそらくアイザックが捜していたのは、この連中だろう。

「アイザックに声をかけるかのぉ」

「それがいいだろう。どちらが見張ろうか」

「わしがいいじゃろ。ただの猫の振りをしておれば、そう気にもせんじゃろうし」

天然のネズミ取りの名手であるから、食料を守るために猫を飼っている村は多い。

この村でも同じようで、歩いていると何匹か見かけたりした。

さっそく動こうとゼバスタフが立ち上がろうとしたときだ。

件の男達が何事か耳打ちし合い、そそくさと市の外へ向かって歩き出した。

これはまずい。

歩きなれた王都ならばともかく、初めての場所で離れて行動した場合、合流することは相当に困難だろう。

こうなっては仕方ない。

尾行し、ある程度のところで切り上げる、という方法に切り替える。

一人と一匹は何気ない風を装い、立ち上がった。

やたらとガタイのいいゼバスタフだが、こういうときに上手く身を隠す方法をしっかりと心得ている。

訓練のたまものというやつだ。

トルクラルスとゼバスタフは、静かに男達の尾行を始めた。

🐾 🐾 🐾

人里を離れ、森の中に入っていく。

この男達は一体何をしているのだろう。まったく想像ができず、だからこそ不気味であった。

道なき場所を踏み越えていくのを、つかず離れず付けていく。

森の中を進むのは相応に技術を必要とし、まして尾行しながらというのはかなり難しい。

足場が悪く、邪魔なものも多い中を、音も立てずに動かなければならない。

もっともそれは猫にとっては必須の技術であり、若い頃には散々叩き込まれたことである。

しばらく進むと、開けた場所へ出た。

ばれないように身を隠しながら、様子をうかがう。

男達は、そこに置かれたものを取り囲み、何かをしている様子だった。

一体何だろう。目を凝らしてそれを見据え、正体をあれこれと考える。

思い当たるものが頭に浮かんだとき、トルクラルスは全身の毛が逆立つのを感じた。

他のことを考える前に、体が動いていた。

魔法で浮かせて持ってきていた楕円形のボールを、体に押し当てる。

すると、瞬く間にそれが展開していき、トルクラルスの全身を覆った。

前足や顔、わき腹や背中を金属が覆っており、背中からは固定具が伸びていて、その先には槍が取り付けられている。

体と平行になっていて、顔のほうに穂先が、尻尾のほうに石突が向いていた。

トルクラルスが特別に作らせたもので、鎧と武器が一体になった猫専用の戦装束である。

魔法の道具や武器をふんだんに使っており、こうして素早く着脱できた。

トルクラルスが存分にこだわりを盛り込んだ品であり、性能も折り紙付きである。

「抵抗するなっ！　抵抗すらば斬るっ！」

それは、ゼバスタフの声であった。やはりトルクラルスと同じ判断をしたようで、既に腰の剣を引き抜いている。

だが、言って聞くような連中とはとても思えなかった。

この連中が囲んでいるのは、大人しく捕まるような奴等が使うような代物ではない。

案の定、無言で武器を構えてきた。

魔法使いもいたようで、杖の先をこちらに向け、呪文を唱えている。

すぐさま飛んできた攻撃は、発動速度を重視した威力の高くない魔法だ。

それでも殺傷能力は十分だが、この一人と一匹を相手に使うには、頼りなさすぎる代物だと言わざるを得ない。

ゼバスタフが前へ出て、剣の一閃で魔法を叩き落とした。

無論、ゼバスタフの剣も、ただのものではない。

魔法の武器であり、こういった障害物が多い場所でも絶大な威力を発揮する大業物だ。

目の前で魔法を剣で無効化するというさまを見せられても、男達に驚く様子はない。

隙を見せないようにしているようだが、猫と戦った経験はそうはないだろう。

ゼバスタフが前に出るのにあわせ、トルクラルスが素早く突撃を仕掛ける。

狙うのは、魔法使いだ。尻尾を振るい、槍の穂先に魔法を集中させる。

意表を突かれたのか、魔法使いは一瞬動きを止めた。

一瞬もあれば、十分である。

槍の穂先から紫電が零れ、それを魔法使いへと叩き込む。

刃を突き立てず、脇で叩くようにしてやったので、刺さるようなことはない。

だが、ほとばしった小さな雷は、確実に魔法使いの意識を刈り取った。

崩れ落ちる魔法使いを見て、流石に男達に動揺が走る。

すぐに立て直そうとするのだが、それを許すトルクラルスとゼバスタフではない。

一気に畳みかけ、全員を地面に転がす。

この程度の人数であれば、トルクラルスとゼバスタフにとっては訳もない。

男達の上着を引き裂いて紐(ひも)を作り、全員を縛り上げて置く。

ゼバスタフがそれをする間に、トルクラルスは男達が囲んでいた代物を調べ始めた。

魔法には大して明るくないトルクラルスだが、これに関してはよく知っている。

やはり、間違いなかった。

大急ぎで、アイザックに知らせねばならない。

足だけであれば、トルクラルスのほうが早かった。

ゼバスタフはこの場に残り、男達とソレを見張ることにする。

状況は一刻を争う。トルクラルスは村に向かい、全速力で走り出した。

🐾 🐾 🐾

随分昔の話である。

ある魔法学校で、実習中に魔界へ続く門が開いてしまった。

魔界というのはまったく研究が進んでいない未知の領域であり、正確にどこにあるとも、どんな場所とも分かっていない。

ただ、そこへつながる門からあらわれる生物は、そのほとんどが他の生物を無差別に殺傷する習性を持っていた。

それまで、魔界への門は、何かしら自然界で偶然に発生することがほとんどであった。事故とはいえ、人間の力だけでそれを開いたという正式な記録がとられたのは、その時が初めてである。

何とも恐ろしいことに、魔王軍を名乗る輩はその技術を、武器として転用したのだ。

特別に作り上げた、魔界への門を開く魔法の道具を敵地に設置し、発動させる。あとは自分達だけ逃げてしまえば、その土地には魔界の生き物があふれることとなるのだ。

魔界の生き物を倒し、道具を破壊すれば門は締まるが、多大な犠牲を払うことになる。

魔王軍を名乗る輩は、それを利用して他国を散々に苦しめていたのだ。

トルクラルスとゼバスタフは、魔王軍を名乗る輩に大変嫌われていた。

この魔法の道具を使って襲撃をされたことも、一度や二度ではない。

恐ろしさは、身に染みて分かっていた。もし人里であれを使われれば、大変なことになる。

あの男達が動かそうとしていたのは、まさにその魔界への門を開くために作られた、魔法の道具であった。

簡単に手に入るものではなく、作るにも運用するにも、相応に技術も金も必要とする。

あの男達だけで用意したものとは思えない。

そもそもあんなものを使おうと考えるのは、トルクラルスとゼバスタフが知る限り、ごく限られた連中だけなのだ。

村の兵士達の詰め所に案内されたトルクラルスとゼバスタフは、おおよそ見聞きしたことを全てを説明した。

男達は既に引き渡しており、件の道具も、魔法の扱いに長ける兵士が確認している。

しばらく待たされると、深刻そうな顔をしたアイザックが現れた。

男達の尋問が粗方終わったようだ。

一応かかわったということで、トルクラルス達にも話を聞かせてくれた。

連中は、魔王軍を名乗る輩の、残党であったらしい。

そんなところだろうと思っていたが、外れてほしかった予想が当たってしまった。

一体どうして、この村を標的に選んだのか。

「村である割に、行商人や観光客が多いですから、そこを狙ったようです。今の時期はグーラーの漁期ですから、普段よりも人の出入りが激しいんですよ」

「物も人も出入りが激しい時期を狙ったか。何というやつじゃ」

「発動前に未然に防げて、何よりでした」

もし道具が動き出し、門が開いていたらと考えただけで、背筋が凍る話である。

だが、まだ安心できないようだ。

「どうも、道具はもう一つ持ち込まれているようなんですよ」

二つの門を開き、ある程度数を揃えたところで、魔界の生き物を王都へと誘導するつもりだったらしい。

それを聞き、トルクラルスもゼバスタスも大いに困惑する。

「そんなことができるのか。聞いたことがないが」

「こういってはなんですが、連中はあまり程度がよろしくないようです。技術と金と道具があっても、それを使いこなす軍事的能力があったかというと、疑問ですね」

実際に戦ったトルクラルスとゼバスタフの所感としては、「一応の訓練はしているようだが、実戦には慣れていない」といったところであった。

おそらくは、魔法道具の技術者などが中心の連中なのだろう。

知略や軍略に関しては、専門ではないのだ。

「実際、仲間について聞いたところ、技術者などがほとんどだったようです。戦いに慣れた魔法使いなどはいないようでした」

「もしそんな者がいたとしたら、もう少しうまくやるだろうな」

「そうじゃのぉ。あまりにもお粗末じゃった」

もっともそう言えるのも、魔法の道具が発動する前に制圧できたからである。

これから、兵士達は忙しくなるはずだ。

もう一つあるという魔法の道具を持った連中を、探さなければならない。

「幸い、案外簡単にしゃべってくれているので助かります。崇高な意思を知らしめるとかなんとか言っていましてね」

「こういうことをする手合いは、なんでやったのかを知らしめたいと思っておることがほとんどじゃからな」

「ですが、どうももう一つの魔法道具の場所は知らないらしいんです。一応、誰かが捕まっても情報全部が出ないように、という程度は気を使っているようですね」

ならばやはり、これからが大変だろう。

トルクラルスとゼバスタフは、早々に退散することとした。

いつまでも居座れば、邪魔になるだけである。

勿論、このことは事件が片付くまで口外しないと、約束しておく。

よしんばそんな物騒な魔法道具を持ち込んだ者がいると知れれば、村の中が大変な混乱に陥り、そうなると、残党連中も動きやすくなってしまう。

それではあまりにお粗末だ。

宿の名前と、しばらくそこにこもっているという旨を告げ、トルクラルスとゼバスタフは詰め所を後にした。

🐾 🐾 🐾

宿へと向かう道すがら、トルクラルスとゼバスタフは互いに考え込んでいた。

勿論、あの残党連中のことである。

動機はわからないが、やけばちになった人間のすることなど、予測できるものではない。

目的は、恐らく復讐の類なのだろう。もう一つの魔法道具がまだ使われていない様子なのは、不幸中の幸いだ。

早く見つけてほしいところだが、この村は決して大きくなく重要拠点でもないので、配備される兵士の数も限られている。

領主へ応援の要請は既にしているようで、大規模な増援がされるらしいのだが、如何せんそれにも時間はかかる。

そういった微妙な事情が重なった土地だからこそ、連中はここを狙ったのだろう。

「なんぞ、不思議な話じゃのぉ。お粗末な気がするわい」

「もう一つの魔法の道具も気になるな。どこにあると思う？」

「同じような湖の端か、あるいは山の中か、もっと人里の中なのか。色々考えられるじゃろうが、やはり山の中かのぉ」

件の魔法の道具については見つけ次第破壊してしまっているので、どんな構造になっているのか調べがほとんど進んでいない。

ただ、おおよそ設置される場所は、野外が多いようだった。

道具を使うための条件の一部が関係しているらしいのだが、詳しいことは分からない。

宿へと戻る道を歩きながら、トルクラルスは件の男達の仲間がいるのではないかと気になって裏道などに目をやった。

しかし、目に入ってきたのは、村の子供達が遊んでいる姿だった。

朝に手伝いをしていた子供達が、今は丁度休憩をしているところなのだろう。

王都でも村でも、子供というのはどこにいてもやはり変わらない。

楽しそうに笑い声を上げながら、駆け回っている。

連中はこの光景の中に、魔界の生き物を解き放とうとしたのだ。

トルクラルスの腹の底に、じわりじわりと言いようのない怒りがたまってくる。

そんな非道なことをまかり通してたまるものかという思いが、胸にある。

宿の前まで戻ってきたトルクラルスとゼバスタフだが、どうにも落ち着かなかった。

温泉にでもつかって、のんびり連中が捕まるのを待とうという気にならない。

どちらともなく、散歩でもしようということになった。

何となく、山のほうへと歩いていくと、一応それなりに道らしきものがある。

山の上にある畑などへ行くための道のようだ。

どこへ行くともなく歩いていると、ゼバスタフが急に足を止めた。

木々の多い一点を、睨みつけるように見ている。

どうした、とは聞かない。

こういうときのゼバスタフは、まず間違いなく敵の気配を察知しているのだ。言ってみれば勘の類である。

だが、ゼバスタフのこういうときの勘は、驚くほどよく当たるのだ。

この勘働きのおかげで、何度も窮地を救われている。

「どうも、あの辺りがおかしい気がする。ここから見える、あの辺りだ」

言われて、トルクラルスは目を凝らした。

背の高い木が生えている一角なのだが、言われてみれば周りより木が少ない気がする。

もっとも、岩があったり、水がしみ出して泉になったりしていれば、ここから見えるような状況になっていることは、珍しくないのだ。

それでも、ゼバスタフが気にするということは、何かがあるのだろう。

トルクラルスは、地面に顔を近づけ周囲を歩き回った。

首を上げて、木々の間を見たり、草むらに鼻先を近づけたりもする。

ふと、草の青い匂いを、強く感じた。

踏みつけられたり、傷つけられた植物が出す匂いだ。

さらに匂いを探ると、踏まれた土の匂いがした。

人間が靴を履いて地面を踏むと、独特の匂いがするのだ。

森に住む動物は、そういった匂いを発さないように足の裏の作りができている。

草と土の匂いがするということは、恐らく間違いないだろう。

人間が、この近くの森の中に入ったのだ。

「間違いないじゃろう。それらしい匂いがしておるからのぉ」

「いつごろ入っていったか分かるか？」

「おそらく、ごく最近じゃろうな。遠くても、わしらがあのバカ者どもとやりあっておった頃じゃ」

「だとすると、不味いな」

「じゃのぉ。すこぶるよろしくない」

もう既に、魔界とつながる門を開ける準備をしているかもしれない。

だが、確定ではない。

これはあくまで、トルクラルスとゼバスタフの勘であり、想像である。

自分達が現役の騎士なら、それだけを理由に少々強引に人を集めてしまっただろう。だが、今の自分達がそれをやるわけにはいかない。

外れた場合に責任が取れないし、現役の兵士達が言うことを信じてくれて、それが上手く当たって犯人を捕まえたとしても、なぜ引退したじじぃの言うことなど聞いたのか、というような問題にもなりかねない。

何より、もし想像の通りだとしたら、既に門が開かれている恐れもある。

さて、どうしたものか。

考えるトルクラルスの頭に、村で見た子供達の姿が浮かんだ。

美味いものを作ってくれた宿や、屋台。

活気にあふれた漁師達。

休暇を楽しんでいると思われる、観光客達の笑顔。

「なぁ、トルクラルスよ。私達がたまたま散歩がてら森に入って、件の連中を見つけたとしてだ。緊急用合図の魔法を打ち上げたとしたら、兵隊はどのぐらいで来るだろうか」

「わしらがここに上ってくるよりは、早く来るじゃろうなぁ。じゃが、合図の魔法は本当に緊急のときにしか使えんのじゃぞ」

「そうだな。それに、他の敵に見つかる恐れもある。おいそれとは使えんな」

「じゃが、件の魔法の道具は、あと一つだけあると言っておったしのぉ。本当に緊急なら、使ってもよいかもしれん」

「そうだな。まさに緊急であるなら、やむなしだろう。ところでトルクラルスよ。もう一汗かいたほうが、気持ちよく温泉に入れると思わないか」

「じゃのぉ。タルタの実のジュースを一杯やる前に、山の中を散策と行くかのぉ」

トルクラルスとゼバスタフは、互いにニヤリと笑い合った。

それから、猛然と森の中へと分け入っていったのである。

一足、遅かった。
気色の悪い紫だか赤だか分からない光があふれ、至極生臭い空気が辺りに立ち込めている。

奇怪な、おおよそ他の生き物とはかけ離れた生き物が、耳障りな異音を立てながら男達を襲っていた。

魔術師と思われる男と、その他に数名。

こうなっては、どうもこうもない。トルクラルスは素早く尻尾をふるい、国中の兵隊が使っている緊急信号を空へ打ち上げた。

緊急事態、至急来られたし。

そのついでに、発行者の印も上げておく。

元騎士トルクラルス、元騎士ゼバスタフ。

これで、しばらくすれば何人かの兵隊が飛んでくるだろう。

よほどのぼんくらでもなければ、現在の状況から何があったか察してくれるはずだ。

アイザックは新兵時代に散々しごいている。

その位の機転は利くはずだ。

魔法使いらしき男に襲い掛かった化け物を、トルクラルスが跳ね飛ばす。

既に鎧は身に着けており、臨戦態勢は出来上がっていた。

腰が抜けたのか、地面に倒れ伏したままの魔法使いの男が、しきりに喚き散らしている。

その顔に、見覚えがあった。

魔王軍を名乗る輩の残党で、似顔絵が出回っている手配犯の一人だ。

魔界への門を開く魔法の道具と、軍資金の一部を持ち逃げした魔法使いである。

いわゆる技術者であり、魔法の道具を複製するのに長けた人物だった。新しく作ることはできないが、完成品が一つあれば何十と作り出せる。

トルクラルスは猛然と、門からあふれ出した化け物達に躍り掛かった。

稲妻を纏わせた槍を、縦横無尽に振り回す。

触れればそれだけで敵をしびれさせ、威力を乗せれば大怪我を負わせる電気の魔法は、しょしんしゃのもりに住む猫が、最も得意とする魔法である。

何より、一撃で敵を行動不能にするこの魔法は、多くの敵と対峙するときに最も頼りになるものでもあった。

猫の身の丈の十倍はあろうかという巨大な獣も、トルクラルスにかかればネズミ同然。

槍で突き、前足で弾き飛ばし、後ろ足でけり上げる。

そうしている間に、ゼバスタフが魔法使いの男の胸ぐらを掴んだ。

「他に魔法の道具はあるのかっ！　言えっ‼　言わぬかっ‼」

魔法使いの男は、目を白黒させながらも切れ切れに、魔法の道具は二つしかないと答えた。

材料が揃わなかったから、それ以上造れなかったというのだ。

ならば、ここを押さえれば、どうにかなる。

ゼバスタフは魔法使いの男を殴って気絶させると、猛然と化け物に躍り掛かった。

他の男達は、既に化け物に襲われ怪我をしている。もう逃げられないだろうし、逃げられたところで大して遠くへはいけないだろう。

今はそんなことよりも、目の前の化け物が問題である。

「おう、ゼバスタフよ！　ここは一番、死に時かもしれぬのぉ！」

「やもしれん！　何せ私達はジジィだからなっ！」

ついこの間、年齢を感じて落ち込んでいたばかりである。

だが、今はそんなことを言っている場合ではない。

ここで爪と尻尾をふるい、毛皮で人々を守らずして、誰が騎士を名乗れるだろう。

トルクラルスは、騎士である。

長年命を懸けてその誇りを守り通してきたという自負がある。

民を守り、土地を守り、国を守り、不幸に泣く人が一人でも減るようにと振る舞い、それをもって誇りとし、その誇りを貫くために命を懸けてきた騎士である。

自分では、おおよそこれほどのバカはいないと思っていた。

そんなものに本当に命を懸けているような者は、実際には存在せず、あくまで大義名分であり、建前なのだ。

だが、トルクラルスはそれに命を懸けて、それを誇りとして騎士を名乗ってきたつもりであった。

極々端的な言い方をすれば、それがかっこいいと思っている。

そして、かっこをつけるために命を張っているのだ。

恐るべきバカである。わがことながら、まったく笑ってしまうではないか。

だが、もっと恐るべきことに、まったく同じことを考えている人間が、友人として隣に立っているのだ。

まったく、まったくもって、バカな話である。

トルクラルスとゼバスタフは、いつか劇で見たあの流しの騎士のように、かっこよくいきたいと願っているのだ。

そのために、今まさに命を張っている。

相手は魔界から押し寄せる化け物達。押しとどめられなければ、村は大きな被害にあうはずだ。

先ほど打ち上げた緊急信号を見れば、兵士達が駆けつけるはず。

それまで持ちこたえれば、トルクラルスとゼバスタフの勝ちだ。

あの魔法の道具は、きちんとした手順を踏んで破壊しなければ、門を閉めることができない。

一人と一匹だけでは化け物を押しとどめるのが精いっぱいで、そんな細かいことまでは手が回らないのだ。

「どうだ、トルクラルスよっ！　槍は鈍っておらんかっ！」

「こちらのセリフだゼバスタフ！　鈍い剣では化け物なんぞとても斬れんぞ！」

どちらも年寄りである。

全盛期よりも、確実に力は衰えているはずだ。

にもかかわらず、腹の底からふつふつと力が湧き上がってくるようだった。

全身の毛皮が泡立ち、爪が地面を掴み、尻尾から魔法の力があふれんばかりに滾っている。

いったいこれは、どうしたことだろう。

思い当たることがあるとすれば、この村に来てからの出来事だろうか。

温泉で体を癒やし、食べ物で滋養を蓄えた。

あるいは、それが一人と一匹に若かりし頃に勝るとも劣らない力を振るわせてくれているのかもしれない。

ならば、村の中を歩き見て回ったものを、人々の暮らしを守らなければならないだろう。

そう、今漲っているこの力は、そのために与えられたものなのだ。

何か巨大なものが、トルクラルスとゼバスタフに「一働きせよ」と言っているのかもしれない。

実に面白い話ではないか。

老いぼれたジジィの一人と一匹が、どれほどのことができるか試してやろう。

「うわぁっはっはっはっ！　どうした化け物共！　年寄り相手に何というざまじゃ！　もっと気合いを見せてみろ！　じゃが、国王陛下から拝領したこの槍と、我が友ゼバスタフを抜けると思うなよ！」

「悪を貫く業の冴え、まっことみごとぞトルクラルス！　背中は任せた！　互いに命の限り力をふるおうぞっ！　わっはっはっはっ‼」

なぜ笑っているのかまったく分からなかった。あるいは興奮しすぎて、頭の血の道でも切れたのかもしれない。

だが、とにかくどういうわけか、すこぶる気分がよかった。

それに引っ張られるように、驚くほど体調も良くなっている。

今ならば新兵百人程度を相手にしても、一歩も引くことはないだろう。

トルクラルスとゼバスタフは、若かりし日もかくやという戦いぶりを見せた。

化け物共を一匹も逃がすことなく、その場にくぎ付けにし続けたのだ。

そうして、兵士達が追い付いてくるまでに、百を超える化け物を打ち取ったのである。

🐾　🐾　🐾

トルクラルスとゼバスタフが戦っているうちに到着した兵士達は、実によく訓練された動きを見せた。

化け物を抑え込み、その間に魔法の道具に詳しい魔法使いが、魔法の道具を止める。

然る後、残った化け物を打ち取って、魔法の道具を破壊した。

とはいっても、化け物の大半を打ち取ったのは、トルクラルスとゼバスタフである。

村の兵士達は一人と一匹を見て唖然としていたのだが、それがまたじつに気分がいい。

もっと速く走って来いと、叱り飛ばしてやった。

兵士というのは、走るのが商売なのだ。

無事に門が閉じたのを確認したトルクラルスとゼバスタフは、あとのことを全て任せて、さっさと宿へと戻った。

何しろ、既に引退した身の上である。

たまたま散歩の途中に思わぬ事態に行き当たったが、細かい処理などは若い現役連中の仕事なのだ。

宿に戻ると、しっかりと着替え支度に温泉の準備、冷えたタルタの実のジュースと酒が準備してあった。

驚くべき手際の良さであり、やはりこの宿の従業員は侮れない。

風呂から上がれば、昨日とはまた趣の違った夕食が待っていた。

これがまた、堪えられないほどの絶品である。

料理を楽しんでいるさなか、従業員が突然、礼を言ってきた。

どうやら、既に件の事件のことが耳に入っているようだ。

ここの宿は街の顔役の一人らしく、そういった情報は早く入ってくるらしい。

村を救って頂き、ありがとうございます、と頭を下げられた。

そして、これは心ばかりのお礼ですと、料理を一品増やしてくれる。

茹でた卵を潰しソースと絡めたものを、衣をつけて揚げ焼きしたグーラーに載せたもの。

これがまた、べらぼうに美味い。

聞けば、材料は全て、この村で作られたものだという。

今の一人と一匹にとって、これ以上の礼の仕方はない。

まったく、行き届いた心づかいである。

🐾 🐾 🐾

翌日、領主の使いがトルクラルスとゼバスタフを訪ねてきた。

何でも、ぜひとも礼がしたいので、一人と一匹を領主の館に招待したいというのだ。

では、三日後におうかがいしますと、約束をした。

まだ事件の後始末で忙しいはずで、あまりすぐに顔を出すのも不味かろう。

それまで、トルクラルスとゼバスタフは、たっぷりと観光を楽しんだ。

菓子を食い、花畑を眺め、湖に船を出したりもした。

日が暮れてくれれば、温泉につかって美味い夕食に舌鼓を打つ。

驚いたのは、宿の食事に一度も同じ料理が出ないことである。

豪勢な料理というのは、そうそう種類があるものではないにもかかわらず、この宿の料理人は驚くべき手腕で、様々な料理を繰り出してくる。

いくつもの戦術を巧みに使いこなすさまは、さながら名将の風格だ。

美味い料理の礼がしたいと、一度だけ顔を合わせた。

すると、意外なことを言われる。

お姫様がいらっしゃった折に、騎士様方をお見かけしたことがある、というのだ。

随分昔のことを覚えている人物もいたものだと、驚いた。

だが、実は部屋の担当をしてくれている従業員も、その時の様子を覚えているらしい。

二人に、お若い頃のままで、実にたくましく頼もしい、などとお世辞を言われ、トルクラルスとゼバスタフは顔が真っ赤になる思いをした。

🐾 🐾 🐾

約束の日は、あっという間にやってきた。

昼から領主の館に赴き、昼食を共にする予定だ。

その日の朝、トルクラルスとゼバスタフは、ゆっくりと温泉につかった。

そして、日が昇り切る前に、王都へと向かって出発したのである。

領主殿には、手紙を置いてきていた。

我ら隠居したただのジジィですゆえ、お心遣いは無用。

むろん、今回の件は一切口外するつもりなし。

元騎士の一人と一匹など、いなかったものとして扱って頂きたい。


ざっくりといえば、そんな内容である。

正直に言えば、今更堅苦しい場所に行くのは面倒だった。

儀礼やら作法やらに沿った食事をするなど、まっぴらごめんである。

気持ちよく食べ、気持ちよく風呂につかって晴れ晴れとした気分を、台無しにはしたくない。

足取りも軽く歩く背中には、沢山の土産物が背負われている。

グーラーの干物に、日持ちのする菓子が何種類も。

ハチミツで作った石鹸も忘れていない。

その他にも、様々なものが詰まっている。

気持ちの良い青空を見上げ、トルクラルスは声を張り上げた。

「のぉ、ゼバスタフ！　あの騎士殿も実は、わしらのような引退した騎士だったのかもしれぬな！」

「そうか、気ままな旅のさなかに、村に立ち寄ったわけだ！　それはあるかもしれぬ！」

「じゃったら、わしらはまだまだこれからではないかのぉ！　様々な土地に旅に出て、おせっかいを焼くのじゃ！」

「はっはっは！　それはよいな！　まだまだ老いぼれている暇など、ないではないか！」

「おうとも！　我が騎士道猫生は、まだこれからじゃて！」

「騎士道人生か！　確かにその通りだ！　現役を退いたから、なんだ！　我ら未だ、心は騎士のままぞ！」

さわやかな風が、吹き抜けていく。

一人と一匹の背中を、押してくれているようであった。

この物語はフィクションです。
もし同一の名称があった場合も、実在する人物・団体等とは一切関係ありません。
本書は2020年2月に小社より刊行した単行本『猫と竜　竜のお見合いと空飛ぶ猫』を改訂し、文庫化したものです。

宝島社
文庫

猫と竜　竜のお見合いと空飛ぶ猫
（ねことりゅう　りゅうのおみあいとそらとぶねこ）

2025年3月19日　第1刷発行

著　者　アマラ
発行人　関川誠
発行所　株式会社 宝島社
〒102-8388　東京都千代田区一番町25番地
電話：営業 03(3234)4621／編集 03(3239)0599
https://tkj.jp
印刷・製本　中央精版印刷株式会社

First published 2020 by Takarajimasha, Inc.
ISBN 978-4-299-06609-1